U0928733

Ив. Бунинъ.

精美译文·经典常读

Воспоминания

人 文 经 典 精 装 书 架

蒲宁
回忆录

Ивáн Алексéевич Бýнин

【俄】蒲宁 著

陈倩 译

江苏凤凰文艺出版社
JIANGSU PHOENIX LITERATURE AND ART PUBLISHING, LTD

图书在版编目（CIP）数据

蒲宁回忆录 /（俄罗斯）蒲宁著；陈倩译. —南京：江苏凤凰文艺出版社，2017.8

（人文经典精装书架）

ISBN 978-7-5594-0717-7

Ⅰ. ①蒲… Ⅱ. ①蒲… ②陈… Ⅲ. ①俄罗斯文学—现代文学—作品综合集 Ⅳ. ① I512.15

中国版本图书馆 CIP 数据核字（2017）第 140878 号

书　　名	蒲宁回忆录
著　　者	（俄罗斯）蒲宁
译　　者	陈　倩
责任编辑	聂　斌　黄孝阳
出版发行	江苏凤凰文艺出版社
出版社地址	南京市中央路 165 号，邮编：210009
出版社网址	http：//www.jswenyi.com
印　　刷	三河市华东印刷有限公司
开　　本	880 × 1230 毫米　1/32
印　　张	9.5
字　　数	200 千字
版　　次	2017 年 8 月第 1 版　　2020 年 1 月第 2 次印刷
标准书号	ISBN 978-7-5594-0717-7
定　　价	42.00 元

目　录

自传札记 \ 1
拉赫玛尼诺夫 \ 53
列宾 \ 55
杰罗姆·杰罗姆 \ 57
托尔斯泰 \ 59
契诃夫 \ 72
夏里亚宾 \ 95
高尔基 \ 108
殿下 \ 119
库普林 \ 129
谢苗诺夫家族和蒲宁家族 \ 146
埃尔杰利 \ 157
沃洛申 \ 169
第三位托尔斯泰 \ 187
马雅可夫斯基 \ 222
诺贝尔奖日 \ 233
忆普希金 \ 244
关于普希金的演讲 \ 256
蒲宁日记节选 \ 258

自传札记

早在十五年前，我就已经出版了和自己写作生涯相关的一部分自传札记，将之收录在那部由柏林的彼得罗波利斯出版社出版的文集中。

现在我将对其进行一番补充。（文中的着重号全部是我加上的。当我从用新正字法出版的诗歌和散文小说中做摘引时，我还是把它们都改成了旧正字法。）

一

我的写作生涯的开端颇为怪异。还需追溯到很久很久以前，回到一切的起点——那个位于奥尔洛夫省的乡间庄园。那时我还是个年仅八岁的孩子，某日偶然间看到一本插图小书，书中的内容深深地震撼了我的心灵，于是我便突然产生了一种强烈不安的创作欲望——想要立刻着手写一些诗歌或者童话之类的东西。书中画着荒凉的群山，白色的底布上画着瀑布，还有一个敦实矮胖的庄稼汉，这是一个长着张农妇脸且甲状腺肿大的矮个子男人，也就是患了我们常说的粗脖子病。他手持长棍站在瀑布下，戴着一顶类似女式的小帽子，帽沿处还插着一根羽毛。插画下面写有一行题字，最后一个词语（所幸当时我并不认得它）让我大感诧异："在山上与克汀病患者会面。"克汀病[1]患者！如果不是这个不同寻常的词语，那么这个粗脖子的、有着一张农妇面容、戴着一顶插着羽毛的类似女式帽子的矮个子男子，大概只会让我心生厌恶而已了。那么，克汀病患者呢？在这个词语里，我仿佛能感受到某种可怕的、难以揣摩的，甚至是带有魔力的东西！于是顷刻之间，创作诗歌的激情向我席卷而来，让我沉浸其中无法自拔。然而，那一天我却一无所获，无论怎么绞尽脑汁，还是连一行诗都写不出来。即便如此，难道那一天就不算是我写作生涯的开端吗？

无论如何，偶然间在那天看到这幅画，完全可以将之视作我人生中的某种预兆。因为在之后的人生旅程中，我也曾多次不得不和克汀病患者接触，虽然这些人并没有粗脖子，但外表依旧相当惹人生厌。其中的某些人也全然没有任何魔力，反而还表现得十分怪异。当克汀病的某种症状和他们自身的某种巨大才能以及执着性结合在一起，并和某种历史力量结合在一起时，这种怪异感就会变得尤为强烈——众所周知，无论是过去、现在还是将来，人类生活的任何领域内都会发生这样的事。那又怎么样！总之，我已然注定要过这种非同寻常的生活，而我甚至还是这些克汀病患者的同时代人，他们的名字将会在世界史册上千古流传——他们是"人类最伟大的天才"，是摧毁所有帝国的元凶，是

[1] 克汀病一般发生于甲状腺肿流行的地区，是由于胚胎期缺乏碘而引起的呆小症，也被称为地方性呆小症。

残害数百万生命的刽子手。

——

我出生在沃罗涅日州，并在那里度过了整整三年的时光。之后又在那留宿过一晚，可惜那次我并没有看清它的全貌，因此沃罗涅日于我而言就是一个完全陌生的地方。我受沃罗涅日大学生同乡会之邀，出席一个为该会募捐而举办的慈善晚宴，并进行演讲。那是一个冬日的傍晚，天空昏暗，风雪肆虐。抵达车站时人们便以香槟相迎，在晚宴上我又享用了不少美食，天亮之前被送往火车站，前去搭乘开往莫斯科的火车，当时我早已烂醉如泥。而在沃罗涅日居住的那三年，我还只是个婴儿。

后来，父母将我从沃罗涅日带到了位于奥尔洛夫的庄园。从那时起我才开始有了记忆。

这些年来，声名狼藉的贵族阶层已然走向“衰落”——如今已被人们遗忘的捷尔皮科耶夫·阿塔瓦曾以《衰落》为书名写过一部小说。紧随其步伐而来的就是我了，人们把我称作是讴歌不断毁灭的贵族之家的最后一名歌唱家；之后，契诃夫歌颂了“樱桃园”的那种毁灭性之美。事实上，契诃夫对贵族地主、贵族庄园以及贵族花园知之甚少，然而几乎所有人依旧被他笔下的“樱桃园”的虚构之美迷惑着。契诃夫为世人贡献了大量的传世佳作，因此他当之无愧地能被冠以“最卓越的俄罗斯作家”这个称号。但是我不喜欢他的戏剧，甚至还为它感到尴尬。那个著名的万尼亚舅舅，那个总是牛头不对马嘴地嘀咕着植林重要性的阿斯特罗夫医生，那个似乎是出身于贵族之家的可怕的加耶夫（斯坦尼斯拉夫斯基在扮演这个角色时，为了表现人物的贵族派头，总是不停地、无比做作地、令人厌恶地用细棉布手绢擦洗自己的指甲），更不用说那个直接沿用果戈里人物姓氏的地主西米奥诺夫·皮希克，只要一想到这些人物我就会感到极其不自在。我本人就是在这种“衰落了”的贵族之家中长大的。那是一个偏僻的、位于草原地带的庄园，有一个很大的花园，只是里面并没有种上樱桃树。当然了，俄罗斯任何一个地方都不曾出现过种满樱桃树的花园，这和契诃夫的愿望恰恰相反：地主们的花园里只有一部分会是樱桃树，有时也会大面积地种植樱桃树，但无论如何，都没有一个花园的樱桃树（此处又和契诃夫的意愿背道而驰）会恰巧长在老爷宅院的旁边。无论是过去还是现在，我们都无法在这些樱桃树身上发现任何与美有关的东西，它们长得没有任何美感：众所周知，樱桃树的枝干粗糙弯曲，树叶很小，花朵即便在盛开之时也是很小的（全然不像艺术剧院中老爷宅院窗户下面长的那些樱桃树那般花团锦簇）。还未等旧房主搬出去，罗巴辛就迫不及待地下令砍掉这些尚且有利可图的树木，这种愚蠢的行为实在令人费解。罗巴辛之所以必须如此匆忙地把树砍掉，显然只是因为契诃夫想让艺术剧院的观众们能有机会亲耳听一听斧子砍树的声音，亲眼看一看贵族生活的覆灭。费尔斯在落幕时说：“全都把我忘了……”费尔斯这个人物塑造得十分真实，其原因仅仅在于——这种贵族老爷的老仆人的形象早在契诃夫之前就已出现过上百次了。而其余的东西，容我重申一遍，简直让人无法忍受。加耶夫，一如契诃夫其他剧本中的某些人物，总会在谈话中跟人扯一些无关紧要的琐事，就好像他在打台球一样：“打黄球进中兜……击边进球，打入角兜……”郎涅夫斯卡雅太太似乎是位女地主，又似乎是位来自巴黎的女郎，总是时不时地歇斯底里地又哭又笑：“多么美丽的院子啊！一簇簇洁白无瑕的花朵，一碧如洗的天空！幼儿园！

我那可爱的、美丽的房间！（哭泣）我亲爱的小橱柜啊！（亲吻橱柜）我的这张小桌子啊！哦，我的童年，我那纯洁的童年！（愉快地笑了起来）都是白的，满院子都是白的！"接下去的情节与《万尼亚舅舅》如出一辙。安尼雅歇斯底里地喊道："妈妈！妈妈，你哭了？妈妈，我亲爱的、善良的好妈妈，我爱你……我祝福你！樱桃园卖了，但是，用不着哭泣啊，妈妈！我们再去建造一座新的花园，它会比这座花园更加美丽。而那种欢乐，那种宁静而又深沉的欢乐会充盈你的心扉，如同那黄昏时分的夕阳。你会露出笑容来的，妈妈。"与之并存的还有大学生特罗费莫夫，此人颇具几分"海燕"的风骨。"前进啊！"他喊道，"我们要奋不顾身地走向那颗闪闪发光的星星，它闪耀在遥远的天际！前进！朋友们，不要停下你的步伐！"

郎涅夫斯卡雅、尼娜·扎列奇纳亚……还有其余的众人，他们的姓名不禁让人联想到外省的演员。

——

然而在我的青年时代，新一代的作家几乎全都是一些大肆讲着荒谬之言的城里人。其中一位知名作家（他仍健在，但我不想提他的名字）在自己的诗歌中写道，他边走边"挑选稷米穗"，然而那时的自然界中根本不存在这种植物：众所周知，当时只有黍，其颗粒是稷米，而它的穗（更确切地说是穗状花序）长得如此之矮，想要在行走的过程中就用手挑选它们根本是不可能的事。另一位诗人（巴尔蒙特）则把激情比作是鹞（"激情褪去了，仿佛鹞鹰一去不复返"）。但鹞是一种猫头鹰科的夜鸟，有着灰白色的羽毛，飞行时神秘而又安详，缓慢且无声。他为车前草的盛开而感到欣喜万分（"车前草花盛开了！"），尽管那些长在田间小道上的有着小小绿叶子的车前草是从不开花的。而贵族庄园以及这些庄园的主人在古米廖夫的笔下则显得糟糕透顶。其笔下的庄园是这样子的——

二层楼房歪歪斜斜，
既是仓房，又是牲畜棚。

而地主就更显得奇怪了，他们竟会“为了崭新的紧腰细褶的长外衣而感到骄傲”。在独断专横方面，在“治家格言”方面，他们丝毫不逊于任何一个守旧的季特・季特奇：在他们面前，女儿们似乎不敢说任何一句反驳之言，还要被迫嫁给自己不喜欢的人，嫁给让人生厌的人，因此她们想要“变为美人鱼”，也就是说，跑到某条江河或者池塘边投水自尽。不久之前，一位著名的苏联诗人[①]写了一首描写猎人的诗，这个猎人“沿着草地”走进森林，“在猎袋里”随身放着一只金色的“狐狸”——如果袋子里装的是一条狗，那倒是合乎情理的事。

顺便说一句，为何斯坦尼斯拉夫斯基和涅米洛维奇将自己的剧院命名为“艺术剧院”？似乎是为了区别于其他剧院？难道艺术性不是每一个剧院、每一种艺术形式所必须具备的特性吗？无论是过去还是现在，难道任何一个剧院的任何一名演员都不想成为艺术家吗？难道俄罗斯和其他国家的剧院里这样的艺术家还少吗？

然而，如今艺术剧院却被称为高尔基艺术剧院。但是该剧院之所以闻名遐迩主要还是沾了契诃夫的光，要知道，直至今日这个剧院的舞台上依旧上演着契诃夫的《海鸥》。可是，你看吧，它

① 这里指的是德米特里・鲍里索维奇・克德林(1907—1945)：俄苏诗人。

却被勒令以高尔基的名字来命名——被冠以那部粗俗的、彻头彻尾虚伪的小说《底层》的作者的名字。斯坦尼斯拉夫斯基和涅米洛维奇顺从地接受了这一指令，尽管涅米洛维奇曾当众郑重地、以全俄罗斯人民都能听得到的声音对契诃夫说："安东，这是你的剧院。"克林姆林宫多么会吓唬人啊！看，我这儿有一本1947年出版的书——《同时代人记忆中的契诃夫》，其中有玛·巴·契诃娃[①]写的回忆录，在此从中摘录几句话："科学界、艺术界、文学界和政治界人士围绕在安东·契诃夫周围，阿列克塞·马克西莫维奇·高尔基、列·尼·托尔斯泰、符·柯罗连科、库普林、列维坦常到这里来……"契诃夫去世之前的那几年，我还去雅尔塔拜访过他，那段时间我每天都会去他家做客，有时还会在那儿住上整整一个礼拜。我和玛·巴·契诃娃曾像亲兄弟姐妹那般亲密无间，而如今年迈的她甚至都不敢提及我的名字，只能胆怯地用全称写道："阿列克塞·马克西莫维奇和维亚切斯拉夫·米哈伊洛维奇·莫洛托夫。"她在回忆录中卑躬屈节地写道："维亚切斯拉夫·米哈伊洛维奇·莫洛托夫于1936年写信给我，在信中明确地表达了自己的意见，也表达了全苏联知识界的意愿：'安·巴·契诃夫的故居能让人们想起这位颇具声望的大作家，应该让大众都能得到参观其故居的机会。契诃夫的仰慕者维·莫洛托夫。'多么睿智且充满厚意的话语啊！"

"高尔基艺术剧院"事件——这又算得上什么！不过是沧海一粟罢了。俄罗斯（现已改名为苏维埃社会主义共和国联盟）的人民温顺地接受了俄罗斯历史上最厚颜无耻、最愚不可及的屈辱

① 玛·巴·契诃娃（1863—1957）：契诃夫的妹妹，契诃夫博物馆的馆长。

事件:伟大的彼得大帝的城市[1]给了列宁,古老的下诺夫哥罗德变成了高尔基市[2],特维尔公国的首都特维尔[3]被更名为加里宁(变成了某个无关紧要的印刷厂排字工人加里宁[4]的城市),而康德的故乡——柯尼斯堡则被更名为加里宁格勒。俄罗斯所有的侨民在更名这件事上也都表现得十分冷漠,并不认为它存在任何意义。又比如,某个卷发的酒鬼写了一首扣人心弦的录事式抒情诗——《在手风琴的伴奏下》,而侨民们却为此痴迷不已。勃洛克曾十分中肯地对此进行过评价:"叶赛宁在庸俗下流以及亵渎神明方面具备才能。"他曾承诺把基捷日[5]的俄罗斯更名为"伊诺尼亚[6]",他砸碎了手风琴,引吭高歌:

我憎恨基捷日散发的气息!
我许诺你们一个伊诺尼亚!
我要拔掉上帝老儿的胡子!
我他妈的还向上帝做祷告!

我并非只是个糊涂虫,
尽管有时会烂醉如泥,
然而我的眼中仍闪烁

---

① 这里指的是圣彼得堡,圣彼得堡始建于1703年,1712年彼得大帝迁都至此,1914年改名为彼得格勒,1924年改名为列宁格勒,1991年恢复圣彼得堡旧名。

② 高尔基市,1932年前被称作"下诺夫哥罗德",1990年复称"下诺夫哥罗德"。

③ 特维尔,俄罗斯特维尔州首府,于1135年始建于季马卡河的河口。1931年为纪念苏联领袖米哈伊尔·伊万诺维奇·加里宁改名为加里宁。1990年,州名、市名恢复旧称。

④ 加里宁既是俄罗斯城市的名字,也可以用作姓氏。

⑤ 传说基捷日是拔都入侵俄罗斯时隐没在水底的一座城市。

⑥ "伊诺尼亚"即农民的天国、乐土。

那种幡然醒悟的光芒，
我看透万物，我无所不晓，
新纪元于你们而言非同小可，
而列宁的名字，
如同一道劲风，
呼啸在每一角落！

俄国侨民为何依旧宽恕他？因他是个骁勇的俄罗斯人，因他假装嚎啕大哭，因他为自己凄苦的命运而痛哭不止（尽管这已不是什么新鲜事了，因为哪一个从敖德萨港口到萨哈林岛来的“小男孩”不是怀着最大程度的自我欣赏为自己的命运而哭泣的呢？）

我谋杀了自己的亲生母亲，
我谋杀了自己的亲生父亲，
我让自己的妹妹失去童贞……

俄国侨民宽恕他的另一个原因在于——他是个“天生有才之人”——虽然这类“天才”在俄罗斯数不胜数。正如唐·阿米纳多[①]曾经写的那样：

这些天生有才者让人们心生厌恶
远离木犁，远离土地，远离农务，
斜领衬衣和伏特加就能让他满足，
还有几首拙诗和那宿醉后的头痛！
要成为一名诗人
其实要求并不多；

① 唐·阿米纳多(1888—1957)：唐·阿米纳多为其笔名，真名是阿米纳特·彼得罗维奇·什波良斯基，诗人、幽默作家、讽刺作家。

向上帝用力投掷重物，
投其所好，
胡乱地扔些文字，
甩动一下淡褐色的卷发，
因柔情而泪流满面……

——

叶赛宁初登诗坛的那些事迹众人皆知，其同时代的诗人格·维·阿达莫维奇对叶赛宁了如指掌，他的评价最为中肯："叶赛宁于一战期间登上彼得堡的文学舞台，彼时的文学界人士还带着一丝嘲弄之意惊诧地看着这位文坛新人。他脚踏毡靴，身穿浅蓝色丝质衬衣，腰系腰带，黄色的头发剪成童花头，低眉垂目，总是谦逊地轻声说：'我们哪能呢，就是乡下佬罢了！'而这面具之后隐藏着的却是癫狂的名利主义、无法满足的自尊心以及时刻准备付诸实际的鲁莽行径。索洛古勃对他的评价实在不适合刊登出来，库兹明提到他时直皱眉头，古米廖夫会耸耸肩膀，而吉皮乌斯则会透过单目眼镜朝他的毡靴看去，问道：'您穿的是什么鞋罩啊？'所有这一切都迫使叶赛宁离开彼得堡前往莫斯科，他在莫斯科很快便声名远扬，还加入了'意象派'。后来又传出了关于他的种种丑闻和闹剧，'上帝，生头小牛犊吧'，他狂妄自大，行为夸张，带着伊莎朵拉·邓肯周游欧洲和美国，还对她进行疯狂的毒打。回到俄罗斯后，又步入新的婚姻殿堂，上演一出出新的闹剧，酗酒——还有自杀……"

叶赛宁对自己进行了详尽的描述：讲述了应当如何获得社会地位——他在这方面完全称得上是自己的友人马利恩戈弗的导师。但马利恩戈弗耍手段的本领更胜叶赛宁，是个十足的恶棍。

某日，他写了几行关于圣母的诗句，实在无法想象得出还有比这更丑恶的东西了。在卑鄙无耻方面，也唯有沃巴别尔写的圣母能与之相提并论。叶赛宁依旧教导了马利恩戈弗：

“托利亚，在这种情况下，你需要从事最细致的政治工作，别再犹犹豫豫，不应该再踏足文学界了。你瞧——别雷的头发都白了，也谢顶了，可在厨娘面前走起路来依旧热情洋溢。装疯卖傻也没关系。我们这儿的人都非常喜欢小傻瓜。你知道我是如何踏入诗坛的吗？穿着紧腰细褶的长外衣，像毛巾一样的绣花衬衣，还有像手风琴一样的皮靴筒。人们都手持单目眼镜看着我——‘啊哈，多么与众不同啊，啊哈，多么特立独行啊！’——而我就会像个姑娘似的脸红起来，出于羞涩而不敢看别人一眼……后来人们把我领进沙龙，我为那些人演唱下流的民谣，在手风琴的伴奏下兴致高昂地唱着……当时的克留耶夫也是如此，他假扮成油漆匠，从后门溜进戈罗杰茨基的家中，问道：有什么东西需要上漆吗？让我给厨娘朗诵诗歌吧。厨娘听后立刻去找主人，主人就邀请油漆匠诗人到房间里去，而诗人却在那儿拼命干着活儿：我们哪能去房间啊，会把主人的沙发椅弄脏的，也会在打过蜡的地板上留下脏脚印……主人请他坐下，克留耶夫又扭扭捏捏，犹豫不决起来：不，不，我们就站一会儿吧……”

叶赛宁曾经的朋友罗吉昂·别廖佐夫的一段回忆也颇为有趣，这段回忆录被刊登在纽约的《新俄罗斯言论报》上。别廖佐夫用十分感人的句子写道：

“你还记得吗，谢廖沙，”叶赛宁的同龄人，一个同村的青年（叶赛宁就是在那儿出生的，有时也回家乡去）问道，“你还记得吗？我们曾经一起拉网捕鱼，那里的金鲫鱼可多了！还记得那天晚上烤的马铃薯吗?”

叶赛宁回答道:

“全都记得,老兄。我已经记不清在纽约为我举办的那些宴会了,但是我们家乡的事,我依旧历历在目……”

但是根据别廖佐夫的说法,叶赛宁只穿绸子面料的衬衣,领带和皮鞋也只选最时髦的款式穿。在众人面前朗诵自己的诗歌时,也总是摆出一副“完全是自己人”的姿态,晃着满头卷发的脑袋,在诗歌结尾处还要轻呼一声。当然,也并非无缘无故地去揭露他的本性——揭露他是个好惹事之人,是个无赖,是“骁勇的罗斯”:

蓝色的火焰升腾起来,
远方的故乡早已忘怀,
生平第一次歌唱爱情,
生平第一次摒弃胡闹。

这有什么值得赞美的呢?这是一首骗子写的抒情诗,这个骗子是否已经把这种无耻行为变成了有利可图的事业,变成了永恒的吹嘘,一如其品质呢?

蔚蓝的五月,和煦的红霞,
篱笆的铃铛不再叮叮作响,
苦艾散发出黏糊糊的气味,
稠李酣睡着,白斗篷披身……

五月的花园里,哪来苦艾呢?众所周知,艾草的气味又干又辣,全然不是什么黏糊糊的味道;如果真是如此,那它的气味就不可能“散发”出来了。

接下来,就全然不顾那酣睡着的稠李了——

满园闪着火焰般的亮光，如同熊熊燃烧的火海，

月亮也卯足了劲儿，

让人听到这一声令人心碎的“心爱的”

就禁不住浑身颤栗……

月亮的心愿是可以理解的，无怪乎巴尔蒙特曾断言——甚至“每一条蜥蜴都在寻找令人心碎的感觉”。然而，这世上哪来沐浴在和煦的晚霞下、如同燃烧的火海那般的花园，哪来如此疯狂的月亮呢？而这一切是这样结束的：

唯有在静谧中，唯有在祥和中，

在五月欢快的琴声里，

我才能不抱任何希冀，

永无止境地承受着生活中的一切……

这儿的五月已经变成了欢乐的五月，甚至是琴声飞扬的五月了；然而这也没什么不得了的：很赞赏……

别廖佐夫认为叶赛宁喜欢听歌，他是这么说的：“我经常在《红色处女地》杂志的编辑部遇见他。他可以随时随地聆听人们歌唱。有这么一个场景：叶赛宁头戴圆顶礼帽，身着时髦的春秋两用的‘拉格兰’牌大衣，脚蹬一双漆皮的低帮鞋，左手拄着手杖，依靠在书柜的凸缘处，侧耳聆听我们歌唱……”别廖佐夫还描绘过其他关于叶赛宁生活和“创作”的“画面”（也扮演过其他的角色，已经不再是些流氓角色了）。

“叶赛宁住在勃留索夫胡同的一栋大房子的八楼。打开窗户就可以看到克林姆林宫的美景。这是加利亚·别尼斯拉夫斯卡亚的房间，后来叶赛宁和她结为夫妇。浅色系的壁纸让人心情愉悦，铜版画雅致无比。写字台很整洁，房间中央的餐桌上铺着黑

色桌布，高脚盘内盛放着水果。卧榻式沙发靠墙的一端放着一对漂亮的枕头。另一张床上盖着撒马尔罕的丝质床罩……叶赛宁会在周末进行创作，加利亚为了不妨碍他，一早便去了郊外。她孤身一人在田野和小树林中闲逛，想着，此刻他必定文思泉涌，一行行充满激情的诗句正从他的笔下流淌出来。我们坐在餐桌旁，叶赛宁讲述起自己的美国之行，向我们倾诉他在太平洋彼岸时内心浮起的烦闷之情，讲述自己重新踏上祖国的土地，看到那些随风摇摆的挺拔的白桦树而流下泪水。瞧，他走进走廊，上了楼，随后传来低沉的说话声：'格鲁莎，去买一束鲜花，选最漂亮的那种。'我知道，每当灵感来临时他总会打扮得像过节那般隆重，像去做弥撒似的，还要在书桌上摆上一瓶鲜花。他全身心地投入到诗歌创作的激情中。我们离开之际，格鲁莎正捧着鲜花迎面走来，而此时加利亚·别尼斯拉夫斯卡亚还独自一人在郊外游逛，对着天空，对着满地鲜花，对着浅蓝色的湖泊，对着小树林，为上帝的奴隶谢尔盖①，为他充满灵感的创作而祈祷……"

读到此处，我反感不已，这些句子让人忍不住作呕。不，这还不如马雅可夫斯基呢！至少马雅可夫斯基在讲述自己的美国之行时，只是对其"一顿斥责"，并没有提到什么在大洋彼岸时"内心浮起了烦闷之情"，也没提到看到白桦树就流泪之类的无耻之言。

——

当时的《现代纪事》上刊登了弗拉基米尔·霍达谢维奇评述叶赛宁的一篇文章。霍达谢维奇在文中说，叶赛宁迷惑女性的多种方式之一是——建议被他看上的女性去肃反委员会现场观摩

① 这里指的是叶赛宁，叶赛宁全名为谢尔盖·亚历山德罗维奇·叶赛宁。

枪决犯人。叶赛宁还声称安排此事对他而言简直易如反掌。霍达谢维奇是这样描述的："肃反委员会当局袒护以叶赛宁为首的这群恶棍，只因这群在俄罗斯文学界制造出混乱和丑闻的罪魁祸首，能给布尔什维克带来好处……"

——

八十年代末我正式开始发表作品。数年之后，所谓的颓废派和象征派步入文坛，这些人口口声声说近年来俄罗斯文学已经"走进了死胡同"、走向衰败、步入平庸，除了用记录式的方法来进行写实创作的现实主义之外，就再无任何有价值的东西了……然而，《卡拉马佐夫兄弟》[1]、《克拉拉·米里奇》、《爱的凯歌》[2]莫非是在很久之前就出版的吗？当时出版的费特的《晚上的火光》以及维·索洛维约夫的诗歌难道就是现实主义吗？是否能把列斯科夫在这段时间内发表的最优秀的作品称为灰色平庸之作呢？而托尔斯泰，他那令人叹服的、无可取代的"民间"故事，以及《伊凡·伊里奇之死》、《克莱采鸣奏曲》，更是毋庸赘言。另外，就其精神和形式而言，恰好在这段时期大放异彩的迦尔洵和契诃夫难道就不是文坛的新鲜血液吗？

九十年代中期我正式步入文坛。可惜那时我已经见不到费特，也见不到波隆斯基和迦尔洵了。迦尔洵的才能和他美好的形象完美地结合在了一起，如果他没有选择自杀的话，无疑会有非常远大的发展，能跻身于俄罗斯最伟大的作家之列。我不仅见到了托尔斯泰，还见到了契诃夫；我和埃尔杰利也碰过面，他亦是一

① 《卡拉马佐夫兄弟》(1880 年)是陀思妥耶夫斯基的著名长篇小说。

② 《克拉拉·米里奇》(1883 年)和《爱的凯歌》(1881 年)均是屠格涅夫的作品。

个充满善意的人，创作了小说《加尔杰宁一家》，这部小说将会在俄罗斯文学史上留下永恒的印记；我遇见过柯罗连科，他写过优美无比的短篇小说《马卡尔的梦》；我曾经在苏沃林书店里遇见过格里戈罗维奇——他像神话故事中的主人公那般突然出现在我的面前；我遇见过诗人热姆丘日尼科夫，他是《科济马·普鲁特科夫》的作者之一，我常去看望他，而他也总是把我称作年轻的朋友……但是，彼时的俄罗斯已经完全陷入了民粹派与马克思主义者残酷的斗争之中，而马克思主义者则被认为是由无业游民组成的无产阶级的未来革命的坚强后盾。高尔基正是在这种契机下迈入文坛，投靠了其中的一个阵营的。写出《切尔卡什》、《伊则吉尔老婆子》这样文章的作家，十分巧妙地满足了人们对流浪汉的期望。《伊则吉尔老婆子》中的某位丹科，是一位"为自由和光明的未来而奋斗、燃烧着火热激情的斗士"。要知道，这样的斗士永远都会散发着光和热，总是激昂万分；他从胸膛中掏出一颗熊熊燃烧的心，只为指引人类奔向前方，他以这颗燃烧着的心作为火炬，为人类驱散反动势力的黑暗。而另一个阵营中颇具名声的有——梅列日科夫斯基、吉皮乌斯、巴尔蒙特、勃留索夫、索洛古勃等诗人。这一时期，纳德松在俄罗斯已经变得默默无闻了。不久之前，纳德松的亲密友人明斯基还在呼唤着革命的暴风雨：

让暴风雨向我的住所席卷来吧！
让我成为雷声的第一个猎物吧！

明斯基最终也没能成为雷声的猎物，如今他已经按照上述那些人的节奏重新调整了自己的琴弦。不久之后我又结识了巴尔蒙特、勃留索夫和索洛古勃，彼时他们正为法国的颓废派所倾倒，是魏尔伦、普什贝舍夫斯基、易卜生、汉姆松、梅特林克等人的狂热崇拜者，不过那时他们对无产阶级还没有产生任何的兴趣。这个阵营中的很多人都如明斯基一般，照着那样的调子吟唱起来，不过这都是后话了：

全世界无产者，联合起来！

我们的力量，我们的意志，我们的政权！

像巴尔蒙特和勃留索夫这类人，只要时局需要就可以不断变化自己的角色：过去是颓废派，之后转为保皇派、斯拉夫派，第一次世界大战期间又成了爱国主义者，结束事业时又狂热地嚎叫道：

不幸，不幸！列宁逝世了！

瞧，他躺着，冰冷、腐烂！

我和勃留索夫认识不久之后，他便用带着鼻音的嗡嗡声给我读了一首诗，诗里写的尽是些乱七八糟的东西：

啊，哭泣吧，

啊，哭泣吧

直至流出喜悦之泪！

高高的桅杆上，

隐约可见水兵！

他还声嘶力竭地读过另一首让人大感诧异的关于月出的诗歌。众所周知，月亮还被称作卫星①。

月亮升起，赤裸裸地，

在蔚蓝色的卫星附近！

后来写的诗歌就变得浅显易懂多了，数年来他锲而不舍地发

---

① 俄语中，месяц 和 луна 都有月亮的含义，而 луна 的另一含义是卫星。

挥着自己的诗学才华。虽然在创作的过程中常常遭遇失败，语言粗野、笨拙，还尽是描写些上不了台面的东西，但他仍在写诗方面获得了极大的技巧性和多样性：

镶嵌的壁龛，

颤抖的黑夜，

她向后仰去，

于是我俩就……

除此之外，他总是表现得十分高傲，其高傲程度并不亚于科济马·普鲁特科夫。还假装自己是恶魔、祭司、无情的“导师”、“舵手”……随后又一发不可收拾地退步，变成了滑稽可笑的蹩脚诗人，变成了狂热地臆造出与众不同的韵脚的诗人：

库克①年代，尽享盛誉，

你击碎双桅横帆船的肋骨，

只为认出你，只为了解最重要的东西——

而那无法复制的经验是……

有一回，巴尔蒙特曾因自己的花腔怪调惹怒了吉皮乌斯。在诗人斯卢切夫斯基家举行的一次“星期五”文学集会上我曾亲眼见证了这一事件。文学集会上济济一堂。巴尔蒙特兴致极高，带着陶醉之意朗读起了自己的第一首诗，甚至还舔起自己的嘴唇来：

毛茛，铃兰、爱抚……

朗读第二首诗时，时断时续，明快清晰：

---

① 库克(1728—1779)：英国著名航海家，先后三次领导环球考察，是太平洋中众多岛屿的发现者。

岸，暴风雨拍打着岸

黑色的独木舟是陌生的酒杯……

吉皮乌斯似乎显得意兴阑珊，一直用单目眼镜打量着他。朗读完毕，当众人还在沉默之时，她就慢条斯理地开口道：

“第一首诗——庸俗低级，第二首诗——不知所云。”

巴尔蒙特涨红了脸，说道：

“我不在意您的无礼，但我想要知道，您究竟哪里不明白呢？”

“我不明白，这独木舟代表什么，为何又是什么陌生的酒杯呢？”吉皮乌斯一字一顿地回答道。

巴尔蒙特立刻变得像条眼镜蛇似的，回答道：

“如果一个小市民要求诗人解释诗歌形象的意义，诗人还可以泰然处之。然而，当另外一位诗人喋喋不休地提些庸俗的问题时，他就无法抑制自己的愤怒了。您不明白吗？可我总不能为了让您更加明白而把自己的脑袋也给您吧！”

“我很庆幸您不能这么做，”吉皮乌斯回答说，“对我而言，有您的脑袋才是真正的不幸……”

总而言之，巴尔蒙特是个非常奇怪的人。他时而流露出来的“稚气”以及出人意料的天真笑声常常令人惊讶不已，与此同时他的身上还具备一种魔鬼般的狡黠；其天性中有着不少虚假的柔情，总爱说些“甜言蜜语”，但也存在不少与之前的品性截然不同的东西——粗野的胡闹，野兽般的斗殴，市井般的粗鲁。终其一生，他总因自命不凡而疲惫不堪，总是陶醉在自己的世界里，总是自信到了无以复加的地步。有一回还无比幼稚地发表了一个短篇故事，描写了他在托尔斯泰家做客的情形，讲述他是如何给托尔斯泰朗读自己的诗歌的，而托尔斯泰则坐在摇椅里，听得捧腹大笑。巴尔蒙特丝毫不为此感到难堪，他是这样结束这个故事的：

“老头儿狡猾无比，还假装不喜欢我的诗！”

带着这种与众不同的天真，他还讲述了不少别的故事。例如，他曾讲过自己拜访梅特林克的故事：

“艺术剧院准备上演《青鸟》，那时我正好身在国外，剧院便请求我去探望梅特林克，并问问他对此有何感想。我欣然答应。但是我在梅特林克那里却遭到了十分怪异的对待。先是在他家门前按了整整一小时的门铃；后来终于有人前来开门，等来的却是一个泼辣的妇人，还用自己的身体将我挡在了门外；当我历经艰难终于克服最后一个障碍后，迎接我的却是下面一副场景：空荡荡的房间中央放着一把椅子，椅子上坐着一只肥头肥脑的狗，而梅特林克却站在椅子旁。我上前鞠躬行礼，并作自我介绍，深信主人是听闻过我名字的。但是梅特林克却默不作声，沉默地看着我，而那条可恶的狗却开始发威吼叫。此时我的心底涌起一股冲动——想把这个怪物从椅子上扔到地上，并指责主人的无礼。但我还是克制住了自己的怒火，陈述起自己来访的原因。梅特林克依旧沉默不语，而那条狗又开始气急败坏地吼叫起来。‘劳驾，’当时我的语气十分不善，‘劳烦您告诉我，艺术剧院即将上演您的大作，对此您有何看法？’他终于开口说：‘我没有任何看法，再见。’我以子弹般的速度，带着恶魔般的愤怒夺门而出。”

他还讲述了自己在好望角的一次奇遇：

“当我们的海船在港口抛锚的时候，”巴尔蒙特从来不会说“轮船”一词，“我走下船，踏上了陆地（此处巴尔蒙特依旧不会说他只是出了城）。我看见一个部落，部落里的人们都居住在用兽皮和树枝覆盖而成的圆顶帐篷[1]里。一位老太婆坐在里面，虽然老态龙钟、面貌丑陋，但依旧充满了某种令人憧憬的魅力。想要接近她的想法立刻涌上心头。我虽掌握了世界上的多门语言，但其中并不包括‘祖鲁语’，因此当那个老太婆举着粗棍朝我扑来之时，我只能仓皇而逃，以此保命。语言不通大约是导致这个场面的原因……”

“我掌握了世界上的多门语言……”像巴尔蒙特这样厚颜无耻地吹嘘自己语言能力的不止他一人。比如，勃留索夫也曾撒过谎。1945 年，某位米亚斯尼科夫在莫斯科出版了一部作品(《勃留索夫的诗歌》)，当然，该书的内容是以勃留索夫本人的版本为依据的，米亚斯尼科夫在书中写道：“勃留索夫精通法语和拉丁语，无需借助字典就能顺畅地用英文、意大利文、德文、希腊文进行阅读，还能读懂一部分西班牙文和瑞典文，对下列语言也均有涉猎：梵文、波兰语、捷克语、保加利亚语、塞尔维亚语、古犹太语、古埃及语、阿拉伯语、古波斯语和日语……”他在“蝎子”出版社的同事波利亚科夫也丝毫不落于其后。不久之前其同事谢苗诺夫在《俄罗斯思想》报上发表文章称，这个波利亚科夫“精通欧洲所有国家的语言，还懂得将近十二门的东方语言……”你们仔细琢磨一下——欧洲所有国家的语言，还有将近十二门的东方语言！巴尔蒙特说自己是“掌握了世界上多门语言”的语言专家，这显然是名不副实的，要知道，就连听懂最简单的法语对话对他而言都是件困难之事。侨居巴黎期间，有一次他在我家碰到了我的文化代理人——美国人布拉德莱。当布拉德莱用英语和他交谈时，他却涨

① 这里指的是北美印第安人的住所——用树枝、树皮、兽皮覆盖的圆顶棚屋。

红了脸，脑海里一片混沌，转而说起了法语，但法语说得也是一塌糊涂，犯了一些愚蠢的错误……他究竟是如何完成如此大规模的译作的呢？如何把各种不同的语言，甚至是格鲁吉亚语和亚美尼亚语翻译出来的呢？多半是根据逐字翻译的译文来完成自己作品的。而他的风格就更不值得一提了。打个比方，雪莱的十四行诗的第一行写得简洁明了："荒漠上，沙土上，躺着一尊巨大的雕像"——雪莱只用了几个词来描述雕像。而巴尔蒙特是如何翻译的呢？"在赤裸裸的沙漠里，永恒守护着荒漠的寂静……"对"祖鲁语"一无所知，这种无知为他带来了惨痛的后果。在其他情况下，也发生了不少悲惨事件。当他开口说一些自己略知一二的语言时，他那种大吼大叫的癖好在这个时候就发挥起了作用。伦敦的警察不止一次为此把他揍得狼狈不堪。在巴黎他也挨过警察一顿揍。某天晚上他和一位女郎走在两名警察的身后，边走边冲着女郎疯狂地大喊大叫，还把重音落在"您的"这个词上（"您狡黠的目光，您狡猾的头脑！"）。结果，警察们认定他在用巴黎街头的小偷和流氓的黑话骂他们：里面的"vache"①（"母牛"）是给警察取的一种侮辱性绰号，它比俄语中称警察为"警察狗子②"还要更加不尊重。有一回，我和巴尔蒙特还碰到过这样一件事：那年夏天，我们一同前往敖德萨郊区的一个位于海岸上的德国新村，我、巴尔蒙和另外一位作家费多洛夫去那游泳。我们刚脱了衣服准备下水，不幸的是，费多洛夫的弟弟此时突然从水里钻了出来——这是一个身材高大的汉子，是来自敖德萨码头的流氓，一个世世

① "vache"是俄语ВАШ（你们的，您的）一词的法语译音。

② 原文用的是"фараон"一词，有法老、警察等意思。

代代的渔夫。巴尔蒙特看见他后，不知为何涌起一股悲痛的怒气，紧接着便朝他扑去，还演戏般地大喊起来："野蛮人，我要跟你决斗！"而"野蛮人"却用晦暗的眼神懒洋洋地朝他打量一番，用自己那双可怕的手将巴尔蒙特一把抱起，朝岸边带刺的灌木丛扔去。巴尔蒙特从灌木丛中爬出来的时候，浑身血迹斑斑……

总而言之，他是一个不同寻常的人。终其漫长的一生，从未说过一句简简单单的话，甚至还无比下流地在诗歌中将自己情人那神秘而又迷人的身躯称为"令人神往的洞穴"。

除此之外，他还很会精打细算。为了讨勃留索夫欢心，曾在勃留索夫的杂志《天平》上发表文章，将我称作是"只会潺潺作响的小溪"。之后岁月变迁，他又对我变得宽厚起来。读完我的小说《来自旧金山的先生》后，对我说道：

"您拥有海船那般的情感！"

之后我有幸荣获诺贝尔奖，得奖的那段日子里我们曾在巴黎的一次会议上碰过面，那时他已不再将我比作小溪，而是称我为雄狮。为了向我致敬，还给我读了一首十四行诗（理所当然地不忘在诗中提到自己）。诗是这样开篇的：

我是老虎，你——是狮子！

他在政治上也是相当谨慎的。

1930 年莫斯科出版了《文学百科全书》，书中第一卷是这样描述他的：

"巴尔蒙特——俄罗斯象征主义的领袖之一……中学毕业之后进入莫斯科大学深造，后因参与学生运动而被开除。对社会活动的热情很快便褪去，转而投入唯美主义和个人主义的怀抱。1905 年，其革命情绪短暂性地再次高涨，随后在巴黎出版了革命诗歌选集《复仇者之歌》，巴尔蒙特也随之成为了一名政治流亡者。沙皇颁发诏书后，巴尔蒙特回到俄罗斯。在帝国主义战争中，巴尔蒙特站在了沙文主义的队列中。然而到了1920年，他又在教育人民委员会杂志上发表了《预料之中的事》一诗，在诗中激情昂扬地欢迎十月革命的到来。代表苏维埃政府到国外出差期间，又转而投入白军侨民的阵营。原本推崇雪莱的和谐的泛神论，后又改为信奉波德莱尔的歪曲的恶魔主义，如勃留索夫所说的那样，'想要成为激情和罪行的歌颂者'。在十四行诗《畸形者》中，他赞美了'歪歪扭扭的仙人掌，天仙子的嫩芽，蛇，蜥蜴中受歧视的种族，瘟疫，麻风，黑暗，谋杀，灾难，蛾摩拉和所多玛[①]'，将尼禄视作'亲兄弟'般热情迎接……"

我不知道《预料之中的事》是一首怎样的诗，但毫无疑问的是，巴尔蒙特像迎接"瘟疫、麻风、黑暗、谋杀、灾难"那样"狂热"地欢迎布尔什维克的到来。我知道他是怎样迎接1905年的：这一年的秋天他在布尔什维克报纸《新生活》上发表了自己的作品，其中有几句话是这样写的：

> "谁要是不相信有觉悟的、勇敢的工人们能取得胜利，
> 他就是无耻之徒，就是骗子，就是在玩两面派的把戏！"

多么愚蠢而又刻意的奉承啊，之后似乎已经无路可退了：为何称之为"无耻之徒"，为何称之为"骗子"，那人玩的又是怎样的"两面派的把戏"？如果把整个过程比作是一株植物的话，那么此时尚且处于开花阶段，直到《复仇者之歌》中才结出了真正的果

---

① 所多玛和蛾摩拉是古代巴勒斯坦的两座城市的名称，据圣经记载，因居民罪孽深重而毁于地震和天火。

实，但也不过是无名之果罢了：该诗集中的《致俄罗斯军官》一诗是根据1905年末莫斯科的那次以失败告终的起义事件而作的，从中可以读到这样的诗句：

愚蠢的士兵！你还不明白，
自己是在做谁的走狗？
你和卑鄙之人、无耻之流、恶棍之徒同流合污，
并非只是一时半刻！
我曾见过你精神焕发的模样，
我曾见过你高尚美丽的模样。
而如今你却跌入尘埃，自甘堕落！
陷在沼泽里，流落荒野中！
你是一具死尸——躺在爬满蛆虫的棺材里！
你那破破烂烂的礼服上沾满血污，
你的灵魂跌入那黑暗的万丈深渊，
万恶的你。万恶的全世界。
你是恶魔，是被雇佣的杀人犯！

但是这些还不够，紧接而来的是描写沙皇的诗歌《歌曲》：

我们的沙皇——双目失明的残废，
监狱、鞭刑、审讯、枪决，
我们的沙皇——受绞刑而死……
他是个懦夫，连说话都磕磕巴巴，
等着吧，报应的时刻就要到来！
你曾是个微不足道之人，
而如今却是肮脏的野兽！
沙皇的嘴唇肥大而下垂，说话含糊不清……

啊，卑鄙之中的卑鄙！支离破碎，散发恶臭的脓包，
脓疮已经肿胀，等待着手术。
同志们，为了战斗，更加紧密地团结起来吧，
抓住这只带刺的刺猬！
我们的沙皇龌龊无耻，长着狐狸的尾巴，
还有像狼一般的丑陋的大嘴，
习惯混迹于人类的世界里，而与此同时
却又不动声色地掠夺着世界，
掠夺，亵渎神明，蜷缩着身子，漫天撒谎，
像狼崽子那般，可怜地哀嚎！
你这个侏儒，这个凶恶的瘦老头，
这个喝着鲜血和污秽的醉鬼，
你理应被处死！

上述内容于1907年发表在巴黎的杂志刊物上。莫斯科起义失败后，巴尔蒙特逃亡至巴黎，然而这段经历并没有影响他之后安全地返回故土。在这场起义爆发之前，格热宾就已经开始在彼得堡发行绘有插图的讽刺性杂志，杂志第一期的封面上是一个顶着皇冠的光屁股——该图案占据了杂志的整个版面。但格热宾并没有踏上任何形式的逃亡之路，也没有人动过他一根手指头。而高尔基先是跑到了美国，后来又逃去了意大利……

柯罗连科拥有高尚的灵魂，他在幻想革命的时候，想起了某位诗人的几句优美的诗句：

雄鸡在神圣的罗斯大地上引吭高歌——
神圣的罗斯很快就要迎来白昼！

在热情激昂的氛围中，安德烈耶夫感到一股强烈的渴望，他

对魏列萨耶夫说：

“我有点儿畏惧立宪民主党人，因为我在他们身上看到了未来领导者的影子。与其说他们是生活的建设者，不如说他们是改良式监狱的建造人。或是革命和社会民主党获得胜利，或是立宪制的酸白菜[①]获得胜利。如果是以革命的胜利告终，那么这将会是一桩难以言喻的快乐的、伟大的、前所未有的大事件，不仅会出现全新的俄罗斯，还将出现一片全新的国土！”

“瞧，有个送信人走到约伯面前，对他说：‘你的子女们在你长子家中聚餐，大伙儿吃着饭喝着葡萄酒，突然从荒漠中刮来一阵大风，席卷过屋子的四角，将房子吹倒在地，倒塌的房子压住了你的孩子们，他们都死了……”

“某种难以言喻的快乐”终于降临到了俄罗斯大地上。

甚至是叶·德·库斯科娃[②]也曾在无意之中提起过此事：

“俄国革命是通过某种粗暴的、充满兽性的行为来完成的。”

当时还只是 1922 年，这句话所表达的意思并不完全公正：在动物世界里，从来不会出现这类缺乏理智的兽行——纯粹为了满足兽欲而犯下种种极端残忍的罪行。残忍的兽行只会出现在人类世界中，尤其是发生在革命暴乱期间。败类总能依靠理智行事，总会带着实际目的行事。败类贪婪地啃食其他野兽，只会依赖汲取他人营养而存活，或是当他人妨碍自己生存时干脆将对方消灭掉——败类总是满足于上述行为。他们不会像人类那般不贪恋杀人行为，不陶醉其中，不侮辱、讥笑自己的牺牲品。当他知

① 有落后、停滞不前之意，与革命和社会民主党形成对比。

② 叶卡捷琳娜·德米特里耶夫娜·库斯科娃（1869—1958）：俄国政论家，“经济主义”的思想家。

道自己拥有免罪金牌，或是有的时候（打个比方，在革命时期）这类行为会被视为“神圣的愤慨”和英雄行为，会被授以权利、福利和勋章（类似列宁勋章、红旗勋章），此时人们的行为就会变得更加猖狂。动物世界里，并不存在这类充满兽性的侮辱行为和亵渎行为；那里没有“光明的未来”；那里没有全人类幸福的专业设计师；也不会以全人类的幸福为借口去有组织性地招募数百万之众的军队，并在数十年间借助这只崇尚恶魔艺术的军队不断地进行杀戮。列宁、托洛茨基、捷尔任斯基上台后就立刻着手召集这样的队伍，其成员尽是些专业杀人犯、最可怖的败类分子中的刽子手、精神变态者、性虐待狂，这支军队有过不少臭名昭著的代号：肃反委员会，国家政治保安局，内务人民委员部……

九十年代末，那股“来自沙漠的大风”虽还未吹来，但人们却已经能感受到它的气息了。对于不知何故便突然取代了旧文学的俄罗斯“新”文学而言，这简直就是致命的一击。文学新阵营中的新人们此时已经走在了该阵营的前列，他们与前辈们截然不同——旧文学界的前辈们在不久之前还被称为是“灵魂和情感的主宰者”（当时的人们是这样称呼的）。这些前辈中的一部分人虽然仍主导着全局，但他们的追随者已越来越少，而文学新星的声望却是越来越高。无怪乎阿基姆·渥伦斯基彼时会这样宣称：“新的脑力线诞生于世了！”新文学阵营中几乎都是那类新人——从高尔基到索洛古勃，这些都是天生有才之人，他们具有罕见的精力、强大的力量和巨大的禀赋。对于即将迎来“沙漠之风”的这些日子而言，至关重要的是：这些革新家们几乎都是些缺乏才能和力量的人，他们天生行为不端，身上混杂着一些粗鄙的、虚伪的、投机的东西，总是迎合市井之物，恬不知耻地贪求着成功和丑闻……

不久托尔斯泰就此发表了自己的看法："如今，新作家们的无礼和愚蠢让人感到惊讶！"

那个年代的文学界已经急速走向下坡，许多东西已然崩塌——秉性、荣誉、良心、审美、智慧、分寸感、方式……某一次，罗赞诺夫（带着自豪之情）说道："文学——是我的裤子，只要我愿意，就把它穿上……"随后，勃洛克在自己的日记中写道：

"文学界散发着恶臭……"

"勃留索夫丝毫不感到厌烦，依旧热衷于故作姿态，装腔作势，玩弄下流的小手段……"

"梅列日科夫斯基——鞭笞派成员……"

"维切斯拉夫·伊万诺夫的文章让人感到压抑，感到心情沉重……"

"所有最亲近的人都处于疯狂、病态和混乱的边缘……我感到疲倦……病了……晚上大醉一场……列米佐夫[①]，格尔申宗——都得病了……现代主义者只剩下空隙周围的一圈涡纹……"

"试图预测罗斯未来的戈罗杰茨基……"

"叶赛宁拥有庸俗和亵渎神明的才能。"

"别雷还没成熟起来，浑身充满激情，但从不谈论生活，写的东西也并非来源于生活……"

"流氓行为和艺术分寸感的缺失摧毁了阿列克塞·托尔斯泰的一切。如今他会想，生活是由种种诡计构成的，将会出现不结果实的无花果……"

---

① 阿列克塞·米哈伊洛维奇·列米佐夫（1877—1957）：俄国作家。

"——画展开幕日,《流浪狗》……"

之后,勃洛克又谈到了革命。例如,1917年5月:

"支撑旧世界的俄罗斯政权的基础是无比深厚的俄罗斯生活的固有特性,这种生活模式扎根于许多俄罗斯人民的心中,这个群体的民众数量远比那些拥有革命思维模式的民众要多……人民无法一下子转变成革命者,对于他们而言,旧政权的颠覆似乎是一场出人意料的'怪事'。革命需以自由意愿为前提。有这种意愿吗?从小部分群体来说……"

同年七月他又谈起了这个问题:

"德国人钱多,宣传鼓动力度大……夜晚的大街上,总有人在那里吵吵嚷嚷、哈哈大笑……"

众所周知,没过多久勃洛克就陷入了对布尔什维克的癫狂迷恋之中,但是不能因此就怀疑他此前发表的那些革命言论的正确性。我引用勃洛克的革命言论也并非出于任何政治目的,仅仅是为了说明九十年代末发生在俄罗斯文学圈的那场"革命"同样是某种"出乎意料的怪事"。这场革命从一开始便充斥了各种无赖行为,充满了缺失的分寸感,而勃洛克枉然地加给阿列克塞·托尔斯泰的那种技巧,也确实是"空隙周围的一圈涡纹"。当时的勃洛克在这些"涡纹"上也存在过失,可这又都是些怎样的涡纹啊!安德烈·别雷笔下的每个词都会以大写字母开头,还称勃留索夫是"身披太阳衣的女郎的神秘骑士①"。而在1904年,即别雷发表

① "身披太阳衣的女郎"——"Жена, облечённая в солнце",是启示录(圣经新约的最后一卷,是其中唯一的启示文学作品)中的象征形象,许多学者认为它代表了迫害时期的基督教教会。这一形象既出现在造型艺术和启示录中,也出现在和圣母有关的圣像作品中。

此番言论之前，勃洛克本人就曾把自己的诗歌集赠送给勃留索夫，诗集的题词如下：

赠予

俄罗斯诗歌的立法者，

身穿黑色斗篷的舵手，

指引道路的绿色星星——

事实上，这位“舵手”，这颗“绿色星星”，这个“身披太阳衣的女郎的神秘骑士”只不过是一名贩卖软木塞的莫斯科小商人的儿子。他住在父亲的那幢位于彩色林荫道的房子里，这是一栋名副其实的、充满乡土气息的三等商人的住宅，大门总是挂着锁，留着一扇小门，院子里有一条拴着铁链的狗。勃留索夫还是大学生的时候，我们便互相认识了。这是一个黑眼睛的年轻人，长着一副商人的模样，有着一张结实、肥大、颧骨高凸的亚洲面孔。但是这个商贩讲起话来却是十分讲究，辞藻总是过分华丽，说话鼻音很重，虽讲得断断续续但仍十分清晰，就像是从木笛形的鼻子里嘶声力竭地发生声音来，总是爱带着教育人的口吻说些劝谕的话，容不得他人反驳。他说的每一句话都极具革命意味（从艺术层面来讲）——新事物万岁，打倒一切旧事物！他甚至提议把旧书籍扔进篝火中，将它们全部烧成灰烬。他放声大喊：“就像奥马尔焚烧亚历山大图书馆那样！”与此同时，这个“胆大妄为之人”、这个“破坏者”对于一切新事物都坚守着自己的一套最为残酷且无人能撼动的准则、章程和法令，只要稍一偏离这套制度的轨迹，他就准备将其扔到火堆里焚烧掉。他那低矮的夹层房间的整洁度，也是到了令人惊诧的程度。

“神秘骑士、舵手、绿色星星……”在那个时代，这些骑士、舵手选择的书名同样令人感到惊讶:《雪的假面具》、《风雪高脚杯》、《蛇花》……此外,这些标题必须写在书籍封面最上方的左上角的位置。我还记得,有一回契诃夫看到这样的封面,突然就哈哈大笑起来,说道:

“这是给那些斜视眼的人看的!”

在关于契诃夫的那段回忆录中,我曾谈到他对于“颓废派”、高尔基和安德烈耶夫等人的总体态度……诸如此类的佐证还有一个。

三年前,即 1947 年,《同时代人记忆中的契诃夫》一书在莫斯科出版。顺便说一句,阿·吉洪诺夫(阿·谢列博罗夫)写的回忆录也被收录其中。这位吉洪诺夫一生都在高尔基身边工作。少年时代就读于矿业学院,1902 年夏天在萨瓦·莫洛佐夫位于乌拉尔的领地上进行煤矿勘察工作。某一日,萨瓦·莫洛佐夫和契诃夫一同来到该地。吉洪诺夫说,“我在契诃夫的社交圈里呆了好几天,有一回还同他聊起了高尔基和安德烈耶夫。我听说契诃夫很喜爱高尔基,对他十分推崇,于是我便对《海燕》的作者大加赞赏起来,毫不吝啬赞扬之词。文中令人欣喜若狂的感叹词和惊叹号简直让人无法呼吸。”

“对不起……我不明白……”契诃夫如同被冒犯了一般,带着一丝不悦但又礼貌地打断了我,“我不明白,为什么您和所有的年轻人都被高尔基迷得神魂颠倒呢?瞧,你们都喜欢他的《海燕》、《鹰之歌》……但要知道,这并不是文学,只是一些响亮的词语堆砌而成的玩意儿……”

出于诧异,我被一口茶烫着了。

“海在笑,”契诃夫继续说,边神经质地不时微微转动着夹鼻眼镜上的细绳，“您当然会感到欣喜若狂！多么出色啊！可要知道，这只是廉价之物，只是通俗读物，瞧，你们读到‘海在笑’之后便停了下来。你们以为，自己停下来是因为他写得太好了，写得太具艺术性了。然而事实并非如此！殊不知你们停下来，只是因为一时无法理解这是怎么一回事——海，怎么就突然笑了起来呢？海没有情绪，它不会哭也不会笑，只会哗哗作响，发出拍打声，闪着亮光……看看托尔斯泰是如何描写的：太阳东升西落……没有人哭，也没有人笑……”

他用长长的手指碰了碰烟灰缸、小碟子和奶罐，随即又带着某种厌恶之情将它们推离自己。

“瞧，你们援引了《福玛·高尔杰耶夫》中的话，”他接着说，眼睛周围的鱼尾纹皱了一下，“同样不成功！它只有一条直直的主线，所有的东西都建立在主人公一人身上，就像是串在铁叉子上的烤羊肉串。所有人物都说着同样的话，发着‘O’的音……”

显然，我在高尔基的问题上走了背运。我试图把话题转移到艺术剧院上，以此摆脱尴尬的局面。

“没什么，剧院就是剧院，仅此而已。”契诃夫再一次浇灭了我内心狂热的火焰，“至少演员们知道如何扮演角色。而莫斯克温甚至可以称得上是位极具天赋的演员……总体来说，我国演员们的文化修养还不高……”

如同溺水之人抓住稻草一般，我抓住了‘颓废派’——当时公认的文学新流派。

“无论是过去还是现在，都不存在什么颓废派。”契诃夫无情地将我彻底驳倒，“您为什么要提他们？这都是些油头滑脑的骗子，并不是什么颓废主义者。您别相信他们。他们的双腿也全然不是'苍白的'，而是同大家一样——满是毛发……”

我提到了安德烈耶夫。契诃夫听罢斜着眼睛，带着并不友善的微笑看我了一眼，说：

“哪一个列昂尼德·安德烈耶夫，是那个作家吗？他只不过是那些极爱说漂亮话的律师的助手……”

——

契诃夫也跟我聊起过“颓废派”，不过他与我谈话中的颓废派和吉洪诺夫提到的还是有些区别的：他们并非只是骗子。

“他们算什么颓废主义者？”契诃夫说，“他们是最健壮的庄稼汉，应该把他们送到苦役连去才是……”

的确，这些人几乎都是“骗子”和“最健壮的庄稼汉”，完全无法将他们称之为健康的正常人。契诃夫时代的“颓废主义者”，以及那些人数被夸大且之后尊享荣誉的人——那些已不再被称之为颓废主义者或象征主义者，而是被称为未来主义者、神秘的无政府主义者、寻找金羊毛的勇士，他们同其余人一样——如高尔基、安德烈耶夫，还有之后的因疾病而变得虚弱消瘦的阿尔志跋绥夫，还有那位头发半秃、脸涂抹得像娼妓尸体般、有鸡奸癖好的库兹明等人，所有人的力量都十分巨大，然而拥有这些巨大才能的却是些癔病患者、疯子和神经错乱之人。就普通意义而言，他们中有谁能够称得上是健康人呢？这都是些狡猾之人，如何才能做到引人注目，他们对此了如指掌，要知道，大多数癔病患者、疯子和神经错乱之人都拥有这样的特征。瞧，早在契诃夫那个年代，形形色色、不同程度的病患或者精神失常者就以惊人之势聚集在了一起，而在随后的几年里这个群体的规模又不断地扩大！并非平白无故地用男性化的笔名来写作的肺痨病患者吉皮乌斯，对夸张手法无比着魔的勃留索夫,《安静的小孩》的作者[1],《庸俗的恶魔》的作者[2](换句话说,也是里面的主人公别列顿诺夫)——即死亡和“恶魔之父”的歌者、如同石头一般呆板寡言的索洛古勃(罗赞诺夫称他为“身穿常礼服的砖头”),蛮横的、充满神秘主义色彩的无政府主义者楚尔科夫,总是怒气冲冲的渥伦斯基,身材矮小而脑袋却大得出奇、拥有一双呆滞黑眼睛的明斯基;还有病态地迷恋不规范语言的高尔基(“我给您拖来了这本书,浅紫色的鬼东西。”),他年轻时写了不少辞藻过于华丽、充满了低劣且尖锐的讽刺语的东西,还用过以下笔名进行写作:伊叶古季儿·赫拉密达、无名氏[3]、X 先生[4]、安季诺姆·伊斯霍佳施、萨摩克里奇科·斯洛沃杰科夫……高尔基去世之后,为世人留下了不计其数的照片——照片主角横跨了自己的每一个年龄段,直至老年。照片中的高尔基摆出演员式的姿势和表情,时而一副淳厚朴实、若有所思的样子,时而一副厚颜无耻的样子,时而像苦役犯那样愁眉苦脸,时而用尽全力将肩膀抬起,把脖子缩在里面,像街头鼓动员般摆出一副狂热的姿势。有着一张苍老的高颧骨的蒙古人面孔的高尔基是一个名副其实的演说家,讲起话来总是滔滔不绝,还能做出无数种丰富多彩的表情,有时脸色阴沉得可怕,有时又像个白痴似的高兴不已,此时他头发下的眉毛和前额上的皱纹就会挤在一起。总而言之,如果不装腔作势、不说些空洞的漂亮话,高尔基几乎无法留在人群中。他时而故意表现得无比粗鲁,时而

---

① 作者是阿尔卡季·谢尔盖耶维奇·布霍夫。

② 作者是费奥多尔·库兹米奇·索洛古勃。

③ 原文是“Некто”,不定代词,指“某某人”。

④ 原文是“Икс”,即 X,爱克斯,表示未知数或某人。

又洋溢着浪漫主义式的热情，却不带一丝荒谬的过分的喜悦之情，(“普里什文，能和你同住一个星球，我感到很幸福!”)也不说任何荷马式的谎言。高尔基在揭露性文章中所表现出来的愚蠢也是非同寻常的:“这是城市，这是纽约。从远处看，整个城市像是一个长满参差不齐的黑色牙齿的巨大颌骨。它把无数的浓烟喷向天空，又像一个患有肥胖症的贪吃之人在那呼呼喘气。走进城市，你会感觉像是走进了一个用石头和铁筑成的胃里。城市的街道是一条滑溜溜的、贪婪的喉咙，喉咙里漂浮着的是一块块黑色的食物——活人们;城市铁路的车厢如同一条条巨大的蠕虫;火车头则像一只只肥大的鸭子……”他是一个荒唐无比的写作狂。在高尔基逝世后不久，某位巴卢哈托夫于莫斯科出版了一本名为《高尔基文学著作》的作品，并在这本大部头的文集中写道:“关于高尔基作品的总数，我们依旧没有一个准确的概念——迄今为止他的1145篇文学和政治作品已被我们登记在册……”不久前我在莫斯科的《星火》杂志上读到一段话:“全世界最伟大的无产阶级作家高尔基有意献给我们更多更优秀的创作。毫无疑问，假如人民的公敌——无耻的托洛茨基分子和布哈林分子没有剥夺他奇妙的生命的话，高尔基必能兑现自己的诺言。约八千件最珍贵的手稿和材料被珍藏在苏联科学院世界文学研究所的作家档案室内……”这就是高尔基。但其他反常的事情又何其之多!一生坚定不移地往自己的诗歌中注入离奇古怪之词和曲调的茨维塔耶娃，回到苏联之后却悬梁自尽;最为蛮横的酒鬼巴尔蒙特在逝世前不久变得精神失常——暴躁凶残、性欲过旺;勃留索夫是吗啡瘾者、患有暴虐症的色情狂;悲剧作家安德烈耶夫染上了狂饮病……还有如同猴子般狂暴不已的别雷，此处便不再对其进行描述。另外，不幸的勃洛克也是如此：祖父在精神病医院病逝，父亲“言行古怪，濒临精神病的边缘”，母亲也“屡次进精神病医院进行治疗”，而勃洛克本人从年轻时期起便患上了十分严重的坏血病，他的日记里充满了对该病的怨诉——坏血病如同酒和女人一样折磨着他，紧随而后的是“沉重的精神折磨，以及去世不久前出现的神志不清和心瓣膜发炎……”这种智力和心灵上的不稳定性和多变性是十分罕见的：“中学引起了他的反感，用他的话来讲——那些可怕的平民阶层，那些与他背道而驰的思想、行为方式和感情都让他心生厌恶之情。”于是他准备成为一名演员。大学头几年他模仿茹科夫斯基和费特的诗风，描写绽放在“玫瑰色的清晨，红色的霞光，金黄色的谷地以及开满鲜花的草地”中的爱情；随后他成为维·索洛维约夫的继承者，也成为“寻找金羊毛的勇士组成的神秘小组的领导人”——别雷的朋友和战友；1905年，他“高举红旗走在群众中央，但很快就对革命变得漠不关心了……”他以类似国家骠骑兵的身份上了第一次大战的前线，回到彼得堡之后向吉皮乌斯谈起这次战争，时而称自己在战争中感到“多么快活”，时而又换上另一种说法，称战争是多么无聊、多么引人反感，有时还试图说服吉皮乌斯，让她相信“应将所有的犹太人处以绞刑……”

（上文中最后几行文字是我从吉皮乌斯的《蓝书》以及她的彼得堡日记中摘录而得的，关于勃洛克的其余资料则是从与他相关的传记和自传中摘录而得的。）

当勃洛克亵渎神明、咒骂神明时，他的行为也是非常病态的。在高尔基、扎米亚京、楚科夫斯基的直接参与下，杂志《俄罗斯同时代人》于二十年代末在所谓的列宁格勒出版了。正如其纲要中所称的那样，杂志“仅仅以文化”作为追求目标。瞧，这本文化杂志的第三期刊登了部分“珍贵的文学资料”，其中有一份资料尤为珍贵，内容如下：

“从亚历山大·亚历山德罗维奇·勃洛克去世之后留下的手稿中摘选而得的构思、手稿和札记。”

事实上，这些“构思”中的确有一些不错的东西，尤其是某个关于“耶稣”的构思。高尔基本人对耶稣也不持尊重之情，讥笑他为“大学究”。不过在这方面高尔基还远不及杰米扬·别德内和马雅可夫斯基，唉，当然也比不上勃洛克了！事实上，勃洛克原本构思的正是“源于耶稣生活的剧本”。“剧本”的提纲如下：

“酷暑。肉厚多汁的仙人掌。耷拉着嘴唇的傻瓜西蒙在钓鱼。”

“耶稣进场：非男亦非女。”

“福玛（异教徒！）——在进行检查。”

“不得不深信不疑：受到了强迫，受到了欺骗。”

“把手指放进去，就成了传播者。”

“强迫宗教法庭、罗马教廷、打着嗝儿的牧师——和立宪会议去宣传……”

“伟大诗人”的读者们相信这些荒谬无比的卑劣之言吗？可我却是逐字逐句从中摘录下来的。接着往下读：

“安德烈·别尔沃兹万内。四处走动着，不愿停留在同一个地方。”

“圣徒们为了耶稣而偷樱桃和小麦。”

“母亲对儿子说：‘与康娜·加丽列伊斯卡的婚姻。很不体面。’”

"圣徒贸然出口,耶稣进行阐明。"

"山上举行的布道:群众大会。"

"当局忧心忡忡。耶稣被捕。圣徒们,毫无疑问,已然偷偷溜走……"

该"剧本"提纲的结尾是这样的:

"应当让柳芭读一读勒男的书,并在地图上将他去过的地方标注出来……"

"'他'这个字,毫无疑问,是以小写字母开头的……"

——

在这种荒唐的行为("强迫打着嗝儿的牧师——立宪会议去宣传")和不正常的亵渎神明的行为中(描述圣徒彼得的这句话——"耷拉着嘴唇的傻瓜西蒙",到底有何意义)所包含的东西,来源于该时代所盛行的风气。亵渎神灵和咒骂神灵是革命时代的主要特征之一,这一特征早在那股"沙漠之风"轻轻袭来之时便已显露端倪。彼时索洛古勃已写下《我的弥撒》一诗,祷告自己,祷告恶魔:"我的父亲,恶魔!"还把自己假扮成魔鬼的样子。阿赫玛托娃曾在彼得堡的"野狗"剧院里说过这样的话:"在这儿我们都是罪人,都是荡妇。"某日,该剧院上演了一出名为《圣母携婴儿逃往埃及》的"弥撒剧",库兹明为该剧作词,萨茨谱曲,苏杰伊金设计舞台布景和服装。诗人波杰姆金在剧中扮演驴,把腰弯成直角,拄着两根拐棍向前行走,背上还驮着圣母的扮演者——苏杰伊金的夫人。"野狗"剧院中坐着不少未来的"布尔什维克":阿列克塞·托尔斯泰——彼时尚年轻,身材高大,肥头大脸,是位举足轻重的贵族、地主,穿着浣熊皮大衣,戴着海狸皮帽或大礼帽,头发像庄稼汉似的剪得短短的;勃洛克——有着一张僵硬的、高深莫测的、俊美的诗人脸庞；还有马雅可夫斯基——穿着黄色的女式短上衣，一双乌黑的眼睛，蟾蜍似的扭曲不平的嘴唇则紧紧抿着，带着些放肆无礼和郁郁寡欢的感觉……此处不得不提一句，库兹明去世时的情景大概是这样的（国家已处于布尔什维克统治之下）：他一手握着福音书，一手拿着薄伽丘的《十日谈》。

在布尔什维克统治时期，各种亵渎神明的下流行为层出不穷，如同多瓣的鲜花盛开那般，达到了鼎盛时期。早在三十年前就有人从莫斯科给我来信，信中说道：

"站在人潮拥挤的电车车厢内，周围都是些面带笑容的嘴脸，陀思妥耶夫斯基笔下的'捧持圣象的人民'在欣赏一本名为《无神论者》的杂志里的图片：画中描述的是一群愚昧无知的农妇在'领圣餐'——吃耶稣的肠子；上帝——唯一真神[①]，戴着夹鼻眼镜，愁眉苦脸地在那读着杰米扬·别德内的某本书……"

这或许便是"福音派教徒杰米扬完美无缺的新遗训"，而这位杰米扬多年来一直都是达官显贵及富商巨贾中的一员，也是苏维埃莫斯科政权如畜生般卑躬屈节的走狗中的一员。

咒骂神明的众人中最可恶的当属巴别尔。侨民界的一份社会革命党人的杂志《时日》曾对巴别尔的短篇小说集进行过研究分析，认为"他的创作具备不同的价值"：巴别尔熟知那些有趣的日常生活用语，有时还能毫不牵强地使整篇文章的语言都具备这种风格——比如《萨什卡—基督》。以外，其余作品中既没有描述革命性的日常生活，也不存在任何革命的痕迹，例如《耶稣的罪孽》……"遗憾的是，"该报继续评论道——虽然我并不能完全明

① 唯一真神，犹太教对雅赫维德称谓。

白，此处有何遗憾可言，“不能将这部小说中最具典型的地方归结为作者在其中运用了一些极为粗鲁无礼的表达方式。就令人愤慨的语调以及卑劣的内容而言，整篇小说都与反宗教的苏联文学没有任何相同之处：文中的主角——上帝、天使以及把天使压死在床上的旅馆女服务员阿琳娜。上帝派天使下凡做女人的丈夫，以便女人不再受频繁生育之苦……”虽然略失公正，但仍是一种相当严厉的审判，因为这种卑劣的行为中必然存在某种“革命”的印迹。我还回想起了巴别尔当时写的另外一篇小说，该小说以诙谐的口吻谈到了某座天主教教堂中的圣母雕像，然而一思及此，我就立刻竭力不去想它——因为文中用了一些足以把人送上绞刑台的卑鄙下流的话来描写圣母的乳房。当时的巴别尔似乎处在一种完全健康和正常的状态（就正常意义上来理解）。至于精神失常者，我还想到了某位赫列勃尼科夫。

赫列勃尼科夫，原名为维克多，尽管后来又将自己的名改成韦利米尔，革命爆发（二月革命之前）之前我俩偶尔能碰面。这是一个生性阴郁、体型瘦小、沉默寡言的人，总是一副不知是真的喝醉、还是假装喝醉的醉醺醺的模样。如今，不仅俄罗斯的人民会纷纷议论他的才能，就连侨民界也时常会谈及其天赋。这毫无疑问是一种十分愚蠢的行为，然而赫列勃尼科夫依旧具备某种充满野性的艺术才能的基本元素。他以未来主义者和疯子的双重身份闻名于世。不过，他的精神真的到了失常的地步了吗？事实上，他从来都不是一个正常人，但归根到底还是在装疯卖傻，用自己的疯狂进行投机。二十年代，从莫斯科寄来了一大堆有关文学和日常生活的信，其中一封信提到了赫列勃尼科夫。信的内容如下：

赫列勃尼科夫去世之后，莫斯科与他相关的文章铺天盖地，人们发表演讲，把他称作天才。在某次赫列勃尼科夫纪念大会上，他的朋友П.先生朗读了关于他的回忆录。这位П.先生称自己在很早之前便认定赫列勃尼科夫是一位伟人，早就想与他相识，想更深入地了解他伟大的灵魂，希望在物质上给予他帮助："由于不问世事"，赫列勃尼科夫过着一贫如洗的生活。唉，想要亲近他的一切尝试都是徒劳无功的——"赫列勃尼科夫是难以接近的。"瞧，有一回П.先生终于打通了赫列勃尼科夫的电话，"我开始邀请他来我家，赫列勃尼科夫答应前来，只不过要稍晚一点，因为此刻他正迷失在卢比扬卡与尼科尔斯卡雅之间的那座常年积雪的山中。后来我听到敲门声，打开门——是赫列勃尼科夫！第二天，П.先生把赫列勃尼科夫领到自己家里，一进门他就马上把房间里的被子、枕头、床单、床垫从床上搬下来，把它们放在书桌上，然后全身赤裸地爬上去，开始创作自己的小说《命运榜》，而"神秘的数字 317"是全书的主要内容。

他邋遢不堪，以至于都快把自己的房间变成了牲畜棚，于是女房东就把他和П.先生统统扫地出门。不过，赫列勃尼科夫还是很走运的——某位对他的小说《命运榜》非常感兴趣的米面店老板收留了他。在这位米面店老板家中暂住两周之后，赫列勃尼科夫便表示，为了完成这部著作他必须去阿斯特拉罕草原居住一段时间。米面店老板提供了车费，赫列勃尼科夫欣喜若狂地飞奔前往火车站。不过，他似乎在车站遇到了小偷。米面店老板不得不再一次慷慨解囊，赫列勃尼科夫才得以最终踏上旅途。不久之后，一个女人从阿斯特拉寄来信，信中恳请П.先生立刻来将赫列勃尼科夫接回去，否则——她在信中写道：赫列勃尼科夫将会就此死去。毫无疑问，П.先生自是搭乘第一班火车赶往阿斯特拉罕。半夜时分抵达目的地，找到赫列勃尼科夫后便立刻把他送出城，到了草原后他才开口说话，称自己已经成功地和所有的317位主席取得了联系，这对全世界而言都具有非凡的意义，还朝П.先生的头上打了一拳，致其昏倒在地。苏醒之后，П.先生步履艰难地回到了城里。经过漫长的找寻，直到深夜才在城里的某家咖啡馆里找到了赫列勃尼科夫。看到П.先生后，赫列勃尼科夫立刻挥舞着拳头朝他飞扑过去，还喊道："恶棍！你竟胆敢起死回生！你应该去死！我已经用全世界的无线电同所有主席取得了联系，他们还推选我为地球的主席！""自此之后，我们的关系也就恶化了，与他就此分道扬镳。"П.先生说。然而赫列勃尼科夫并非傻瓜：回到莫斯科后，很快又找到了新的金主——知名面包商菲利波夫。菲利波夫出钱对其进行资助，满足其所有的任性要求。按照П.先生说法，那时赫列勃尼科夫住在特维尔街的一家豪华旅馆内，还在门外贴上五彩缤纷的自制挂图，挂图上画着爪形太阳，底下是一行题词：

"地球主席。白天接待时间——十二点至十二点半。"

这是一种拙劣无比的狂人把戏。后来，这位狂人为了迎合布尔什维克还大发起诗兴——作起了一些合乎情理又有利可图的歪诗：

老爷让我无以为生！
难受极了，难受极了！
我们备受折磨！
贵族身份的老妪，
佩戴星章的老叟，

该让这群老爷们脱得一丝不挂，
像驱赶牲口般把他们驱逐出去，
什么乌克兰品种的牲口，
肥胖的，头发斑白的，
年轻的，骨瘦如柴的，
该把他们统统剥光，
无论是显赫的畜群，
抑或是显赫的贵族，
都该把他们驱逐出去，
一丝不挂！
让鞭子在空中呼啸，
让雷声在星空中隆隆作响！
何处有宽恕？何处有宽恕？
与公牛为伍，
驱赶佩戴星章的老头们，
裸身赤足，
牧人们
该扳动扳机行走。
难受极了！难受极了！
我们要死了，我们要死了！

接下来还有一首代表洗衣女的诗：

假如是我
就会把所有的老爷
拴在同一条绳上
牵进屠宰场。

然后一次又一次
抚摸他们的喉咙，
我把自己的内衣搓洗，再搓洗！
然后把老爷们
砍杀，再砍杀！
一滩鲜血，
在眼前盘旋！

勃洛克的长诗《十二个》中也有这样的句子：

我要把时光
来消磨，来消磨……
我要把脑袋
来挠一挠，挠一挠……
我要把你身上的肉
来割一割，割一割！

与赫列勃尼科夫的诗有异曲同工之妙吧？所有关于革命和革命“口号”的内容都是如此千篇一律，几近庸俗：主要内容——砍杀教士，砍杀老爷！像这样写诗的还有雷列耶夫[①]：

第一刀——砍向地主贵族，砍向达官显贵
第二刀——砍向教士，砍向信徒！

此处需要指出的是：在第一次革命期间以及第二次革命前夕，政治家们的演说以及诗人对革命的召唤中充满了多少“崇高的文体”啊！例如，莫斯科的一位诗人谢尔盖·索科洛夫理所当

① 孔德拉季·费奥多洛维奇·雷列耶夫（1795—1826）：俄国诗人、出版商、十二月党人领袖，在1825年的十二月党人起义中曾试图推翻沙俄政权。

然地不满足于像“鹰”[1]这样的鸟，而把自己称为克列切托夫（隼）[2]，还把自己的出版社命名为“秃鹫”，他的诗是这样写的：

站起来！去惩罚祖国的敌人，
犹如拿着锋利的镰刀去收割麦穗！
前进！前往充满喧嚣和叫喊的地方，
去那红旗飘扬的地方！
当鲜血的热潮，
滋润着广阔的田野，
复兴中的祖国，
在绿色的处女地里抽穗！

此类诗歌中出现血和处女地这样的词语是不可避免的。还有一个实例，即马克西米利安·沃洛申的诗歌：

致俄罗斯人民：我是令人生畏的复仇天使！
我在黑色的伤口里，在被开垦的处女地里，
播下种子！忍辱负重的日子已经过去！
我的声音——就是警钟！
我的战旗——如同鲜血！

然而在革命时期，“崇高的文体”就变成了最低俗的一种文体。就以我从《复仇者之歌》中摘录的诗句为例吧，拥护布尔什维克的诗人用里拉[3]弹奏出来的已然是些粗蛮无礼的音乐：

我们从古老的克林姆林宫

---

① 索科洛夫（Соколов）的词根是鹰（сокол）。

② 克列切托夫的（Кречетовый）的词根是隼（кречет）。

③ 里拉是一种弦乐器，常为乌克兰、俄罗斯、白俄罗斯的歌者所用，也是诗歌、诗才、诗兴的象征。

摘下了皇冠！

在那低矮的栅栏后面，

用火焰做成的桨划船！

低矮的栅栏——这岂不是怪事！之后还有这样的句子：

万事皆成定局，

我们厚颜无耻地坐着，

脚架着脚！

耶稣——被钉在十字架上，而瓦拉瓦

被搀扶着——沿着特维尔大街走着！

——

1917年四月初[1]，也就是列宁来彼得堡的那段日子，我最后一次去彼得堡——这是我人生的最后一次彼得堡之行！顺便说一句，当时我是去看芬兰画展的开幕式。开幕式上聚集了以临时政府的部长们、著名的杜马代表们为首的“整个彼得堡”社交圈的重要人物，人们在那里向芬兰人发表了歇斯底里又卑躬屈节的演说。随后我又受邀参加了为芬兰人举办的宴会。天啊，我在彼得堡看到的这一切，与人们在宴会上表现出的那种荷马式的丑陋结合得多么好、多么意味深长啊！宴会上，所有“彼得堡的精英分子”济济一堂，有著名艺术家、演员、作家、社会活动家、部长、译员，还有一个位高权重的外国代表——法兰西大使。但是，马雅可夫斯基的风头却盖过了所有人。我和高尔基以及芬兰艺术家加连一起共进晚餐。马雅可夫斯基突然走了过来，在我们中间插入一张椅子，之后便就着我们的盘子和酒杯开始大吃大喝起来。

---

① 蒲宁于1917年4月2日抵达彼得堡。

加连瞪大了眼睛看着他——似乎是在看一匹被人牵进了宴会厅来的马（打个比方，如果有人把马牵进宴会厅来的话）。高尔基放声大笑，我则把身子挪开了些。

“您很恨我吗？”马雅可夫斯基快活地问我。

我回答说没有，并称：“跟您在一起我感到荣幸之至！”他张开槽形大嘴，还想再说些什么，此时当年临时政府的外交部部长米留科夫站起身来准备作官方致辞，马雅可夫斯基急忙朝他飞奔过去，跑到桌子中间，霍地跳到椅子上，扯着嗓门喊着一些下流的话，米留科夫被这一幕吓得目瞪口呆。片刻之后，他恢复了镇定，又重新举杯致辞：“先生们！”但是马雅可夫斯基又变本加厉地大喊大叫起来，疯狂程度更甚之前。米留科夫感到莫名其妙，双手一摊，坐了下来。此时法国大使站了起来。显而易见，他深信这个俄罗斯流氓在自己面前会退缩。这怎么可能？转瞬之间，他的声音就湮没在马雅可夫斯基更为嘹亮的嚎叫之中。不仅如此，大厅突然陷入了一场野蛮而又毫无意义的暴乱之中：马雅可夫斯基的战友们也开始大喊大叫起来，用皮鞋敲击地板，用拳头捶打桌子，开始放声大笑，嚎啕大哭，尖声叫喊，像猪一样哼哼叫唤。某位长得像刮光胡子的海象的芬兰艺术家突然大喊一声，这个真正意义上的悲剧式的哀嚎声盖过了大厅里的所有声音。他已经喝得酩酊大醉，脸色惨白得如同死人。很显然，这种无比下流的行为深深震撼了他的心灵，于是他用尽全力、眼含热泪地喊出了他唯一熟悉的那个俄罗斯词语：

“太多了！太多了！太多了！”

在漫漫旅途中，奥德修斯①遇见了一位曾打算吃掉他的独眼穴居人波吕斐摩斯。早在中学时代，拥有先见之明的人就已经给马雅可夫斯基起了个绰号——波吕斐摩斯式的白痴。马雅可夫斯基和其他同伴都是贪吃无比、强壮有力的独目人。有的时候，马雅可夫斯基分子们似乎只是些庸俗的丑角。无怪乎马雅可夫斯基会称自己为未来主义者，即未来的人。他已然觉察到，波吕斐摩斯式的未来毫无疑问是属于他——马雅可夫斯基的，马雅可夫斯基分子们很快就要让其他政论家们永远闭上嘴，而且届时要比他本人在为芬兰艺术家举办的宴会上的所作所为更加出色……

"太多了！"是啊，命运赐予了我们太多"伟大的、历史性的"事件。我出生得太晚。如果我能早些出生，那么我的回忆录将会是另一番光景，也就不会拥有与以下的人和事件息息相关的经历了：1905 年，紧接着是第一次世界大战，随后是 1917 年事件及其后续事件，还有列宁、斯大林、希特勒……又怎能不羡慕我们的祖先诺亚呢！他所经历的仅仅是一次洪水罢了。那只方舟多么坚固、舒适又温暖啊，储存的食物又是多么丰盛啊：整整七份干净的食物，以及两份虽不干净但却依旧非常美味的食物。和平与幸福的使者——衔着橄榄枝的鸽子并没有欺骗他，当然这里并非指的是现代意义中的鸽子（毕加索的《同志》）。他在阿拉拉特安全着陆，美美地饱餐一顿，又睡了一个安稳踏实的觉，沐浴在灿烂的阳光里，呼吸着原生态的、来自新世界春天的纯净空气，在这个消灭了一切陈腐的丑恶之物的世界里——全然不是我们如今的这个

① 奥德修斯——古希腊史诗《奥德赛》的主人公。

又重新回归陈腐的世界！的确，诺亚和自己的儿子含[①]有过一段并不十分光彩的过去。是啊，不然他怎么会是含呢？最主要的是：那个时候全世界只有这个独一无二的含。而如今呢？

——

依旧是1917年，我于那年的春天见到了克罗波特金[②]公爵。

克罗波特金出身于显贵的俄罗斯贵族，年轻时便是亚历山大二世皇帝的亲信之一，后来又逃亡至英国，在英国一直居住至俄罗斯二月革命爆发，即1917年的春天。我在莫斯科与他相识，那次会面让我深受感动和惊讶：这位在欧洲赫赫有名的人——著名的无政府主义理论家、《一个革命家的札记》的作者、著名地理学家、旅行家、东西伯利亚和极地地区的研究人员，竟原来是个小老头。他的两颊晕染着玫瑰色的红晕，头上还残留像绒毛一般轻盈的白发，言谈举止中带着一种生机勃勃的、无比迷人的、可爱的、如同婴儿般天真的东西。还有一双生动又明亮的眼睛，目光善良且充满了信任，上流社会式的谈吐敏捷而又温和——这种出现在人类孩童时期的东西让我深受感动……

当年，他备受众人的尊敬和百般照顾。他虽是一位革命家，但性情却十分温和，数年之后重返故土的怀抱，为那场最终"将俄罗斯从沙皇制度下解救而出"的二月革命而感到骄傲万分。克罗波特金公爵的住所位于莫斯科贵族区里最好的街道上——是某位老爷的府邸（我已经记不清这位老爷的名字了）。同年年底，克

① 诺亚在五百岁的时候生了三个儿子，分别叫闪、含和雅弗。

② 彼得·阿列克谢耶维奇·克罗波特金（1842—1921）：公爵、俄国革命家、无政府主义理论家、地理学家和地质学家。

罗波特金在此举办了一次“讨论关于成立联邦制拥护者同盟的相关问题”的会议。这一年年末俄罗斯到底发生了哪些事件呢？俄罗斯知识分子还要聚集在这栋流血的、疯狂的房子里，建立什么“联盟”——当时整个俄罗斯就已经变成了一幢流血的、充斥着疯狂的屋子。

然而，“联盟”算什么！看看接下来的事件：

1918年3月，克罗波特金被布尔什维克赶出别墅，这栋别墅被政府征作他用。公爵顺从地搬进了另一间公寓，并开始试图与列宁进行会面。克罗波特金抱着无比天真的愿望——试图迫使列宁为当时俄罗斯境内上演的种种骇人听闻的恐怖事件而忏悔。两人的会面如期举行。不知为何，克罗波特金和列宁的亲信之一——邦奇·布鲁耶维奇“关系友好”，于是这次会面的地点被安排在克林姆林宫。实在无法理解，克罗波特金如何能跟这种恶棍交好——要知道，这个恶棍的卑鄙程度即便在布尔什维克中也算得上是佼佼者！然而，事实便是如此。除此之外，他还试图将列宁拉到“人道主义的道路”上来。尝试未果后，便对列宁“感到失望无比”，谈及与列宁的这次会面，他双手一摊，说道：

“我明白了，无论是在哪方面，想要说服他完全是徒劳之举！为了尚未发生在他身上的事就屠杀了两千五百人，为此我指责了他。不过，似乎这些并未对他产生任何影响……”

后来，布尔什维克又将这位拥护无政府主义的公爵从公寓赶了出来。“原来”，是需要他从莫斯科迁出，搬到德米特罗夫县去。任何一位无政府主义者都无法想象得出，那种如同洞穴人般的生活是多么得艰苦啊。克罗波特金在那里度过了自己的余生，期间饱受折磨：忍受饥饿的痛苦，忍受坏血病的痛苦，忍受寒冷的痛苦，还为年迈的公爵夫人受到的折磨感到痛苦——无能为力地为了一块发霉的面包而不断地操心和烦恼……年迈的、不幸的、瘦小的公爵曾幻想过给自己弄一双毡靴。但他的梦想最终也没有实现——为了拿到购买这双毡靴的票据，他白白浪费了好几个月的时间！晚上，在松明的光亮下，他写完了自己的遗著——《论道德》……

还能想象得出比这更恐怖的事吗？这位亚历山大曾经的亲信几乎把自己全部生命都白白浪费在革命梦想上，浪费在无政府主义的南柯一梦中，这样的事情也发生在我们身上——我们这群完全没有学会如何去恬不知耻地对他人阿谀奉承的人身上！他在饥寒交迫中走到了生命的尽头，在冒着烟的松明下、在最终实现的革命里、在**论述人类道德的手稿**中，结束了自己的生命。

拉赫玛尼诺夫[①]

我和拉赫玛尼诺夫是在雅尔塔相识的,那天我们彻夜促膝长谈。这样的场景只会出现在赫尔岑和屠格涅夫年轻时的那段充满浪漫主义情怀的岁月中,那时的人们可以彻夜不眠地谈论美,谈论永恒,谈论高雅的艺术。此后,在他最后一次赴美之前,我们还会时不时地见上几面,虽然依旧相谈胜欢,但总也比不上初次相识的那一回——那次我们在海边几乎聊了整整一夜,他拥抱了我,并说:“我们将是彼此一生的挚友!”我们的生活轨迹大不相同,命运总是让我们天各一方,偶尔的相逢也总是短暂无比,更何况我的这位高贵朋友的性格还十分拘谨。初次相识时的我们还很年轻,根本不知矜持为何物,我们是在雅尔塔最高级的宾馆“俄罗斯饭店”举办的晚宴上相识的(我已经记不清当初为何要举办这次晚宴了),酒席期间谈笑晏晏、气氛融洽,我和他一见如故,仅

---

① 谢尔盖·瓦西里耶维奇·拉赫玛尼诺夫(1873—1943):著名古典音乐作曲家、钢琴家、指挥家。

仅交谈了一两句话就有相见恨晚之感。我们坐在一起用餐，喝着阿布芬久尔索香槟酒[①]，后来我们走上凉台，继续谈论俄罗斯散文和诗歌的衰落，不知不觉之中又走下阶梯，来到宾馆的院子里，接着又走上堤岸，朝防波堤走去。当时已是深夜，四周空无一人，我们在粗缆绳上坐下，闻着缆绳上的焦油味，呼吸着黑海海水散发出的那种特有的清新气味。我们越聊越投机，越聊越兴奋，后来还谈到了普希金、莱蒙托夫、丘特切夫、费特、迈科夫[②]等诗人，谈到他们的作品带给我们的那种奇妙的美的体验。这时候他激动地、缓缓地朗诵起迈科夫的一首诗来——或许他当时已经为这首诗谱曲了，或许只是憧憬能为它谱曲而已：

我在岩洞里望穿秋水，只盼你能如约而至。
却空等至夕阳西沉，夜幕初垂；
白杨已睡意朦胧，摇头晃脑般沉入梦乡，
慈鸟亦默不作声，不再去嗔怨伊人无信：
一切均是枉然！
明月高升，银光粼粼，又渐渐暗淡失色；
晨光微曦；刻法罗斯[③]的情人，
手倚着红色的大门，用曙光遍染黎明的天空，
将发辫上一颗颗金色的珍珠和蛋白石，
撒向山谷和森林……

---

① 阿布芬久尔索香是苏联一个以酿造香槟酒和葡萄酒而闻名的城镇。

② 阿波隆·尼古拉耶维奇·迈科夫（1821—1897）：俄罗斯诗人，主要作品有《诗集》、《罗马素描》等。

③ 刻法罗斯是希腊神话中伟大的猎人，黎明女神厄俄斯是他的情人，厄俄斯是一名手指玫红、衣着藏红的美女，能用曙光遍染黎明的天空。刻法罗斯一直深爱着自己的妻子，后妻子被其误认为是猎物而错杀致死。

列 宾

我遇见过的画家有瓦斯涅佐夫兄弟[①]、涅斯捷罗夫[②]、列宾……涅斯捷罗夫见我身形瘦削，便想用往常画圣徒的方式，以我为主人公作一副圣像画。我受宠若惊，但仍婉言谢绝——并不是所有人都愿意看到自己被画成圣徒的模样啊。我也曾荣幸地得到过列宾的青睐——有一次，我正和自己的画家朋友尼鲁斯[③]在彼得堡小聚，列宾写信来邀请我去他在芬兰的乡间别墅做客，让他替我作一副肖像画。他在信中写道："我的画家朋友们告诉我一个好消息，我们的大画家尼鲁斯来了——唉，我真希望能像他一样，拥有如此高超的色彩驾驭力！——听说，您这位大作家也和他在一起，我一直盼望着为您画一幅肖像呢！亲爱的，请来

---

① 其中，长兄是维克托·米哈伊洛维奇·瓦斯涅佐夫(1848—1926)：俄罗斯巡回展览画派画家，代表作有《血战之后》、《三勇士》等；幼弟为阿波利奈里·米哈伊诺维奇·瓦斯涅佐夫(1856—1933)：画家、考古学家，擅长风景画。

② 米哈伊尔·瓦西里耶维奇·涅斯捷罗夫(1862—1942)：俄苏著名画家、美术教育家。擅长肖像画与宗教题材画，早年加入巡回展览画派。

③ 彼得·亚历山德罗维奇·尼鲁斯(1869—1943)：俄国画家、作家。

我家做客吧，我们商量下细节，然后着手为您画肖像。”我难掩兴奋之情，收到信后就急忙赶到他家：要知道，能让列宾为自己画肖像，这是何等荣幸的一件事啊！我到了他那里，清晨美极了，明媚的太阳、刺骨的寒意、别墅的小院，所有的一切在我眼中都是如此美妙和谐。此时的列宾正痴迷于素食和清新的空气，屋外是深积的皑皑白雪，而屋内的窗户却都敞开着；列宾脚踏毡靴，身着皮袄，头戴皮帽，一见面就和我亲吻拥抱，随后把我领进他的画室，画室和院子里一样，冷得仿佛空气都快凝固了。列宾对我说：“每天早晨，我就在这儿为您作画，之后与您共进早餐，亲爱的，我们将遵循上帝的旨意吃素[①]！是的，吃素！您将发现，这会净化我们的肉体，洗涤我们的心灵，不久之后您连这可恶的烟都能戒掉了。”我深深地鞠了一躬，表达自己诚挚的谢意，一再表示明天必定会来，但是现在必须立刻赶往火车站，彼得堡那儿还有重要的事等着我回去处理。我和主人吻别，匆忙赶赴火车站。一到车站，先是冲进小卖部要了瓶伏特加，又拿出烟来深吸了几口，然后才跳上火车。第二天从彼得堡给列宾发了一封电报：亲爱的伊利亚·叶菲莫维奇，莫斯科那儿还有事，需要我过去一趟，我很遗憾但又无能为力，只能前往，这就要坐着首班车离开……

---

① 据《圣经·旧约·创世纪》记载，上帝创造了人并且对人说：“看哪，我将遍地上一切结种子的菜蔬，和一切树上所结的果子，全赐给你们作食物。至于地上的走兽，和空中的飞鸟，并各种爬在地上有生命的物，我将青草赐给他们做食物……”

杰罗姆·杰罗姆[①]

哪一个俄罗斯人没听过他的大名，没拜读过他的大作呢？但我并不认为有多少人会向熟人炫耀自己认识他。或许，会有那么两三个与众不同之人——这其中就有我。

1926 年以前我可从未到过英国。然而，这一年伦敦的 P.E.N 俱乐部邀请我去那儿小住几日，为此将举办一场文学晚宴，还要向我引荐英国的作家们和某些社会名流。旅行的签证手续和费用问题均由俱乐部一方解决——于是我就来到了伦敦。

人们带我拜访了各式各样迥然不同的家庭，每到一个地方我都必须忍受那些杰罗姆曾在自己的作品描述过的痛苦。那些午宴需要耗费多少精力啊，席间一会儿被如同地狱之火般熊熊燃烧的壁炉灼烤着，一会儿又要忍受极地般的严寒！

临行前一晚，我受邀至某人家中做客，那里宾客如云。宴会

---

① 杰罗姆(1859—1927)：英国作家，代表作有《扁舟三人》、《三个骑自行车的人》等。

很热闹也很愉快，只不过屋里实在太拥挤了，开始变得热起来，可爱的女主人见状当即打开了所有的窗户，全然不顾雪会从窗外往里飘。我开玩笑般的大声惊叫，急忙冲向楼梯到楼上去避难，上一层楼的房间里同样熙熙攘攘地挤满了客人，逃跑途中我听到背后传来愉快的叫声：杰罗姆·杰罗姆来了。

杰罗姆慢慢地登上楼梯，房间里的人们已经恭敬地让出了一条道，他缓缓走了进来，一面向熟人们问好，一面用疑惑的目光扫视着房间。原来，他来这儿唯一的目的就是与我结识，人们便把他领到我跟前。他用非常老派的、平民式的方式向我伸出一只宽大而又厚实的手，小小的蓝色眼睛里闪烁着富有生命力的欢快的火花，然后仔仔细细地打量着我的脸。

“太高兴了，真是太高兴了，”他说道，“我现在的生活作息就像个婴儿，晚上从不出门，十点就上床睡觉啦！您看，终于决定做出小小的让步，打破一下自己的老习惯，来这里待一会儿，看看您是怎样一位人物，还要来握一握您的手……”

这是一位结实的、非常健壮而又敦实的老人，有着一张红润宽阔又刮得干干净净的脸，穿着宽大的黑色长襟常礼服和浆硬了的翻领衬衫，衬衫上十分朴素地系着一条扎有蝴蝶结的窄领带——打扮得像是一位名副其实的老派商人或者牧师。

几分钟后他果真就走了，在我心中留下了深刻的印象——留下的不是一位幽默家的形象，也不是一位享有世界声誉的大作家的形象，而是一个美好的、愉悦的永恒形象。

托尔斯泰

年幼时，我便对托尔斯泰钦慕不已。

孩提时代的我就已经对他有了某些“概念”，然而所有的认知并非通过阅读他的著作获得的，而是从家人们的谈话中得到的。顺便说一个我们邻居们的故事，我记得父亲常常笑着讲起那两个地主是如何阅读《战争与和平》的：一个只读《战争》，一个只读《和平》，换而言之，一个会跳过所有关于战争的章节，只读跟和平相关的部分，而另一个则恰恰相反。少年时代的我对托尔斯泰产生了一种非同寻常的情感。父亲曾这样说过：

“我对他知之甚少，只在塞瓦斯托波尔战役期间碰过面，城市被围攻的那段日子里，我们还曾一起打过牌……”

我听后惊讶不已，目瞪口呆地望着父亲：竟然见过活生生的托尔斯泰！这一幕至今仍记忆犹新。

自此之后，作家在我心中占据了一席特殊的位置，我对这个职业产生了一种难以言说的感情，至今仍无法言明这是怎样的一种感觉。倘若人们问我是如何、何时、为何成为一名作家的，或是从何时起以及如何成长为如今的自己，我同样无法给出答案。当我下定决心成为一名作家后（不知为何自己就做出了这样的决定），我的人生仿佛开启了新的篇章，开始独自尽情地畅游在作家和诗人的世界里。我已然记不清自己是从何时开始阅读托尔斯泰的著作，是如何从其他书籍中将它们挑选出来的。当人们的眼前陡然出现一件美好而又珍贵的事物时，总会不由自主地发出惊叹之声。而我第一次翻阅托尔斯泰作品的时候，却没有生出这样的感受。我在童年、少年以及青年时代遇到的美好之物，似乎从未在我的心海里激起过惊涛骇浪，从未让我产生过陌生之感。恰恰相反，这一美好之物让我有似曾相识的感觉，仿佛我们相识已久，我企盼着有朝一日能与之相见。

之后很长一段时间内，我迷恋上了托尔斯泰，沉浸在自己幻想出来的形象中无法自拔，也被想要见一见他本人这一愿望折磨得疲惫不堪。那时的我该如何实现这个梦寐以求的愿望呢？到亚斯纳亚波利亚纳去？可又不能贸然前往，用什么作为借口呢？某个晴朗的夏日，我实在按捺不住内心的冲动，套上马鞍，骑上我的那匹“吉尔吉斯”骏马，朝着亚斯纳亚波利亚纳方向的城市——叶夫列莫夫飞驰而去。疾驰了不到一百俄里，便到了目的地，可我却胆怯起来，这个严肃的问题需要经过深思熟虑才能做出最终的决定。我在叶夫列莫夫留宿了一晚，因情绪激动而无法入睡，一会儿决定去一会儿又想要退缩，被自己反反复复的决定折磨得疲惫不堪，最终一夜未眠。独自在城里徘徊了一整夜，直到筋疲力尽。黎明时走进一座城市公园，一看见长椅，便躺上去沉沉睡去。醒来后感觉神清气爽，思索片刻后，便骑着马飞奔回家。家中的佣人喊道：

“哎，小少爷，小少爷，您神不知鬼不觉地骑着吉尔吉斯跑了一整晚！您在追谁啊?”

自此之后的数年内，我又徒劳无功地“追逐”着托尔斯泰。

青年时期的我有一个梦想，幻想着自己生活在大自然中，过着纯净、健康而又充满善意的生活，自食其力，粗茶淡饭，布衣旧衫，过着简简单单的日子。不但要和那些贫穷的、受压迫的人们建立起兄弟般的友情，还要同植物界和动物界友爱共处。最重要的是，出于对艺术家托尔斯泰的迷恋，我成为了一名托尔斯泰主义者，暗地里还抱着几丝希望，似乎这个身份能赋予我某种合法权利——能与他会面，甚至有可能被列入他最亲近之人的行列。我追随托尔斯泰的“艰难之旅”就此拉开了帷幕。

彼时我住在波尔塔瓦，不知为何那儿出现了不少托尔斯泰主义者，很快我便同他们亲近起来。总而言之，这些托尔斯泰主义者们让人难以忍受，但我还是忍耐了下来。最先与之结交的是一个叫克洛普斯基的人，当时此人在几个社交圈子里都颇为出名，甚至还成为了当年名动一时的中篇小说——卡罗宁笔下的《生活的教师》中的主人公。他身材颀长，体型消瘦，脚踏一双长筒靴，身穿一件男式短上衣，脸盘很窄，面色发灰，上面镶嵌着一双碧绿色的眼睛。这是一个狡猾的无耻之徒，是个油头滑脑之辈，是个喜欢胡诌乱扯、讲起话来口若悬河之人，总是见人便教导，逢人便训诫，还喜欢用些出人意料的狂妄行径和粗鲁举动来让人感到震惊。总而言之，得益于这些形形色色的手段，当他在城市间游荡的期间，总能吃饱喝足、尽情享乐。波尔塔瓦的托尔斯泰主义者中还有一位名叫亚历山大·亚历山德罗维奇·沃尔肯什泰因的医生，从出身和气质来看，这完全是一位贵族老爷，与《安娜·卡列尼娜》中的斯蒂瓦·奥布朗斯基有某些相似之处。瞧，克洛普斯基到波尔塔瓦后的第一件事就是去找沃尔肯什泰因，随后很快便通过后者进入了波尔塔瓦的沙龙。沃尔肯什泰因完全是出于“思想”目的才把克洛普斯基介绍进自己的社交圈的——纯粹是把他当成说教者，或是个能供大家消遣的有趣之人。举个例子，克洛普斯基曾在沙龙上说过这样的话：

“是的，是的，我要看看您在那儿是如何生活的：您撒谎，还吃糖果，您那教堂里的神像早该在空中爆炸了，您就祈祷吧！整个世界充斥着荒谬之事和丑恶之物，何时才能彻底结束这一切呢？比方说，瞧，我从哈尔科夫坐车到这里。迎面走来一人——不知为何大家都称他为乘务员，对我说：‘您的车票。’我就问他：‘这是什么意思，什么车票？’他回答道：‘就是您坐车用的车票。’我再次用自己的一套对他说：‘劳驾，我不是坐着车票来的，而是沿着铁轨坐车而来。’他又说道：‘那就是说，您没有车票。’‘当然没有。’我回答道。‘在这种情况下，我们就得让您在下一站下车。’‘很好，这是您的分内之事，而我的事情就是坐车。’到了下一站，乘务员果真对我说：‘请您下车。’‘可是为什么要下车啊，我在这儿挺好的。’‘那就是说，您不愿下车。’‘当然不愿意。’‘那么我们只能领您下车了。’‘把我领下车？可我是不会挪动半分的。’‘那我们就把您拖出去，抬出去。’‘那又怎么样，你们抬吧，这是你们的事。’瞧，他们真的来拖我。真是妙极了，当着所有受人敬重的观众的面，两个身材高大的混蛋过来用手架着我走，这两个力大无穷的乡巴佬完全可以去乡下耕地……”

颇有名气的克洛普斯基就是这种人。其余人虽名气不大，但也很优秀。其中有一对在波尔塔瓦郊区务农的兄弟，虽然外表谦恭，实则非常无趣、笨拙且自命不凡。然后是某个叫列昂尼杰夫的小个子年轻人，身体孱弱，外貌十分俊美，原是贵族子弟军官学校的学生，农活曾让他备受煎熬，曾对自己撒过谎，也对别人撒过谎，并声称自己为此感到非常幸福。还有一个身材庞大的犹太人，长得像个经验老到的俄国庄稼汉，后来成为了家喻户晓的捷涅罗莫。他自命不凡、傲慢不逊，总是以居高临下的姿态对待普通人，同时也是一名高傲自大的演说家、诡辩者。他是一名箍桶匠人，我就在他手下工作。无论是在"学习"中，还是在日常劳作中，他都称得上是我的导师：我是他的学徒，向他学习如何箍桶。为何要学这门手艺呢？此中缘由依旧与托尔斯泰有关——我暗自希望这门手艺能够成为连接我与托尔斯泰的纽带，让我有朝一日能有幸与他见面，并成为他的亲信之一。幸运之神最终降临到了我的身上，我的愿望不久就要实现了，这完全出乎我的意料。很快，这些兄弟们就把我视作自己人，连沃尔肯什泰因(此时是1893年底)本人也邀请我一同出行，先是去哈尔科夫省见见"兄弟们"，再去著名的托尔斯泰主义者——希尔科夫公爵管辖的希尔科夫村见见庄稼汉，最后去莫斯科拜访托尔斯泰本人。

一路上困难重重，艰苦不堪。我们坐的是三等车厢，中途还需要转站。大伙儿都想体验一下平民百姓的车厢，吃"非杀生的东西"(鬼知道这都是些什么玩意儿)。然而沃尔肯什泰因时常忍耐不住，突然间就跑到小卖部，在那儿贪婪地、一口接着一口地喝起了伏特加，两三杯酒下肚后，又狼吞虎咽地吃起滚烫的肉馅包子来，之后还无比严肃地对我说：

"我又一次放纵了自己的欲望，为此我感到痛苦万分。不管怎样，我都一直在和自己作斗争，我深知是我在支配着肉馅包子，它们并没有掌握主控权。我不是它们的奴隶，我想吃就吃，不想吃就不吃……”

之所以觉得坐车是一种煎熬，其实问题主要在于自己——迫不及待地想快点抵达莫斯科，这让我的内心备受折磨。要知道，我们还必须乘坐劣等车，除此之外还得和希尔科夫村的“兄弟们”共同生活一段时间，与他们建立良好的私人关系，并在“美好”生活的道路上“巩固”彼此之间的感情。我们是这样做的：在希尔科夫村的庄稼汉家中住了三四天。相处了一段时间后，我便恨透了这群家境殷实、外表光鲜亮丽、笃信宗教的庄稼汉：每天在他们的茅屋里过夜，吃马铃薯馅儿的馅饼，唱他们的圣歌，听他们描述自己是如何坚持不懈地同“牧师以及首领们”进行激烈斗争的，听他们咬文嚼字地讨论圣经是灵魂真正的全部力量这个话题。1月1日，我们终于继续前行了。记得那天早晨醒来，我是如此地高兴，以至于把条条框框都抛诸脑后，贸然地说了一句：“新年快乐，亚历山大·亚历山德罗维奇！”为此我遭到了他最为严厉的叱责：“新年是什么意思？你知不知道自己在说些什么陈旧的、毫无意义的话？”不过当时我也顾不得这些了。我边听边思索道：“很好，很好，一切都是无稽之谈。明天晚上我们将抵达莫斯科，后天我就能见到托尔斯泰了……”而一切就如此顺理成章地发生了。

沃尔肯什泰因的所作所为却让我气愤不已：抵达莫斯科宾馆后，当时便要去拜访托尔斯泰，但他却拒绝带我一同前往。他对我说：“不行，不行，必须提前通知列夫·尼古拉耶维奇，我要去通报。”说完便跑了出去。一直到很晚方才回来，却闭口不提拜访之事，只是漫不经心地朝我大喊一声：“我像喝了琼浆玉液一般，喝醉了！”根据他身上散发的味道不难判断出，喝过琼浆玉液之后他还喝了布尔汞红葡萄酒。然后,他又开始极力证明自己不是布尔贡红葡萄酒的奴隶,而是其主人。但有一点是好的,至少他通报了托尔斯泰——虽然我对此并未寄予厚望。这是一个非常可爱的黑发年轻人,身材略微发福,举止十分轻浮,带着些许阴柔之气。第二天晚上,我欣喜若狂,终于到哈莫夫尼基去了……

该如何描述之后发生的一切呢?

那是一个月光明朗、寒意逼人的夜晚。我飞奔至托尔斯泰的家,跑得气喘吁吁,站定后才稍稍缓过气来。四周一片荒凉,万籁俱寂,洒满月光的胡同阒无一人。我站在大门前,边上的小门敞开着,院中积雪皑皑。往深处走去,左边是一间小木屋,几扇窗户里透着微红的亮光。再往左看,小木屋的后方有座花园,花园上空繁星闪烁,静静地散发着五彩斑斓的光芒,犹如神话中美妙的冬日世界。此时,我仿佛置身于童话世界里,周围的一切都是那么的神奇。多么别具一格的花园啊!多么非同寻常的房子啊!而那些闪着红光的窗户又是多么神秘莫测而又意义非凡啊!要知道,坐在窗户后面的——是他,托尔斯泰!四周万籁无声,连心跳声都听得一清二楚,既是因为喜悦,也是因为脑海中闪过的某些可怕的念头——是不是看一眼这个房子就离开才是自己最好的选择?最终,我还是不顾一切地冲进了院子里,站在屋前的台阶上,按响了门铃。门被打开了,出现在我眼前的是一个穿着并不十分精良的燕尾服的仆人,还有明亮、温暖、舒适的门廊,以及挂满皮袄的衣架,一件陈旧的短皮袄在其中尤为显眼。我的正前方是一座陡峭的、铺着红色呢绒毯的楼梯。视线稍稍向右挪去,楼梯下方是一扇紧闭的门,门后传来阵阵吉他声和年轻人欢快的嗓音,这样的声音与这栋非同寻常的房子极为不相称。

“您贵姓?”

“蒲宁。”

“叫什么?”

“蒲宁。”

“好。”

仆人随即跑上楼去,出乎意料的是,他很快又出现了,一手扶着栏杆、侧着身子连蹦带跳地跑了回来:

“请您到楼上大厅稍等片刻……”

进了大厅,我便更加惊讶了,因为刚一踏进门,大厅深处左边的一扇小门便打开了,门后突然露出两只脚(因为这扇小门和走廊之间有两三级台阶),带着一股子笨拙的灵巧劲儿,一个高个男子走了进来——这是一个稍微有点罗圈腿的白胡子男人,穿着灰色的单面呢绒面料的男式短上衣,上衣十分宽松肥大,好似穿了一个大口袋在身上,裤子也是松松垮垮,更像是条灯笼裤,脚上穿着的是一双圆头皮鞋。他动作敏捷,步伐轻盈,消瘦不堪,目光锐利,紧皱着眉头朝我径直走来,很快就走到了我跟前(我注意到他走路的时候膝盖会稍稍打弯),他朝我伸出手来,更确切地说,是手掌向上,大手一挥,一把抓住我的手,轻轻地握了握,然后出人意料地露出了一个迷人而又亲切的笑容,笑容中还掺杂着几许哀伤甚至怜悯之意。他的眼睛并不大,眼神既不可怕也不锐利,只是像野兽那般敏锐无比。灰色的头发稀疏而又柔软,发梢微微卷曲着,像农民那样梳成中分,一对大大的耳朵高高耸起,弯弯的眉毛凸出的部分遮到了眼睛上,胡子干燥、柔软、稀疏而又参差不齐,透过胡子隐约可见凸起的下颚……

“蒲宁?我和您父亲在克里米亚见过面?您在莫斯科也住了

很久？找我有何贵干？是位年轻的作家？继续写吧，写吧，如果十分渴望写作的话；只是要铭记一点，永远都不要把写作当成是生活的目的……请坐，说说您自己吧……”

托尔斯泰语速很快，如同进门时那般风风火火，他很快就表现出一副完全没有留意到我的窘迫的样子，迫不及待地想要让我摆脱窘境，让我不那么张皇失措。他还说了些什么呢？方方面面都问得清清楚楚：

“还是单身汉？结婚了？只能和自己的妻子生活在一起，永远都不能背弃她……您想要过粗茶淡饭、自力更生的日子？这很好，只是千万别强迫自己，不要徒有其表，任何形式的生活都能造就好人……”

我们在一张小桌子旁坐下。一盏老式的陶瓷灯高高耸立在旁，柔和的灯光从玫瑰色的灯罩下散发而出，他的脸被陶瓷灯遮挡住，在淡淡的阴影下若隐若现，我只能看清他那灰色上衣柔软的面料以及如蒲扇般的大手，我情不自禁地想要贴近这只手，如同儿子般充满激情和柔情地去靠近它。年迈的托尔斯泰讲话时有点儿像低音乐器在演奏音乐，他的发音因微微凸起的下颚而显得有些特别……突然传来一阵绸缎衣服摩擦发出的沙沙声，我定睛一看，瞬间浑身战栗，站了起来：从客厅从容不迫地走来一位身材高大、衣着华美的太太，黑色的丝绸连衣裙闪闪发光，盘好的黑发秀美万分，一双黑色的眼睛顾盼神飞。

“列昂，”她说道，“你忘了还有人在等着……”

于是他也站起身来，带着歉意的甚至些许负罪感的微笑，抬了抬眉毛，用他那双不大的眼睛直视我的脸庞，眼神中依旧流露出某种隐隐的忧郁。他又一次抓住了我的手，说道：

“好吧，再见，再见，愿上帝保佑您，若是再来莫斯科，就来看看我吧……不要对生活过于奢望，当下才是最幸福的时刻……生活中没有幸福，只有幸福的闪光——珍惜它们吧，用它们来生活吧……”

于是我走了，飞奔而回，已然忘乎所以，度过了一个彻底疯狂的夜晚，他不断地出现在我的梦中，无比鲜活地出现在一片疯狂的混乱之中，我整个人被席卷入这场梦境，醒来之时还在嘟哝着、说着胡话，如今回想起来都觉得可怕……

回到波尔塔瓦后，我给他写过信，也收到了几封言语亲切的回信。他在其中一封回信中再一次提醒我，让我不必如此执着于成为托尔斯泰主义者，可我却无法让自己平静下来。我已不再从事箍桶匠的工作，转而非法销售起图书来。因未曾获得经营许可，只能在集市和交易会上买卖图书，还因此锒铛入狱，后恰逢新皇登基的诏书公告于世，我被赦免了，但这却让当时的我感到很难过。随后又开了一间书铺，作为《经纪人》在波尔塔瓦的分社。但是书铺的账目却被我弄得混乱不堪，出于惭愧和无能有时真想悬梁自尽。之后这间书铺便关门大吉了，我也搬到了莫斯科。在莫斯科期间，我依旧试图说服自己——我还是《经纪人》领导者的兄弟，是他们的志同道合者，也是常常聚集在出版社中互相教诲如何过“善意”生活的那群人的兄弟，是他们的同道友人。我在那儿也跟托尔斯泰碰过几次面。他时常会去那儿，更确切地说，是每天晚上都跑到那里去(因为他总是步伐轻盈、健步如飞，让人吃惊不已)，连短皮袄也不脱，在那儿坐上一两个小时。兄弟们围坐在四周，时而严肃地向他提些问题：“列夫·尼古拉耶维奇，打个比方，如果一只老虎袭击我，我该怎么做呢?”在这种情况下，他只会腼腆地微笑着，回答道：

“哪有什么老虎，哪儿来的老虎？我一辈子都没遇见过一只老虎……”

还记得有一次，我想说些好听的话，甚至带着谄媚的口气说道：

“现如今，戒酒协会如雨后春笋般涌现而出。”

他皱了皱眉，问道：

“什么协会？”

“戒酒协会……”

“也就是说，人们为了戒掉伏特加而聚集到了一起？简直就是胡说八道。为了戒酒，那就没有必要聚集起来。既然大伙齐聚一堂，那就应该喝酒。这都是胡诌，都是谎言，用假象来蒙蔽事实……”

后来，我又去托尔斯泰家拜访过他。人们领着我穿过大厅，就在这个大厅，在那盏迷人的玫瑰色的陶瓷灯旁，我和他进行了第一次谈话。随后走进一扇小门，沿着门后的台阶穿过狭窄的走廊，我怯生生地敲了敲右边的门。

“请进。”一个苍老而又低沉的声音回答道。

我推门而入，映入眼帘的是一间又矮又小的房间，一盏老式的双头烛台上的铁质护板挡住了烛光，让整个房间变得昏暗无比。桌子旁摆放着皮沙发，桌上放着的就是那盏烛台，最后我的视线落在了他的身上——他正手捧一本书阅读着。我一进门，他很快就站了起来，表现得有点儿不好意思，甚至让人觉得他可能会局促不安地把书扔到沙发的角落里去。不过我的洞察力很强，一下子便看清他在读什么书——他在重新阅读（显而易见，这已不是他第一次在读这本书了，因为我们这类世俗之人都是这样做的）自己刚刚出版的作品《老板与伙计》。我对这本书赞赏不已，当着他的面情不自禁地发出欣喜若狂的惊叹声。而他却羞红了脸，连连挥着手说：

“哎呀，您别说了！写得糟透了，根本不值一提，连走到街上我都会觉得害臊！”

那天晚上，他那消瘦的脸庞满是阴郁、严肃之色，宛若青铜浇筑的雕塑一般。这段日子，他悲痛万分——不久前，七岁的儿子万尼亚去世了。说完《老板与伙计》之后，托尔斯泰就谈起了去世的儿子：

“是啊，是个可爱的好孩子。然而他却死了——这意味着什么？没有死亡，他没有死，只要我们爱着他，他就还活着！”

很快我们就出来了，往《经纪人》出版社走去。这是三月天的一个晚上，夜色昏暗，春风拂面，将路边的灯火吹得飘忽不定。我们斜穿过白雪皑皑的处女地，他纵身跃过水渠，飞快地走着，我差点就跟不上他的步伐。他又开始用严厉、尖锐的声音断断续续地说道：

“没有死亡，没有死亡！”

大约过了十年，我跟他又再次相遇。那是一个天寒地冻的晚上，灯光正从商店那结满冰霜、闪闪发亮的窗户里透出，我漫步在阿尔巴特街头，走着走着便与他不期而遇。他以自己特有的一颠一纵、极富弹性的步态朝我迎面走来。我停下脚步并摘下帽子。他也停了下来，并马上认出了我：

“啊哈，是您啊！您好啊，请把帽子戴上，快戴上……嗯，您过得怎么样？在做什么？住在哪里？您怎么啦？”

他那张年迈的脸庞是如此的僵硬、发青，完全是一副十分不幸的模样。头上裹着一个用浅蓝色北极狐毛编织而成的东西，像是老太婆用的包头巾。而从北极狐毛手套中伸出的那只大手也完全被冻僵了。交谈完之后，他充满柔情地紧握我的手，又用那种哀伤的眼神直视我的眼睛，皱着眉头说道：

“就这样吧，基督保佑您，基督保佑您，再见……”

一九二七年

（俄文版根据一九五〇年巴黎版）

契诃夫[①]

我们像往常那样坐在安东·巴甫洛维奇的书房里，不知为何就聊起了彼此的教父来，契诃夫说道：

"您的教父是西皮亚金将军，而我的教父是商界同仁斯皮里东·季托夫。您听说过这样的头衔吗？"

"从未听过。"

安东·巴甫洛维奇拿出他的出生证给我看。看完之后我问道：

"能抄录下来吗？"

"当然了，请抄吧。"

"塔甘罗格大教堂出生登记簿：

1860年1月17日出生，27日受洗，命名为安东；其父为塔甘罗格三等商人帕维尔·格奥尔基耶维奇·契诃夫，其母为父亲的合法妻子叶甫盖尼娅·雅科夫列夫娜；教父为塔甘罗格商界同仁

---

① 此为蒲宁的《契诃夫》中的选段。

斯皮里东·季托夫，教母为塔甘罗格三等商人德米特里·萨菲亚诺波卢之妻。”

“商界同仁！多么奇怪的头衔啊！闻所未闻！”我说道。

契诃夫的出生证上写的出生日期是 1 月 17 日。

然而，安东·巴甫洛维奇在 1899 年 1 月 16 日写给妹妹的信上却是这样写的：

“今天是我三十九岁的生日。明天是我的命名日，与我同名的本地小姐太太们（安东诺夫卡们）都要来给我送礼物。”

日期怎么会不同呢？大约是助祭弄错了。

——

我问过叶甫盖尼娅·雅科夫列夫娜（契诃夫的母亲）以及玛丽亚·巴甫洛夫娜（契诃夫的妹妹）：

“请问，安东·巴甫洛维奇可曾哭过？”

“从来没有。”两人均十分肯定地回答。

真是好极了。

——

契诃夫出生在亚速海岸边的一座小县城里，当时这座县城还很闭塞。他那与生俱来的忧郁性格的发展想必是受了这个毫无趣味的城市不小的影响。他的身上遗传了相当多的东方特征——他那平民化的长相，略微有些眯缝的斜视眼以及高高凸起的颧骨，我想这些应该也是他那忧郁、悲观的性格形成的根源之一。随着时间的推移，契诃夫长得越来越像东方人，无论是心灵还是肉体都早早地进入了衰老期——如同东方人那般。他患有肺痨病，然而无论如何这都不是他早衰的唯一原因，年仅四十岁的他就已经像年迈的蒙古人一般——脸色发黄、满脸皱纹。那他的童年呢？他的童年是在县城的一个贫穷的小市民家庭里度过的，伴随他成长的是沉默寡言的母亲——总是把双唇紧紧抿成一道长长的直线，还有“恪守规矩又严格的”父亲——总是迫使大一点的几个儿子晚上去教堂唱圣诗，让他们一直排练到深夜，如同折磨野兽般折磨着他们，还打小起就让他们轮流到自己的铺子里，坐着充当“老板的眼睛”。小安东受的折磨最多——观察敏锐的父亲很快就发现他能把任务完成得最好，于是每当他外出不在家的时候，往往会派小安东去照看他的小铺。而契诃夫从中获得的唯一补偿是——倘若没有去教堂唱圣诗和合唱排练的经历，就不会有之后的《复活节之夜》、《大学生》、《圣山》[1]和《主教》这样的作品；倘若不是对教堂法事以及普通信徒了如指掌，大概也不会写出《谋杀》这样的作品。照看铺子的那段经历让小小年纪的契诃夫早早地就开始接触形形色色的人，让他变得更加成熟——因为父亲的铺子是塔甘罗格的市井小市民、郊外的农民以及雅典僧侣聚集的俱乐部。当然了，除了父亲的铺子之外，契诃夫还通过其他的途径来了解人：从十六岁开始他便外出谋生，与人同住，随后还是大学生的他在莫斯科期间就常常与“小报界”来往——在那种地方，人的缺点乃至陋习都将一览无遗。他把这个圈子称之为“基切耶夫之圈”，以彼得·基切耶夫——一个“典型的出卖灵魂的小报商”的姓氏来命名。其医生的职业也让他受益良多。几乎从大学一年级开始，每年暑假他都会去新耶路撒冷或者沃斯克列先斯克的地方自治管辖的医院工作。他的弟弟伊万·巴甫洛维奇在一所教会小学里教书，有一套四居室的房子，每年夏季契

---

① 契诃夫并没有写过《圣山》，此处蒲宁可能指的是《风滚球》。

诃夫一家就会去那儿避暑。

之后每到夏季，契诃夫一家便租用基谢列夫家位于巴布金娜的庄园的厢房，并与基谢列夫一家相处甚欢。这个庄园位于莫斯科郊外。基谢列夫夫人的父亲——别吉切夫是当年小剧院的经理，因而基谢列夫家总是聚集着演员、音乐家、歌唱家和画家。契诃夫的妹妹是基谢列夫夫人的好友，因此兄妹俩也融入了演员的圈子，常常在那儿聆听许多严肃的音乐。

得益于自己的理解力和观察力，七年下来作家契诃夫在这些地方受益匪浅。于是便有了《普里什别叶夫中士》、《英国女子》、《猎人》、《凶犯》、《外科手术》、《江鳕》……

令人倍感奇怪的是，这个莫斯科的郊区给了他如此多的创作灵感——契诃夫在这段时期内创作出了大量的作品，而他于1888年和1889年在普谢尔度过了两个夏季，虽然此地也曾让他欣喜万分，但却未在其文学创作中得到反映。

——

让我感到震惊的是，未满三十岁的他便写出了《没意思的故事》、《公爵夫人》、《途中》、《冷血》、《泥潭》、《女歌舞演员》、《伤寒》等作品……除了他本身具备的艺术天赋之外，所有这些作品中蕴含的生活常识也让人深感震撼，尚且年轻的契诃夫对人类灵魂的刻画已经到了如此之深的地步。在这一方面，医生这个职业让他获益良多，这是毋庸置疑的。他总是对我和罗索利莫教授说，医生这个职业开阔了他的视野，丰富了他的知识，也只有医生才真正懂得这个职业赐予作家的真正价值所在。“医学知识能够让我避免犯一些连托尔斯泰都难免会犯的错误，比如他在《克莱采奏鸣曲》中就曾犯过这类错误。”

若不是患了肺结核，他永远都不会弃医从文。他热爱行医，医生在他心中具有崇高的地位——无怪乎他在自己的夫人奥莉加·列昂纳多夫娜的护照上注明的身份是："医师之妻"……

为《闹钟》、《观众》、《断片》这些杂志刊物撰稿，让他积累了创作短篇小说的经验：文章的篇幅限制在一百行之内。

诗歌教会我简练。

——

契诃夫的性格完全遗传自母亲（亚洲人）。而从父亲身上只遗传到了一样东西，从他写给几位兄弟的信中便可得以了解。

还是中学生的十七岁的契诃夫曾写信给自己十二岁的弟弟米沙，只因他称自己为"微不足道而平庸不堪的小兄弟"：

"你觉察到自己的微不足道？弟弟，并不是所有叫米沙的人都是一般无二的。你知道人什么时候才会觉察到自己的卑微吗？也许是在上帝的面前，在智慧、美和大自然面前，全然不是在众人面前，在众人面前你应该意识到自己的优点。要知道，你并不是个骗子，而是个诚实的人。你要尊重那个藏在你体内的诚实的小伙子，诚实之人绝非卑微之辈。不要把'谦恭'和'自我感知内的卑微'混为一谈。"

——

契诃夫对我的朋友叶尔帕季耶夫斯基夫妇说过不下数次这样的话：

"我没有违背第四条戒律①……"

事实上，还是中学生的小安东就于 1877 年 7 月 29 日给堂弟

---

① 第四条是"当纪念安息日……"，第五条才是"当孝敬父母……"。

（旁人都称他为乔诃夫，他是契诃夫小说《三年》中的佩恰特金的原型）写过一封信，信中是这样写的：

“在这个地球上，唯一能让我无私相待的就只有自己的双亲。假如我日后能有所成就，那必是他们的功劳。我的父母非常的好，任何赞美之词都无法描述他们对孩子的那份永无止境的爱，单单是这份爱就能让人忽略他们身上的不足之处——因不好的生活而产生的一些负面的东西，这份爱还能为之展开一条他们所信仰、所寄予希望的道路（很少有人会像他们这样对这条道路寄予信任和希望）。”

——

自上大学起，契诃夫就挑起了养家的重担。

——

经由哥哥亚历山大引荐，契诃夫从大一下学期起便开始为幽默杂志工作。契诃夫还在塔甘罗格生活的期间，亚历山大就把弟弟的讽刺小品文发表在了杂志《闹钟》上。

契诃夫是作家界的一个极为罕见的现象——自开始写作起，就从未想过能成为一名大作家，甚至从未想过成为一名作家。1883 年 8 月 6 日，他将小说《英国女子》寄给《碎片》杂志，而这部小说完全不属于幽默小说的范畴……

——

他不得不在这样的环境下进行创作：

“我的面前摆着一份与文学毫无关联的工作，时时刻刻残忍地痛击着我的心灵，而在隔壁房间，父亲正为母亲朗读着《被刻画的天使》……有人给音乐盒上了发条，于是我便听到了《美丽的叶莲娜》这首曲子…… 真想溜进别墅里，然而此时已是午夜时分……对于一个从事写作的人而言，很难想象得出比这还要恶劣的环境了……”

1885年契诃夫全家迁往亚基曼卡，直到那时契诃夫才真正成为医生，才真正拥有独立的房间，带有壁炉的书房。

他的敏捷度和工作能力十分惊人——在写出所有那些作品的同时，他读完了大学最难读的一个系。

——

1883年2月20日，契诃夫在写给哥哥亚历山大的信中谈到了哥哥的非法婚姻——图拉宗教事务所禁止女方离婚后再婚，而哥哥的未婚妻曾离过婚。父亲反对他们之间的非法同居关系，哥哥亚历山大·巴甫洛维奇陷入了深深的痛苦之中。契诃夫的这封信写得十分精彩：

“……我不知道，你想让父亲怎么做？他仇视吸烟和非法同居——你想把他变成另一个人吗？你能改变母亲和姨妈的想法，但是对父亲却行不通。他像分裂派教徒一样顽固不化，一点不差，别妄想能搬动他。这大约就是其力量所在。无论你在信中写下多少甜言蜜语，他永远只会唉声叹气，给你的回信中也总是那些一成不变的话，更糟糕的是，看到你的信后他还会伤心。”

他在这封信的末尾补充道：

“我承认，自己对待家人过于神经质。总的来说，我很神经质，粗野，又常常为人不公……”

然而，他最终成为了一个怎样的人啊：先是自学成才，而后又教育家人。许多人在追忆契诃夫以及描述他的时候，都对他的性格理解得很不正确。他天生性情暴躁，他在写给夫人克尼佩尔的信中就提到过这一点。

——

二十六岁的医生契诃夫在写给弟弟尼古拉的信中，很精彩地解释了教育的涵义（这封信写于 1886 年的 3 月）。他在信中写道：

“受过教育的人应当符合以下条件：

一、他们尊重人格，总是宽容待人，温文有礼，随和谦让……

二、他们尊重他人的私有财产，因此有借必还。

三、……即使是在一些小事上，他们也从不撒谎……无人发问之时，他们从不主动直言……

四、他们从不为博取他们同情而卑躬屈膝……

五、他们不贪慕虚荣，不会和喝醉酒的普列瓦科[①]握手。

六、如果他们才华横溢，就会尊重自己的才华……他们愿意为了这份才华而牺牲一切。他们有洁癖。

七、他们对自己进行美学的教育……对于女人，他们并非只求床笫之欢……这些人，尤其是艺术家，需要的是新颖、雅致、人道主义以及成为母亲的能力，而不是别的能力……

……这需要昼夜不停地工作，通宵达旦地读书、钻研，需要有持久的毅力……每一小时都弥足珍贵。

如果我置家人于不顾，我会拼命以母亲的性格以及咳血等为由，为自己进行辩护。”

这封信的有趣之处不仅仅在于其教育意义，还能从中看出契诃夫是如何进行自我教育的，看出他的自我要求有多严格。

——

① 费·尼·普列瓦科(1843—1908)：莫斯科的一名著名律师。

1884年11月，契诃夫在莱金的帮助下成为了《彼得堡日报》的记者，对"斯科平案"[1]的审判进行了现场报道。他的报道写得相当出彩，带有文学评述的性质。文章见解独到，比如，他不喜欢普列瓦科律师。但是他的结局却很悲惨——长期咳血。契诃夫对此并不在意，丝毫未想到这会是肺结核。

——

1885年前往彼得堡。在此之前契诃夫认识的真正称得上作家的人就只有列斯科夫一人。他喜欢列斯科夫，1883年当列斯科夫还在莫斯科的时候，两人曾在某个地方畅怀豪饮，之后一同回去，还像"萨穆伊尔那样给达维德施涂油仪式……"

此次彼得堡之行期间契诃夫还认识了苏沃林、格里戈罗维奇和布列宁[2]。

返回莫斯科后，他搬了家——原先的屋子潮湿，他怕再咳血，于是就在亚基曼卡区原来的住处对面重新租了一间房子，楼上是一家出租给他人办婚礼和葬后礼的小饭馆。契诃夫写道：

"中午——丧宴，晚上——婚宴……生命的终点和起点。"

——

1886年2月15日，契诃夫第一次以"安·契诃夫"为署名，在《新时报》上发表了短篇小说《祭祷》。

2月21日——收到来自苏沃林的来信。

莱金决定出版自己的小说集《五彩缤纷的故事》(我在叶列茨火车站买到了这本书，在火车上一口气把它读完，读到欲罢不能、

---

① 这里指的是斯科平银行案，契诃夫出席了所有的会议，以鲁维尔为笔名为《彼得堡日报》写通讯稿。

② 《新时报》的出版人。

欣喜若狂。契诃夫的弟弟尼古拉·契诃夫的朋友舍赫捷利——未来著名的建筑师，替这本书画了小花饰。我也认识他，在契诃夫的妹妹玛利亚·巴甫洛夫娜莫斯科的家里与他见过面。这是一个可爱的、才华横溢的胖子）。

三月底，契诃夫收到格里戈罗维奇的来信，敦促他考虑一下成为作家。

1886 年 3 月 20 日，安东·巴甫洛维奇回信称：

“如果我拥有值得予以尊重的天赋，那么我要在您那纯洁无瑕的心面前忏悔，迄今为止我都未曾尊重过它。我能感受到他的存在，但已习惯性地将它视作微不足道之物……我的亲人们总是以宽容的态度来看待我的作家身份，总是孜孜不倦地规劝我不要放弃真正的事业，不要花费精力去写些粗制滥造的作品……我不记得自己曾在哪一篇小说上花超过一昼夜的精力，而您欣赏的那篇《猎人》，是我在澡堂里写的！就好像记者写关于火灾的报道一样……在头脑并不完全清醒的状态下机械地写着，丝毫没有考虑读者，也没有考虑自己……”

顺便说一句，我并不喜欢《猎人》，它在我眼里并不出色。

接下来契诃夫承认道：“写作的时候，我总是竭尽全力不把自己珍视的形象和场景放入小说里，上帝知道我为何如此爱惜它们，为何总是如此小心珍藏。”

“苏沃林的信促使我进行自我批评，我认为这是一封无比客气又真诚的信。于是我开始打算写些像样的东西来，虽然依旧对自己的写作功底毫无信心。”

我补充道：“多么不同寻常的人啊！多么与众不同的作家啊！”

—

1886 年 10 月 26 日，《新时报》刊登了契诃夫的中篇小说《泥潭》。契诃夫把小说寄给了自己的亲密友人——巴布金诺庄园的女主人基谢列夫夫人。1885 年、1886 年、1887 年三年期间，契诃夫一家曾在巴布诺金庄园里避暑。

同年年底，契诃夫收到一封气势汹汹的回信。信中满是愤慨之词：

"……我一点儿也不喜欢您寄来的讽刺小品文，虽然我相信很少有人会同意我的看法。文章写得很精彩，男性读者会心生遗憾——命运没有让他们碰上像苏珊娜这样能让人肆无忌惮地放荡一番的女人，而女性读者则会暗自羡慕苏珊娜，大部分读者都会读得津津有味，说道：'这个契诃夫写得真不错，好样的！'或许，您会满足于这一百一十五卢布的稿费以及读者的这些反应，可我却感到十分沮丧，您这种水准的作家[①]——上帝没有赐予您极高天赋的作家，只会将这种'粪堆'展示给我看。肮脏以及不分男女的恶棍们充斥着这个世界，而他们也不会给人以焕然一新的印象，不过你还得对那位作家心存感激，他在带你走过臭气熏天的粪堆的时候，会突然从中捡出一颗珍珠来。既然如此，又何必摆出这堆粪堆来呢？给我这颗珍珠，就让所有污浊之物从我的记忆中渐渐消失，我有权向您提出这样的要求，而其他人的作品——那些没有能力在四脚兽中找到人类并对其进行庇护的人的作品，我是不会去看的……或许，沉默不语对我而言是最好的选择，但我却忍不住要责备您以及您的那些龌龊的编辑，这些人满不在乎

① 蒲宁在此处（"您这种水准的"）加了着重号。

地糟蹋您的才能。如果我是编辑，为了您好，我会剪掉您的这篇讽刺小品文……您的讽刺小品文令人反感。这样的东西(我指的是内容!)就让那些内心贫乏、命运不济的蹩脚作家，如奥克雷茨、阿尔博夫之类的无能之辈去写吧。”

三星期之后，契诃夫给其回信，信中写道：

“……无论是你我，还是全世界的任何一位评论家，都没有确凿的证据足以使我们有权利来全盘否定这种文学形式。我不知道谁是正确的，是荷马、莎士比亚、洛佩·德·维加[①]——这些不惧怕刨粪坑且在道德方面比我们坚定得多的古人，抑或是那些拘泥于纸上谈兵、在内心世界和生活中都是冷冰冰的厚颜无耻的当代作家？我不知道谁的品味更为低下：是毫不吝啬地歌颂真实存在于美丽大自然中的爱情的希腊人，还是像加博里奥[②]、马利特、皮埃尔·博博(彼·德·博博雷金)这样的读者？即便以绕‘粪堆’而行的屠格涅夫和托尔斯泰为证，也无法弄清这个问题。但是他们的洁癖并不能证明什么：这些人的前辈作家们不仅认为‘男女恶棍’肮脏不堪，就连描述庄稼汉和官衔低于九级的官吏都被认为是件肮脏的事……文学之所以被称之为文学，是因为它描述的正是生活的原本面貌。文学的使命——无条件地真诚地展现真理。把文学的功能局限在挑选珍珠的范围内是致命的举动，就好比您迫使列维坦只画树，却不允许他画肮脏的树皮和发黄的树叶一样……对于化学家而言，世间万物都是不洁之物。文学家也应当像化学家那样客观；应当摈弃世俗中的主观因素，应懂得

---

① 费利克斯·洛佩·德·维加·伊·卡尔皮奥(1562—1635)：西班牙作家、戏剧家、诗人。

② 加博里奥(1835—1873)：法国侦探小说作家。

粪堆在风景画中起着同样令人敬畏的作用,懂得恶的激情与善的激情是生命固有的本质。”

基谢列夫夫人是一位女作家,常常有艺术家、音乐家、演员去她家做客,家庭文化氛围浓郁。契诃夫喜爱这个家庭,彼此之间友谊深厚。

五十年后,即我的小说集《幽暗的林荫小径》问世后,我也曾收到过类似基谢列夫夫人这样的来信,我给某些人的回信也同契诃夫类似。历史在重演。

1895 年年底,我和契诃夫初次相识于莫斯科。当时我俩只是偶尔才聚首,如果不是他的那几句颇具特色的言语让人记忆犹新的话,我是断然不会回想起这件事的。

“您常常写作吗?”有一次他问我。

我回答说,不是很频繁。

他用低沉的男中音语带忧郁地说道:

“真不应该。您知道吗,必须工作……马不停蹄地工作……一辈子。”

沉默片刻后,他又说了几句与此无关的话:

“我认为,每写完一篇短篇小说,都需对其进行掐头去尾。而我们这些小说家多半会胡扯一通……”

我们之间的会面总是犹如昙花一现、匆匆而逝,彼此的交谈也是偶尔为之,谈话中总会涉及契诃夫喜爱的话题——为了工作需鞠躬尽瘁、殚精竭虑,在工作中需将真实和质朴发挥到禁欲主义的程度。此后直至 1899 年的春天,我们都未曾碰过面。后来我在雅尔塔逗留过数日,期间曾于某日傍晚在滨海大道和他相遇。

“您怎么不来找我?”他问道,“明天务必前来。”

“何时?”我问道。

“早上,七点多钟吧。”

大约是注意到我脸上露出的惊诧表情,他解释道:

“我们起得很早。您呢?”

“我也是如此。”我回答道。

“那就好,您一起床就来吧。我们一块儿喝喝咖啡。您喝咖啡吗?”

“很少喝。”

“咖啡要天天喝。这是一种奇妙的东西。每逢工作之日,从早到晚我只喝咖啡和肉汤。早晨——咖啡,中午——肉汤。不然就没法好好工作。”

我对他的邀请表示由衷的感谢,随后我们静静地漫步,走过整条滨海大道,在街心小公园的长椅上坐下。我问道:

“您喜欢海吗?”

“喜欢,”他回答道,“只是它太过于荒凉了。”

“那才是其美好之处啊。”我说。

“我不知道,”他透过夹鼻眼镜的镜片向远处望去,显然是在思索着什么,“依我看,成为军官、成为年轻的大学生都是很不错的事……在人潮拥挤的地方坐下,听着欢快的歌曲……”

按照往常的习惯,他又沉默了片刻,说了几句风马牛不相及的话:

“描写大海并非是件易事。不久前我在一个中学生的作业本上看到一段文字,您知道他是如何描述大海的吗?‘大海宽广无垠!’就只有这么一句话。我觉得写得妙极了。”

或许，某些人会认为这是在矫揉造作。然而契诃夫怎会矫揉造作？只有那些对他一无所知的人才会把这个词同契诃夫联系在一起。某位深知契诃夫为人的朋友曾这样直言不讳地说："我见过在真诚方面丝毫不比契诃夫逊色的人，然而像他这般质朴、不说空话、不装腔作势的人，我却未曾遇过。"是的，他只喜欢真诚的、天然的事物——只要这些东西并非是拙劣不堪、因循守旧之物，他也无法忍受空谈家、迂夫子和伪善者，尤其是已经把这些习性演化为自身第二天性的那些人。至于自己的品味、观点和自身状况，这些在契诃夫的作品中几乎从未被提及过，以至于他在很长一段时间内都被认为是个没有原则且对社会漠不关心的人。在生活中，他也从不把"自己"挂在嘴边，很少谈起自己的爱憎，"我喜欢……""我无法忍受……"这些全然不是契诃夫式的语言。他是个爱憎极其分明的人，从不轻易改变自己的想法，而自然正是他最喜爱的事物之一。"大海宽广无垠……"这样的句子在契诃夫看来"写得妙极了"，其中的原因在于——他历来追求最高境界的质朴，厌恶一切雕砌的、不自然的东西。而关于军官和音乐的看法又体现了他的另一特点——克制力。话锋一转，毫无防备地从大海转到军官，无疑是由隐藏在他内心的对青春和健康的感伤情绪所引发的。大海僻静荒芜……他热爱生活和欢愉，在最后的几年时光里他时常流露出对快乐的渴望，哪怕只是最普通、最常见的乐事，这种渴望在其言谈中出现的频率尤其频繁。不过也只是显露出来罢了。

近年来，语言已经变得十分廉价。无论好话还是坏话，都能轻易脱口而出，毫不掩饰其中的虚伪之意。不过，这样的话似乎都是用于评价过世之人的。那些有关契诃夫的回忆性文章中也充斥着许许多多肤浅的、虚伪的、错误的言论，有时简直就是些愚蠢之言。比如，有人曾这样写道：契诃夫之所以去库页岛，仅仅是为了维护自己是个“正经人”的声誉，结果却在路上感冒了，染上了肺痨病……还有人说，《樱桃园》的上演加速了契诃夫的死亡：首演前一晚契诃夫感到焦虑不安，害怕这部戏剧无法得到观众的认可，以至于说了一整晚的胡话……这完全是无稽之谈。契诃夫去库页岛是出于对该岛的兴趣，另外弟弟尼古拉——一位才华横溢的艺术家的去世让他悲伤不已，他想借此次旅行来排遣内心的伤痛。他并不是在西伯利亚才染上肺痨病的，早在 1884 年 12 月斯科平案结案后，他就已经开始咯血了。毫无疑问，契诃夫实在不应该去西伯利亚：两个月的驿车之行艰辛万分，又逢早春时节，多雨且寒冷，晚上几乎无法入睡，只能吃斋，更何况西伯利亚的道路是如此的荒凉不堪！至于说为了《樱桃园》而焦虑不安……毋庸置疑，作家对其他人的看法是相当敏感的，而这种作家式的敏感中有很多可怜的、微小的、神经质的东西。但像契诃夫这样强有力的大人物，又怎会陷入这样的情绪之中？谁能像他这般果敢，永远遵从自己良心的指挥，而从不人云亦云？谁又能像他这般隐藏起人类的愚蠢给人类的智慧所带来的蚀骨之痛？契诃夫只经历过一次失败之夜——《海鸥》在彼得堡上演的那个夜晚。但这已经是很久很久以前的事了……更何况谁又能清楚地了解他的内心活动呢——究竟那天有没有激动不安？即便是契诃夫的至亲，也无从知晓他内心深处的细微心理活动。至于外人，尤其是那些不敏感、不聪明的人，契诃夫又怎会对其推心置腹？

契诃夫的中学同学谢尔盖延科说，契诃夫小的时候“没精打采，笨手笨脚，脸若圆月”。而根据他的照片以及家里人的描述，我想象中的他却是另一副模样的。他并非“脸若圆月”，只不过脸庞宽大，很聪明、很平静。大约是这种平静的气质才会让人觉得契诃夫整日“没精打采”，这种平静绝不是没精打采，直到晚年他都从未出现过这样的状态。在我看来，契诃夫的这种平静是孩童（巨大的力量、罕见的观察力和幽默感在体内不断成熟壮大的孩子）才会拥有的一种别具一格的平静。否则，双方对契诃夫截然不同的描述就无法调和了。据契诃夫的母亲和兄弟们称，童年时期的“安东沙”①想象力丰富，就连当年不苟言笑的父亲巴维尔·叶戈罗维奇也能被他逗得眼泪直流！在他颇为自得地设计出诸如《刺猬的人工繁殖——农户指南》此类作品的幸福的青年时代，他的平静似乎隐没在其与生俱来的乐观精神的蓬勃发展之中。那个时期熟知他的人会这样评价：他天性中的那种快活，他开朗朴实的脸庞和炯炯有神的眼睛焕发出的那种美丽，都散发着无法抗拒的魅力。他的精神和思想随着岁月的变迁而愈发深沉，愈发具有洞察力——契诃夫重新掌控住了左右自己的主权。在这段时期，他勇敢地挥洒青春的资本，任其得天独厚的天性锋芒初露，之后便步入了其艺术创作过程中刚正不阿的严肃写实阶段。我与他正是在这段时期开始交往的。

1895年，我在莫斯科遇到了契诃夫，映入我眼帘的是一个中年男子，戴着夹鼻镜，穿着朴素而得体，身材颀长而匀称，动作敏捷而轻盈。初次见面，他的态度和蔼有礼，却又很寻常，尚且年少的我还不习惯初次见面的人用这种语调和自己说话，以至于将之视作冷漠之举。在雅尔塔期间，我觉察到契诃夫的身上发生了巨

---

① 契诃夫的爱称。

大的变化:他变消瘦了,脸庞也变得黝黑了;虽然他的面容中仍透露着那份惯有的优雅,但这已不是属于年轻人的优雅了,而是一位久经风霜、因经历风雨而变得更加高尚的人才能拥有的优雅风度。他的声音也变得更加柔和了……但就总体而言,他与莫斯科时期的表现相差无几:态度和蔼而又克制,言谈生动活泼,语言却更加简短了,边说边思索着,让谈话对象自己去琢磨其思想在暗藏的意识流中是如何流动变化的,谈话期间他总是微微仰着脸,目光透过夹鼻镜的镜片投向大海……在滨海大道上遇到契诃夫的第二天早晨,我便去他的别墅做客了。我依旧清晰地记得我们在他家的小花园里度过的那个愉快而又晴朗的早晨。那天的他精神振奋,开了不少玩笑,还给我朗读了他写的唯一的(按照契诃夫自己的说法)一首诗《兔子和中国人,儿童寓言》。自此以后,我去他家的次数越来越频繁,后来竟成了他家里的一员。毫无疑问,他对我的态度也随之发生了变化。他变得更加活跃,更加真诚了……然而克制依旧;这种克制不仅出现在与我交往的过程中,也表现在对其最亲近的人的态度上。后来我才确信,这种克制并非冷漠,而是某种更加意味深长的东西。

契诃夫位于奥特卡的白色石砌别墅矗立在蓝色的天空下,沐浴在南方的阳光中;那儿还有一个他悉心照料的小花园——他历来喜欢花草和动物;书房只用了两三幅列维坦的画进行装饰,透过一扇很大的半圆形的窗户可以看见窗外的风景——在一座座花园中若隐若现的乌昌—苏河谷以及蓝色大海的呈三角形的那片海域。在那栋别墅中度过的分分秒秒、日日夜夜(有时甚至会在那待上数月)都已定格成了一幅永恒而又美好的画卷,契诃夫以其才华和智慧甚至是严肃的声音和纯真的笑容吸引着我,让我不自觉地想要靠近他，所有的一切都印刻在我的记忆中，成为我一生中最弥足珍贵的回忆之一。他对我十分友善，有时甚至到了温柔的程度。然而，他从未摈弃我在上文中提到的那种克制的态度，即便当我俩推心置腹、无所不谈的时候，他依旧克制如常。这份克制力无处不在。

他喜欢笑声，但只有当其他人说起好笑之事的时候，他才会发出极富感染性的愉悦的笑声，而当叙述人换做了他自己，那么即便是在讲最可笑的东西的时候，他都不会露出一丝笑容。他很喜欢开玩笑，喜欢怪诞的绰号，喜欢作弄人。近几年，但凡身体有些好转，他就会乐此不疲地开起玩笑、搞起恶作剧来。他那巧妙的幽默常常让人忍俊不禁！抛出只字片语，夹鼻镜后的眼睛闪着狡黠的光芒……而他写的那些信——如此平淡、质朴，却包含了多少可爱的笑话啊！“亲爱的伊万·阿列克谢耶维奇，这么说来，您允许我们在复活节前一周等候您的大驾。请务必前来，届时我们会备下许许多多的小吃，更何况这个时节的雅尔塔总是风和日丽，鲜花盛开！来吧，发发慈悲吧！关于婚事我已经改主意了——不想结婚，但如果您觉得无聊的话，那好吧，或许我就会依您所言去结婚……”(1901 年 3 月 25 日)“亲爱的伊万·阿列克谢耶维奇，明天我就要去雅尔塔了，请您寄张贺卡给我，祝我合法婚姻快乐……祝您万事如意，身体健康。您的安·契诃夫，奥特卡小市民敬上。”(1901 年 6 月 30 日)

契诃夫的克制力在许多其他更重要的方面也得到了体现，证明他拥有罕见的坚毅的秉性。比方说，有谁听过他诉苦吗？事实上，他有很多值得诉苦的事情。尚且年轻的他就已经开始为生计而奔波，替生活拮据的大家庭分忧解难。收入微薄，工作环境恶劣——狭小的房间里人声鼎沸，餐桌边围坐着契诃夫的家人，还有几个做客的学生，而他则常常被挤到餐桌的一角，这样的环境足以让文思泉涌的人一筹莫展，无法下笔。之后很长一段时间，他都过着一贫如洗的日子……但他从不怨天尤人，也不自怨自艾，不是因为他性格孤僻，也并非因为他要求不高：虽然过着极其简朴的生活，但那时的他却十分憎恶平庸穷困的生活……他被病痛折磨了整整十五年，并最终被病魔推下了死亡的深渊。然而俄国的读者知道这件事吗？他们听过多少其他作家发出的痛苦哀嚎啊！病人都爱拿自己的特殊处境来说事，哪怕是最坚强的人也不能免俗——往往会刻毒地、痛苦地、不停地谈论自己的病情，以折磨他人为乐。契诃夫在患病到辞世期间表现出的勇敢精神着实令人惊叹！即便是病情危重的时候，也常常无人觉察到他的痛苦。

"你不舒服吗？安东沙？"母亲或者妹妹看到他闭着眼睛坐在沙发椅里，就问道。

"我吗？没什么。就是头有点儿疼。"他睁开双眼平静地回答道，双眼因为没被夹鼻镜遮挡而显得格外明亮和温顺。

他热爱文学，喜欢谈论作家，非常钦佩莫泊桑、福楼拜和托尔斯泰——对他而言，此为人生一大乐事。他总会带着一种特别的兴奋劲儿谈论起这些作家，还有莱蒙托夫的《塔曼》。

"简直无法理解！"他说，"他还是个孩子的时候就能写出这样的作品来！能写出如此上乘的佳作，再写上一部优秀的轻松喜剧，就死而无憾了！"

契诃夫发表的关于文学的见解完全不同于普通的业内人士，后者所表现出的小圈子的狭隘习气、实际利益以及个人利益至上的肤浅，都让人感到不舒服。契诃夫首先是一位文学家，但和大多数作家之间仍存在明显的差别，“文学家”这个称谓并不适合他，正如这个称谓不适合托尔斯泰是一个道理。因此，只有当契诃夫确定交谈者最喜爱的是文学中包含的艺术——无私的、自由的艺术时，他才会与之谈论文学。

“在作品尚未发表之前，绝不应该把它念给别人听，”契诃夫不止一次这么说，“最主要的是，永远都不要采纳他人的建议。犯了错，撒了谎——就让这个错误只属于你一个人就好。莫泊桑用自己的技巧为写作这一职业设置了很高的门槛，此后写作就变成了一桩难事，但仍需写下去，尤其是我们这些俄国作家，更应该大胆地去写。狗分大狗和小狗，小狗无需在大狗面前自惭形秽：每一条狗都该吠叫，用上帝赐予的声音吠叫。”

他关心文学界发生的所有事件。那个年代的文学界充斥着愚昧、谎言、矫揉造作和故弄玄虚，这让他感到十分不安，而这些不良习气在当今的文学界更是大行其道。然而，我从未在他的不安中觉察出丝毫狭隘的易怒的情绪，他也从不会将自己的个人情感掺杂其中。谈起已故作家，人们几乎都是这样评价的：他们为别人的成功而感到高兴，他们不爱面子。因此，倘若我对契诃夫是否有这种作家式的自尊心存在半分怀疑的话，我就绝对不会涉及这个话题。他真心诚意地为所有有才之人感到高兴，不可能不为之高兴——“无才之辈”大概是他说过的最过分的骂人话。他对待自己的成功以及失败的态度是独一无二的，也只有他一人能够做到。

契诃夫从事写作工作几乎长达二十五年，在此期间他听过多少浅薄而又粗暴的责难啊！作为最伟大、最知书达理的俄罗斯诗人之一，他从未以说教者的身份说过话。是否这样就能指望得到俄国评论界的理解和垂青？要知道，人们还要求列维坦让风景画变得“栩栩如生”呢……在风景画中添上一头母牛，几只鹅，或是女人的形体！毫无疑问，这类评论家让契诃夫的心里很不好受，而这些人还要往他的心里倾注更多的痛苦，要知道，即便没有这份痛楚，他的心也早就被俄罗斯的生活折磨得伤痕累累了。这种痛苦在他身上有所表现，但也仅仅只是显露出来而已。

“对了，安东·巴甫洛维奇，您的纪念日快到了，该庆祝庆祝了！”

“我太了解这些纪念日是怎么一回事了！人们先是把你臭骂上二十五年，再赠送你一只铝制的鹅毛笔，然后整整一天对着你又是流泪又是亲吻你，热情洋溢地胡说八道一通！”

当人们谈论起他的名声，以及其他人是如何评论他的时候，契诃夫往往只以三言两语作为回答，或是说上一句玩笑话。

当我看到某篇关于他的评论性文章时，就会问他：“安东·巴甫洛维奇，您读过了吗？”

他只会从夹鼻镜上方朝你瞟一眼，沉下脸来，用他那浑厚的男低音回答说：

“不胜感激！他们用千言万语来评论一个人，接着在下面补充一句：‘还有一位作家契诃夫，怨天尤人之辈……’我哪是什么怨天尤人之辈？还是评论家口中的‘愁眉苦脸之徒’、‘冷血之人’？我怎么会是‘悲观主义者’呢？要知道，《大学生》是我所有作品中最受我青睐的短篇小说……‘悲观主义者’一词让人反感无比……不，评论家们比演员还要坏。不过，您知道吗，演员比俄国社会的发展落后了整整七十五年。”

有时还会补充道：

“仁兄，当有人指责您的时候，您就多想想我们这些罪人吧！评论家们把我们视作宗教寄宿学校的学生，犯下一点小小的过错就会被他们痛打一顿。有位评论家曾预言我会死在栅栏下：在他眼中我就是个因酗酒而被学校开除的小伙子。”

我从未见过契诃夫流露出愤怒的情绪。他很少动怒，即便真的生气了，也善于运用惊人之力来控制自己的怒火。我也没见过他冷漠的样子。按照他的说法，他只有在工作的时候才是冷冰冰的。他总是要先弄清作品蕴含的思想以及将要塑造的形象后，方才动笔写作，每每总是文不加点，一挥而就。

“当你感到自己冷若冰霜的时候，才能坐下来写东西。”

毋庸置疑，这是一种与众不同的冷。俄国的作家当中，能在心灵的敏锐性和领悟能力方面超越契诃夫的人多吗？

夏里亚宾[1]

莫斯科一度盛传过这样的说法——夏里亚宾和作家们交好，只不过是为了故意为难与自己争名夺利的索比诺夫[2]。传闻中还提到说，夏里亚宾并非是出于对文学的喜爱而同作家们亲近的，他只是想为自己赢得“大歌唱家”的美名，想被世人公推为“走在时代前沿、有先进思想的人”——就让那些无论何时、无论何地，只要一听到男高音就会发狂的观众们，继续为索比诺夫疯狂吧！然而我却认为，夏里亚宾并非只是出于一己私欲才同我们来往。我依旧记得，当初他是多么渴望结识契诃夫，不止一次向我提起过这个愿望。最后我忍不住问他：

“为什么一直没见成呢？”

“契诃夫足不出户，总也找不到机会与他结识。”夏里亚宾说。

“你呀，哪需要等什么机会！叫上一辆马车，直接去拜访他！”

---

① 费奥多尔·伊万诺维奇·夏里亚宾(1873—1938)：俄国男低音歌唱家、世界低音之王。主演过电影《可怕的沙皇伊凡》和《堂吉诃德》等。

② 列·维·索比诺夫(1872—1934)：苏联时期著名抒情男高音、演员。

“可我不想让他觉得我是个不请自到的无礼之人！另外，在他面前我会手足无措，羞怯得像个实实在在的大傻瓜。要是你能引荐我去的话……”

我马上着手安排此事，而事实也证明他并没有说半句假话：他走到契诃夫面前，脸都红到了耳根，说话也变得含糊不清起来……离开之时则欣喜若狂，对我说：

“你无法想象此刻的我是多么幸福——终于认识了契诃夫，我已经被他迷得神魂颠倒了！这是一位怎样的大人物，怎样的大作家啊！从此以后其他人在我眼里都不过是一群骆驼罢了。”

“谢谢。”我笑着说。

他一路哈哈大笑，丝毫不掩饰内心的喜悦。

——

有一张照片非常出名，之所以有名是因为它曾作为明信片被发行了几十万份——这是一张安德烈耶夫、高尔基、夏里亚宾、斯基塔列茨、奇里科夫[①]、捷列邵夫和我的合照。某日，我们一行人在莫斯科一家叫“阿尔卑斯玫瑰”的德国饭店用餐，我们吃了很久，席间氛围融洽，大家兴致很高，突然就决定去照一张相。起初我和斯基塔列茨还为此拌了几句嘴。我说：

“又是照相！总是老一套！就像狗到了发情期，整天只知道找母狗交配。”

这几句话惹怒了斯基塔列茨。他用粗嘎做作的男低音问道：

“为什么说像发情，而且还是像公狗一样发情？我可不认为

---

① 叶甫根尼·尼古拉耶维奇·奇里科夫(1864—1932)：俄国作家、《知识》文集的撰稿人之一，代表作有《农民们》、《塔尔哈诺夫的一生》等。

自己是条狗，至于别人怎么想他们自己我就不得而知了。”

“还能如何称呼这种行径？”我说，“今天我们好比过节一样，在这大吃大喝。借用一下您的话，‘人民饿得浮肿’，俄罗斯快要灭亡了，国家面临着‘全面崩塌’，‘底层是黑暗的政权，上层是政权的黑暗’，在俄罗斯上空‘翱翔着一只犹如黑色闪电般的海燕，昭示着暴风雨的来临’，然而在莫斯科和彼得堡又是怎样一番情景？歌舞升平，每时每刻都像在过节似的，轰动全国的大事接连发生：新的一期《知识》[①]文集出版，汉姆生[②]的新剧本问世，艺术剧院和大剧院进行首演，高等女校的学员看见斯坦尼斯拉夫斯基[③]和卡恰洛夫[④]时激动得昏倒在地，讲究的马车一辆接一辆地驶向亚尔以及斯特列利纳大酒店……”

立场不同的交流极有可能演变成一场争吵，此时大伙不约而同地笑了起来。夏里亚宾大声说：

“好极了，说得对！老兄们，还是去吧，让我们把这次人来疯变成一段流芳百世的佳话！我们的确应该经常照相，总要为后代留下些东西作为纪念嘛。否则歌唱家唱啊唱啊，唱了一辈子，两腿一蹬，就过世了。”

“是啊，作家写啊写啊，写了一辈子，两眼一翻，就咽气了。”高尔基附和道。

“比如我，”安德烈耶夫面露哀色道，“会是我们中第一个去见

---

① 《知识》文集是由高尔基主持编写的，自 1904 年出版起，共发行了四十集。作家有高尔基、库普林、绥拉菲莫维奇、蒲宁等现实主义民主作家。

② 汉姆生(1859—1952)：挪威作家。

③ 斯坦尼斯拉夫斯基(1863—1938)：俄国演员、导演、戏剧教育家、理论家。

④ 瓦西里·伊万诺维奇·卡恰洛夫(1875—1948)：著名演员、苏联人民艺术家称号获得者。

上帝的人。”

他经常这么自我调侃，大家总能被他逗乐。最后，事实却果真如此。

——

人们都认为夏里亚宾是个具有左派思想的人，相当激进。当他在台上演唱《马赛曲》或是《跳蚤之歌》时，观众们总是听得热血沸腾，因为这些歌曲充斥着革命思想、撒旦精神，以及对国王的嘲弄：

总前有一位国王，

他养了一只跳蚤……

突然之间发生了什么事？撒旦竟然向国王下跪了——消息传遍了整个俄罗斯：夏里亚宾拜倒在了沙皇的脚下！对于夏里亚宾的议论和愤慨铺天盖地席卷而来。为了这桩丑闻，夏里亚宾后来为自己作了多少次的辩白啊！

“我如何能不下跪？”他说，“皇家歌剧院合唱团正在举行纪念演出，合唱团希望借此次沙皇出席观剧的机会，向他下跪，面求加薪。他们真的下跪请愿了。而作为合唱团一员的我又怎能置身事外？事出突然且大大出乎我的意料，还没等我反应过来一切便已成定局：合唱团的成员们就像被镰刀收割过的庄稼，齐齐倒在舞台上，人们跪在舞台上，把手伸向沙皇的包厢！此时我还能怎么办？难道像电线杆似的杵在舞台中间吗？那样才是真正的丢人哪！”

我最后一次在俄罗斯见到他是在1917年的4月初，正是列宁攻占彼得堡的那段时间。那时我也在彼得堡，高尔基邀请我和夏里亚宾参加在米哈伊洛夫大剧院举行的一次隆重聚会，高尔基要在会上为某某“自由科学学院[1]”的成立发表演说。我至今不明白，也不记得当初为什么会邀请我和夏里亚宾去参加这个里里外外都透着荒诞气息的聚会。

高尔基的演讲篇幅冗长、辞藻华丽，演说最后他宣布道：

“同志们，夏里亚宾和蒲宁也在座！让我们欢迎他俩的到来！”

人群中爆发出疯狂的掌声和跺脚声，高呼我们的名字。我和夏里亚宾躲到后台，突然有人跟着追了上来，说大家希望夏里亚宾上台演唱一曲。看来这次夏里亚宾又要“重蹈覆辙”，被迫“下跪”了。但是夏里亚宾却斩钉截铁地回绝了来人：

“我不是消防员，不可能一声令下就必须马上爬上屋顶。你就这么跟大家解释吧。”

此人走后，夏里亚宾对我双手一摊，说：

“你瞧这事儿：一会不让你唱，一会又逼着你唱——恐怕这事他们一辈子都会记着，会把我挂到吊灯灯杆上去，真见鬼。反正我是不唱。”

最终他也没上台演唱。在布尔什维克掌权时期他已经没有当初的胆量了。不过最终他还是想方设法地离开了俄国。

——

1937年6月，我最后一次听他唱歌。当时他在巴黎举行音乐会，有时独唱，有时和阿丰斯基乐团一起合唱。如今回想起来，那个时候他应该就已经身患重病了。虽然他在演出前常会感到紧

① 俄文版编辑认为是“发展与普及自由科学自由协会”，高尔基为该协会理事会成员。

张和激动，但这次却异乎寻常，十分焦躁不安。此事不足为奇——我曾见过叶尔莫洛娃在上台前紧张地浑身发抖并连连在胸前画十字；我曾在后台亲眼看到连斯基①和罗西②在演出完毕后回到自己的化妆间，立马就倒下不省人事。在某种程度上，夏里亚宾的情况与之类似，只不过观众们从未亲眼见过罢了。但最后一场音乐会的观众们却见证了这一切，整场演出都是靠着他出色的肢体语言和抑扬顿挫的语调在支撑。他从后台让人送来一张纸条，邀请我去他那儿。我动身前往。他站在那里，脸色苍白，冷汗涔涔，微微颤抖的手中夹着一根烟卷，一见面就问我（换作从前他是不会这样做的）：

“我唱得怎么样？”

“那还用说，自然是好极了。”我回答，接着又调侃道，“好到我在台下不由自主地跟着你唱了起来，打扰到了听众，都已经引起公愤了。”

“谢谢你，亲爱的朋友，跟着我一起唱吧。”他淡淡一笑说，“你知道吗，我现在的身体状况很差，最近要去奥地利，去那里的山里静养。老伙计，这是我的头等大事啊。你今年夏天准备去哪儿？”

我又同他开起了玩笑：

“去哪儿都可以，就是不去山里。我一直都待在山里：有时在蒙马特，有时在蒙帕纳斯。”

他又冲我笑笑，但显得心不在焉。

① 亚历山大·巴甫洛维奇·连斯基（1847—1908）：俄国演员、导演。塑造过的经典舞台形象有《哈姆雷特》中的同名主人公，《智慧的痛苦》中的恰茨基、法穆索夫等。

② 指的是意大利著名演员罗西。

他为什么要开这最后一场音乐会呢？也许是感觉到自己大限将至，想同舞台告别，他所作的一切并非只是为了钱——他虽然爱财，几乎从未举办过免费的慈善音乐会，还总爱说：

“只有鸟儿的歌声才是免费的。”

——

我最后一次见夏里亚宾是在他去世前的一个半月——当时我和阿尔达诺夫[①]相伴前去探望病中的他。他虽然病得很重，但并不显得虚弱无力，浑身上下还焕发着一股活力和演员的神采。他坐在餐厅角落的沙发椅上，紧靠着一盏带有鹅黄色灯罩的落地灯。他穿着一件宽大的黑色丝绸袍子，脚上趿着一双红色便鞋，把头发梳成高耸的鸡冠状，整个人像一头庞大雄壮的狮子，却已垂垂老矣。我从未见他有过如此高贵的仪容，浑身上下都散发着贵族的气息。他究竟有怎样的血统？是和罗蒙诺索夫、瓦斯涅佐夫兄弟一样流淌着独特的北俄血脉吗？他年轻时的外貌十分普通，但随着年龄的增长，其容貌也在不停地发生着变化。

——

托尔斯泰第一次听到他的歌声，是这样评价的：

“不行，他唱歌嗓门太大。”

到现在还有不少自诩聪明的人坚信托尔斯泰压根就不懂得欣赏艺术，说“他骂莎士比亚，骂贝多芬”。先暂且不管这些人的看法。到底应该如何解释托尔斯泰对夏里亚宾的这个评价呢？难道夏里亚宾的嗓音和天赋丝毫无法打动他吗？这是子虚乌有

---

① 马克·亚历山德罗维奇·阿尔达诺夫(1889—1957)：俄国作家、比较文学学者，曾为化学工程师。

之事。托尔斯泰只是不提那些优点，单单指出他认为的不足之处罢了。而夏里亚宾身上的的确确一直存在着托尔斯泰所说的这个问题，彼时他才二十五岁，中气十足，还无法准确恰当地运气，往往会用力过猛。夏里亚宾身上有不少“勇士精神”，那既是他与生俱来的，也是后天从舞台表演中汲取而来的——这从年少时便成为了他生活的全部。在世界的任何一个角落——歌剧舞台也罢，音乐会也罢，著名海滩浴场也罢，奢华餐厅也罢，百万富翁的沙龙也罢，观众们总能被他瞬间点燃起热情，人们激动的心情总是久久不能平复。尝过成功滋味的人是很难把握分寸的啊！契诃夫曾幽默地说：

“声誉就好比海水——你喝得越多，就越容易感到口渴。”

夏里亚宾就好比喝过了这海水，无法解渴却也无法放弃。怎么能批评他爱炫耀自己的力量、勇敢和民族天性呢？这和质疑他如何从“从默默无闻到家喻户晓”是一个道理。他曾把他父亲的相片拿给我看，说：

“看我摊上了什么样的父亲。打我从不手下留情！”

照片上是一名五十多岁的男子，打扮得相当体面，穿着一件浆过的翻领衬衫，系着一条黑色的领带，外面套着一件浣熊皮衣。我心生疑惑：这样的人会打人吗？为什么这些所谓的“天赋异禀之人”在童年和少年时期都会遭受“家暴”呢？“高尔基、夏里亚宾都来自于底层人民……”他们真的是从“底层”一步步爬上来的吗？夏里亚宾的父亲穿着浆洗过的衬衫和浣熊皮大衣，在县国土管理局工作，我还从未见过这样的“底层人民”！我想，夏里亚宾的回忆录中对于童年和少年时期的描述多少有些夸大其词，那个时期的朋友和伙伴们也被过度美化了——比如有一个铁匠曾和他谈起过唱歌这件事，他描述得是如此之动人：

“唱吧，费佳——你会感受到无穷的快乐！歌就像是小鸟，放飞它，它就能翱翔天际！”

夏里亚宾的命运颇具传奇色彩——既能和铁匠交好，又能和大公、王储们像朋友一样聚餐，交友跨度可真不小。他的一生无比幸运，处处顺风顺水：上帝赐予了他“尘世间一切美好的事物”。也给过他无比强壮的身体，这个肉体在尘世间漂泊整整四十年且尝尽世间种种诱惑后，才开始垮下来。

——

有一次我在敖德萨与巴蒂斯蒂尼[①]毗邻而居：当时他正在敖德萨举行巡演，虽然已是七十四岁高龄[②]，但他声音和面庞都显得十分年轻，透着一股青春盎然之气，让当地的听众都颇感震惊。他是如何常葆青春的呢？奥秘之一在于他很会保养：每次演出结束后总会立刻回家，喝上一杯加矿泉水的热牛奶，然后躺下睡觉。而夏里亚宾呢？我记得与他见面多半是在餐厅里。我已然回忆不起和他初次相遇的时间和地点了。但我记得我们相互改称“你”是在某一天的夜里，在伊韦尔小教堂对面的那幢大厦里的莫斯科大饭店。大厦里不仅有饭馆，还有旅馆，我到莫斯科的时候偶尔会下榻于此，在这住上很长一段时间。饭馆年复一年地扩建，逐渐发展成了一家豪华大餐厅，饭馆这个词也早已不适合用来形容它了，我在楼上旅馆居住的那段日子见证了它的变迁：那个时候，餐厅扩建了，还新增好几个大厅，室内装修得富丽堂皇。

① 马蒂阿·巴蒂斯蒂尼(1856—1928)：意大利男中音歌唱家、美声乐派代表人物。

② 此处作者记忆有误，当时巴蒂斯蒂尼并非七十四岁。

如今，大厅专门用来举行豪华的宴会，供那些最欧化的莫斯科商界名流在此彻夜狂欢、饮酒作乐。我记得当晚宴会上最受瞩目的当属莫斯科的法国人西乌，还有他的女伴和朋友们，而我也恰好受邀在列。西乌桌上的香槟堆积如山、酒流成河，他还时不时地给那不勒斯乐队一百元卢布做小费，乐队的成员们穿着红色上衣，在被枝形吊灯照得雪亮的舞台上奏乐、演唱。这时大厅门口突然出现了夏里亚宾高大的身影，顶着一头金黄的头发，用那所谓的“鹰一样”的眼睛打量了一下乐队，然后突然一挥手，随着乐队的演奏就唱了起来。不得不说，这一举动让那不勒斯乐队和宴会上的人们兴奋到了极点，简直如蒙“圣”恩！那晚我们一直畅饮至天明方才走出餐厅，在通往旅馆的电梯前道别时，夏里亚宾突然用他那伏尔加河流域一带的男高音对我说：

“瓦钮沙[①]，我想你喝得太醉啦，我要用肩膀把你扛到客房去，因为电梯已经关了。”

“你别忘了，我住的可是五楼啊，而且我的分量也不轻。”我说道。

“没关系，亲爱的，无论如何都要把你扛回屋！”他回答道。

不管我如何挣扎，他还是把我扛上了楼。到了房间后，又上演了一出“逞英雄”的戏码——吩咐人送来一瓶价值一百卢布的“百年”波尔多红葡萄酒（结果那酒尝起来就像马林果汁一样）。

——

无需夸大其词，也无需轻描淡写：那个时候他确实把身体透支得太厉害了。说起话来总是滔滔不绝，不给对方任何开口的机

① “瓦钮沙”是伊万的俗称小名，“万尼亚”是伊万的爱称。此处指蒲宁。

会。从不知疲倦为何物，可以跟你天南海北地聊，每件事都能被他描述得栩栩如生，让人宛若身临其境。爱说俏皮话，还都是些最能让人捧腹的话。香烟一根接着一根地抽，总是用“逞能”来发泄自己的激情。有一次，我们坐着一辆讲究的马车从布拉格餐厅赶往斯特列利纳饭店，马车飞驰在莫斯科冬日夜晚的街头：外头天寒地冻，马车行驶的速度又极快，他却挺直了身体坐着，还敞开皮大衣的衣襟，高声谈论、放声大笑，抽烟抽得火星随风胡乱飞舞。我忍不住大声提醒：

“怎么这么不爱惜自己！别说话了，拉上衣服，扔掉香烟！”

“你是个聪明人，万尼亚，但却总爱瞎操心：伙计，我的血管不同于其他人，是俄罗斯式的，什么都扛得住。”他轻声细语地对我说。

“我可真受够了你和你的俄罗斯！”我说道。

“呦，你看看，又要骂我了。我怕挨骂，骂人的话能把人送进坟墓。总是一见面就跟我打招呼，‘你好啊，好样的年轻人’，这是为什么呢，万尼亚？”

“为了让你别再穿着紧腰细褶的长外套、漆皮筒靴、火红色丝绸偏领衬衫和深红色腰带四处出风头，为了让你别再学着高尔基、安德烈耶夫、斯基塔列茨那样，把自己打扮成民粹派，别再和他们勾肩搭背地摆出一副沉思状照相——可别忘了，你是什么人，他们是什么人。

“我跟他们有什么区别？”

“比如说，高尔基和安德烈耶夫都是很有才华的人，但他们写的文章却只不过是些“读物”而已，往往还是通俗读物，你的歌声可不是那样的“作品”。

“万尼亚，喝醉酒的人总是爱说奉承话啊。”

“你说得没错，不过还是闭上嘴巴，掩好大衣吧。”我笑着说道。

“好吧，就依你……”

他掩好大衣，突然扯开嗓子大喊一声，“查理有仇敌！”把马惊了一下，更加拼命地拉着马车往前跑。

——

莫斯科当时有个叫“星期三”的文学组织，成员们每周都会在家境优越、热情好客的作家捷列邵夫家聚首。我们在那儿朗读各自的作品，品评彼此的文章，并且一起用餐。夏里亚宾是我们的常客，也在那儿听我们朗读作品，却总是耐不下性子听。有时干脆坐在钢琴前，边弹边唱起来——或唱俄罗斯民歌，或唱法国小调，从《跳蚤之歌》唱到《马赛曲》再唱到《木夯歌》——总能“牵绊住人们的灵魂”，让人听得入神。

某次他又来参加“星期三”聚会，一进门就说：

“伙计们，我想唱歌！”

打电话给拉赫玛尼诺夫，也是这么跟他说的：

“我想唱歌都想疯了！你赶快叫辆马车到我这来。我们要唱整个通宵。”

当然，这其中难免掺杂着表演的成分。不过还是可以想象得出当晚的盛况——那可是夏里亚宾和拉赫玛尼诺夫的联袂演出啊。那天晚上夏里亚宾说了几句很公允的话：

“对你们而言这里并不是大剧院。其实，我不该在大剧院那种地方唱歌，而应该在这样的晚会上，同谢廖沙[①]一块儿唱。”

---

① 这是拉赫玛尼诺夫的小名。

有一次他来我在卡普里岛下榻的酒店“克维西桑”做客，那次也是这么唱的。我和妻子已经在那里连续住了三个冬天了。我们设宴招待他，还邀请了高尔基和卡普里岛的俄国侨民。饭后夏里亚宾提议让他来唱歌助兴，我们又度过了无比美妙的一晚。餐厅和酒店的客人们以及很多当地居民闻讯后蜂拥而来，用狂热崇拜的眼神看着夏里亚宾，屏气凝神，仔细聆听着他的歌声……后来我在巴黎跟他一起吃早饭时，他还回忆起当年的那个夜晚，问道：

“你还记得我在卡普里岛唱歌的那个夜晚吗？”

说罢摇动留声机，放上自己早年灌制的唱片，边听边热泪盈眶地喃喃道：

“唱得还不错！愿上帝把这种才能赐予每个人！”

一九三八年

高尔基

我和高尔基之间的这段奇怪友谊开始于 1899 年，之所以说它奇怪是因为我们虽做了二十年的好朋友，但这段感情却是“有名无实”的。彼此之间的友谊在 1917 年走到了尽头。事情就是这样子，一个二十年来都无法让我出于个人原因而对他产生敌意的人，突然之间就变成了一个让我长久地感到害怕和愤懑的敌人。随着时间的流逝，这种敌视的感情又逐渐消失了——他似乎走出了我的世界。这时却突然传来一个让人意想不到的消息：

作家马克西姆·高尔基逝世了……阿列克塞·彼什科夫（文学界称他为高尔基）1868 年出生在尼日尼·诺夫哥罗德的一个哥萨克家庭……①

还有一桩关于他的轶事。一个流浪汉，如今却被称为哥萨克……至今还没有一个人能准确地掌握很多有关高尔基生活方面的信息，这怎能不让人感到诧异？又有谁能够准确地列出他的

---

① 这段话的原文是法文。

生平经历呢？为什么布尔什维克党宣称高尔基是最伟大的天才，还将其大量的文学作品印刷了数百万册之多，却至今仍不出版他的传记呢？此人的经历相当传奇。他在国际上久负盛名，这种无功而得、名不副实的声誉在当时也是前所未有的。政治因素以及其他众多因素（例如，读者们对他的生平毫不知情）共同造就了这个美名，这一盛誉的享有者是无比幸运的。毋庸置疑，高尔基是一个才华横溢的人，但迄今为止还没有人能公允地、勇敢地做出定论——写出了像《鹰之歌》这般作品的人到底拥有怎样的、哪一种类型的才华？《鹰之歌》中讲述了这样一个故事：一条蛇不知出于什么原因“爬到高高的山上并盘踞在那儿”，而一只高傲无比的鹰却突然落到了它的身旁。人们总是一遍又一遍地重复：“这是一个在人民的底层世界里长大的流浪汉……”但却没有人注意到布洛克豪斯词典[①]中这段意味深长的话：“高尔基——彼什科夫·阿列克塞·马克西莫维奇于1869年[②]出生在一个纯资产阶级的家庭中：父亲是一家大型轮船公司办事处的负责人，母亲出生于一个富裕的、经营染坊生意的家庭……”人们无从知晓之后发生的事情，对高尔基日后经历的认知也全部来源于他写的自传，而这些自传单单从文体来看就已经令人怀疑了：“外祖父将圣诗集作为启蒙课本教我识字，后来我去轮船上当厨房学徒，船上的厨师斯穆雷又成了我的第二位老师。这是一个充满了神奇力量的人，粗鲁和温柔在他身上并存……”高尔基塑造的这一柔情脉脉的永恒文学形象到底有什么价值呢？“彼时我还是个对一切书籍

---

① 这里指的是《布罗克豪斯—艾弗隆百科辞典》（1890—1907）。

② 1868年3月16日，高尔基出生于下诺夫哥罗德。此处原文写的是1869年。

都怀有强烈敌意的人，是斯穆雷燃起了我对阅读的狂热激情。我着了魔般入迷地翻阅涅克拉索夫卡的作品、《火星》杂志、乌斯宾斯基的作品、仲马的作品……之后我的身份又从厨房学徒变成了一名花匠，我求知若渴，贪婪地读着各种经典文学作品和通俗读物。十五岁那年我产生了强烈的求学愿望，只身来到喀山，我曾天真地以为，凡有求知欲望的人都可以无偿地获得学习科学的机会。但事实并非如此，希望落空后我就进了一家面包坊工作。在工作途中结识了一些大学生……十九岁那年举枪自杀，为此病了一段时间，养好伤后打算从事苹果生意……后来响应号召前去服兵役，在得知军队不录用身上有枪痕的人后，便去拉宁律师那里做起了办事员，然而很快我就发现，知识分子的圈子里完全没有我的一席之地，于是便来到俄国南部，在那儿不断地徘徊游荡……”

1892年高尔基在《高加索》报上发表了自己的处女作《马卡尔·楚德拉》，小说以一段平淡无奇的话作为开篇：“晚风将波浪拍岸的涛声组合而成的深沉旋律吹散在草原上……在篝火的照映下，秋夜的黑暗怯生生地颤动着，带着恐惧在我们四周散开；篝火上方高耸着茨冈老人马卡尔·楚德拉庞大的身躯。他以一种优美有力而又闲适自在的姿势半卧着，慢条斯理地抽着自己那只大烟斗，从嘴里和鼻孔里喷出一团团的浓烟来，说道：

‘奴隶难道懂得不受约束的自由吗？了解草原的辽阔吗？海涛声能够让他感到身心愉快吗？唉，年轻人，他只是个奴隶啊！’”[①]三年之后，高尔基又发表了著名小说《切尔卡什》。知识分子们对他的大名也早有耳闻，许多人还拜读过《马卡尔·楚德拉》

---

① 此处根据蒲宁的原文进行翻译，与高尔基作品中的内容有所出入。

以及高尔基之后的一些作品，如《叶美良·波里雅依》、《阿尔希普爷爷和廖恩卡》等，全都读得入了迷……高尔基曾以写讽刺作品而出名，代表作如《爱真理的黄雀和爱撒谎的啄木鸟的故事》；他也是一位著名的小品文作家，用“伊叶古季尔·赫拉米达”做笔名写过一些讽喻小品文（发表在《萨马拉报》上）。但现在却写出了《切尔卡什》这样的作品……

我第一次知道他也恰巧是在这个时候。当时我经常去波尔塔瓦，那里突然流传起这样一个消息：“年轻的作家高尔基在科贝里雅基的近郊住下来了。这是一个仪表堂堂、高大健壮的年轻人，披着最宽大的斗篷，戴着一顶宽檐帽，手拿一根沉甸甸的满是疤节的粗棍……”我与高尔基相识于1899年的春天。我来到雅尔塔——有一次正沿着河堤散步，看见契诃夫和一人迎面走来，他用报纸遮挡着自己，不知是要遮挡阳光还是要遮挡住与他同行的那个人。那人用低沉的嗓音说着话，不时地从自己的斗篷里伸出双手高高挥舞。我和契诃夫打过招呼后，他介绍道：“认识一下吧，这位是高尔基。”初次寒暄后，我打量起了眼前之人，便确信波尔塔瓦人对他的部分描述是属实的：斗篷，宽檐帽，粗棍。斗篷下套着一件黄色丝绸衬衣，腰间系着一条又长又粗的奶黄色丝质纽带。衬衣的领口和底襟处都用不同颜色的丝线绣上了花纹。不过他并不是一个身量高大、体魄健壮的年轻人，而只是个个子高高的并略有驼背的小伙子，有着一头红褐色的头发，一双淡绿色的灵活而又温顺的眼睛，扁平的鼻子上带有雀斑，鼻孔很宽，留着一撮黄色的小胡子。咳嗽的时候总会用拇指轻抚自己的胡须：往手指上吐点唾沫，继而轻轻抚摸起来。继续向前走着，高尔基开始抽起烟来，他深吸一口烟后又突然用低沉的嗓音说起话来，边说边挥动着双手。很快他就抽完了烟卷，朝烟嘴里吐了点唾沫，熄灭了烟头，随手扔掉，继续谈论起之前的话题来，偶尔飞快地看一眼契诃夫，极力捕捉他对自己的观感。他高声谈论着，仿佛一切都是他的肺腑之言，言语间充满了激情，说得绘声绘色，总是带着英雄式的感叹和刻意营造出的粗犷的原始感。他讲述的是一个关于出生在商人和庄稼汉家庭的伏尔加斯基富人们的冗长且无趣的故事——其乏味性首先在于千篇一律的夸大性：所有的富人都表现得如同壮士歌中的人物一般；其次表现为过分强调形象性和激情。契诃夫心不在焉地听着。但是高尔基还在不停地说啊说啊……

我们之间那种类似友谊的关系大概也是在那一天建立的，对高尔基而言这种关系中甚至还掺杂着某些温情的东西，他有些腼腆地赞美我：

"您是贵族世界里的最后一位作家，这种贵族文化为世界培养出了普希金和托尔斯泰！"

那天，契诃夫刚叫了辆马车赶回自己在阿乌特卡的家，高尔基就立即邀请我去维诺格拉德街做客——他在那儿租了一间房。他皱着眉，不好意思地笑着，露出一个既幸福又滑稽笨拙的笑容，还拿给我看一张他妻子怀抱一个胖乎乎的、眼神灵动的小孩子的照片。随后又向我展示了一块浅蓝色的丝绸布，边做着鬼脸边说道：

"您知道吗？买这块布是想给她做件上衣的……就是给这个女人……作为礼物……"

同当初和契诃夫一起在堤岸上散步的时候相比，高尔基如今判若两人：亲切的，带着一种戏谑的执拗，谦虚到了妄自菲薄的程度，不再用低沉的嗓音说话，也不再有英雄式的粗犷行径，说话时总是带着歉意，模仿伏尔加河地区人民那种亲切的口音，把所有单词中的“o”都发成“o”[1]的音。无论在何种情形下，他都能带着愉悦的心情扮演好自己的角色，孜孜不倦地去做每一件事。后来我得知，他可以表演独白，哪怕是从早演到晚也能在不同的角色之间巧妙转换；在一些敏感的地方，需要尽可能做到令人信服之时，他甚至能轻易地从自己浅绿色的眼睛里挤出几滴泪水来。此后多年里我在他身上经常看到的其他特点，也已在这段时间显露了端倪。第一个特点是：他在与我独处或是单独一人时，和他同别人共处时相比，简直是判若两人。与其他人在一起时，他多半是用低沉的嗓音说话，由于自尊心、虚荣心以及群众对他的狂热而变得脸色苍白；说一些粗鲁的、崇高的、重要的话，喜欢教导自己的崇拜者们，一会用严厉而散漫的语气和他们谈话，一会又换上冷漠的教训人的口气。而当我们单独在一起，或是和其他亲近的人在一起时，他又变得温和起来，带着一种质朴的喜悦和谦逊，甚至还有些过于羞怯。第二个特点是他对文化和文学的崇拜，这两者是他真心实意喜爱谈论的话题。之后他跟我谈论过这些话题不下数百次，还在雅尔塔的时候他就曾说过：

“您知道吗，您之所以是一位真正的作家，首先在于您的身体里流淌着文化的血液，继承了俄罗斯文学的崇高艺术性。我的老弟，对于新读者而言，作家就应该孜孜不倦地学习这种文化，用自己全部的生命去景仰它，只有这样，我们才能有所成就！”

毋庸置疑，这其中既含有表演的成分，又蕴含着一股胜过骄傲自负的妄自菲薄的情绪。同时又饱含诚意——否则如何能年复一年地重复同样的话题，甚至每每说起还热泪盈眶呢？

---

① 在俄语中，非重音音节的“o”一般需发成“a”音。

他身形消瘦，有着非常宽阔的肩膀，却总是耸着肩，有点儿窄胸驼背，迈起两条长腿走路的时候总是用脚尖着地，有点儿（请原谅我接下来的措辞）像一个穿着讲究的窃贼，从容不迫，轻巧灵活——我在敖德萨码头上见过不少这样的步态。他有着一双和宗教界人士一样宽大且柔软的手。见面打招呼时，他会久久地握着你的手，愉快地按压一下，再用柔软的嘴唇有力地、紧紧地亲吻它。他的颧骨像鞑靼人那样前凸着。前额不大，发际线比较靠后，满头长长的秀发齐齐向后梳着，脸上像猴子一样满是皱纹——额头和眉毛部分的皮肤往头发的方向挤去，全是抬头纹。他的脸上偶尔会露出丑角那般生动的、滑稽可笑的表情（就像马戏团里小丑脸上的那种温柔的神情），这种表情后来也出现在他的儿子马克西姆的脸上。在马克西姆孩提时期，我常常让他骑在我的脖子上，抓着他的两条小腿，满屋子又跑又跳，兴奋地尖叫。

我和高尔基第一次见面时他便已经声名在外了，后来名气越来越大。俄国知识界都为他而疯狂，大家都清楚是什么原因。不单是因为当时俄国的革命主义精神正处在高涨期，也不单是因为高尔基对革命精神做出了诠释。这个时期“民粹主义者”和不久前出现的马克思主义者之间爆发了激烈的斗争，高尔基对此的态度是贬低庄稼汉而颂扬“切尔卡什们”，而这些“切尔卡什们”在马克思主义者的革命蓝图中又被寄予了革命的厚望。于是，他的新作品一经问世就立刻变成了全国性的大事件。他也在不断地变化着——生活方式变了，为人处世的态度变了。如今他在下诺夫哥罗德租下了一整幢楼，在彼得堡也有一间宽敞的寓所，经常出现在莫斯科和克里米亚，主持着《新生活》杂志社的工作，着手成立“知识”出版社……他已经为艺术剧院写了剧本，还在自己的书里为女演员克尼碧尔[①]写了如下的题词：

"奥尔加·列昂纳尔多夫娜，这本书是用我的心做成封面装订成册的啊！"

他先后帮助安德烈耶夫和斯基塔列茨获得了社会地位，让这两人成为自己的亲信。有时也和其他作家亲近，但这种亲密的关系多半维持不了多长时间：先是用自己的关心将对方迷得神魂颠倒，转眼间又把这个幸运儿获得的恩惠剥夺干净。在宾客中，在社交场合中都很难看到他的身影：他出现的场合总是人山人海，四处摩肩接踵、寸步难行，人们目不转睛地看着他。而他却表现得越来越笨拙、越来越不自然，对人群视而不见，只从颇有名望的好友里挑选出两三人陪着他围圈而坐，然后紧紧皱着眉，像大兵一样（故意摆着一副大兵的姿态）咳嗽，一根接着一根地抽烟，拿出葡萄酒，总是大杯满上，一饮到底；有时则大声地说一些通用的箴言或是政治预言，随后又摆出一副没有注意到周围任何一个人的姿态来，时而愁眉苦脸地用手指敲击桌子，时而又装作漠不关心地挑起眉毛，挤出一些抬头纹。他只跟自己的朋友们说话，但即便这样也总是摆出一副顺道才和人聊天的架势。那些人的脸上也重复着高尔基脸上的那种变化无常的表情，陶醉于能在众人的注视下和高尔基亲近的这份自豪感中。仿佛是漫不经心，仿佛是不以为然，却时不时地在谈话中插进他的名字：

"完全正确，阿列克塞……不，你说的不对，阿列克塞……你知道吗，阿列克塞……问题在于，阿列克塞……"

在他身上已经找不到任何青春的痕迹了，这一切发生得太快

---

① 著名女演员，1901年与契诃夫结婚。

了——他的脸变得更加粗糙、黝黑和枯瘦，胡子变得更长、更浓密。他已经被称作士官。脸上出现了很多皱纹，眼神中藏着某种充满恶意和挑衅的东西。然而，当我们不是在别人家做客，也不是在社交场合见面的时候，他又变得几乎和从前一样，只是比过去更加严肃，更加自信了。他还常常对群众（他完全离不开群众对他的狂热崇拜）说一些粗鲁的话。

在雅尔塔的一个宾客云集的宴会上，我曾看见女演员叶尔莫洛娃[①]（叶尔莫洛娃当时已经老了）走到他跟前，赠送给他礼物——是一个用鲸须做成的精致烟盒。她表现得是那么局促不安，那么惊慌失措，红晕染上了她的脸颊，以至于热泪盈眶：

"是这样的，马克西姆·阿列克塞维奇……阿列克塞·马克西莫维奇……是这样的……我……您……"

此时他正站在桌边，熄灭了烟头并将它揉碎在烟灰缸里，甚至没有抬头看她一眼，叶尔莫洛娃继续说道：

"我想向您表示，阿列克塞·马克西莫维奇……"

他只是对着桌子阴沉地笑了一下，习惯性猛地一抬头，将额前的头发甩开，仿佛自言自语般抱怨着，用低沉的声音念了几句《约伯记》中的句子：

"你到何时才转眼不看我，才任凭我咽下唾沫呢[②]？"

若能"任凭"他咽下唾沫又是什么意思？

如今，他总是穿着深色的短上衣，腰间系着一条缀有银饰的高加索小皮带，穿着一双与众不同的短筒皮靴，把裤子塞进靴筒

---

① 玛利亚·尼古拉耶夫娜·叶尔莫洛娃（1858—1928）：俄苏演员，塑造的经典舞台形象有《大雷雨》中的卡杰林娜等。

② 《约伯记》第七章中的内容。

里。众所周知，安德烈耶夫、斯基塔列茨等“亚马克西姆们”纷纷在着装上模仿高尔基的民族打扮，也开始穿起了带筒皮靴、短衫和紧腰细褶的长外套。这真让人难以忍受。

我们在彼得堡、莫斯科、下诺夫哥罗德、克里米亚都见过面，也曾共事过：起初和他的《新生活》杂志社合作，后来在他的知识出版社中出版了我的第一批作品，还参与了《知识文集》的编撰工作。他的作品大约发行了几十万份。此外，归功于知识出版社的品牌效应，其他作家的出版情况也不差。知识出版社大大提高了作家的稿酬。我们从《知识文集》中得到的稿酬也各不相同，有的每一印张是三百卢布，有的是四百卢布，也有五百卢布，而他是一千卢布，他本人对钱的态度是——多多益善。那个时候他迷恋上了收藏：开始收集一些稀有的古币、奖章、宝石雕刻而成的艺术作品、宝石。他抑制着满足的微笑，灵活地在手中翻转着自己的珍藏品，仔仔细细地上下查看，又把它们展示给他人欣赏。他还会一边品尝着葡萄酒，一边欣赏着珍藏品（尽管俄罗斯到处都有上好的本国葡萄酒，但他的家中却只有法国葡萄酒）。

我一直很诧异他是如何做到这一切的：每天，他的周围都聚集着一大群人——要么是来他家参加聚会，要么是他去别人家参加聚会；有时他会一连数小时不停地讲话，毫无节制地喝酒，一昼夜可以抽上数百只烟，睡眠时间不超过五六个小时——即便这样，他竟然还能用苍劲有力的字体书写出一部又一部的小说，一个又一个的剧本！过去普遍认为他写的东西完全不合文法，他的手稿都是经过他人修改过的。但他的书写却是正确的（从事写作起就已具备这种无与伦比的文学创作经验）。他读了多少书啊，这个永远的半吊子知识分子，这个博览群书、学富五车的人！

人们总会谈论起高尔基是多么地了解俄罗斯。其实，高尔基也只是在很短的时间内才了解俄罗斯的——即离开拉宁“到俄国南部游荡”的那段时间。我认识他的时候，他就不再到处游荡了。之后也不再四处漂泊，而是住在克里米亚、莫斯科、下诺夫哥罗德和彼得堡……1905 年莫斯科十二月党人起义后，经由芬兰移民到了国外；到过美国，后又在卡普里岛住了七年，一直到 1914 年。回到俄罗斯后就定居在彼得堡……以后的事情就人尽皆知了。

我和妻子连着五年都去卡普里岛，在那儿度过了整整三个冬季。这段时间我们和高尔基走得很近，每天都会见面，几乎一起度过了所有的夜晚。这个时期的他最让我感到心情愉悦。

1917 年 4 月初，我和他分道扬镳。我离开彼得堡的那天，他在米哈伊洛夫大剧院举行一次盛大的会议，会上他发起了关于某某“自由科学学院”的“文化”号召，还把我和夏里亚宾也拉了过去。他登上舞台，说：“同志们，我们中间有几个……”于是在场的人开始热情地欢迎起我们，但这种欢迎仪式已成为了会议的一个固定流程，所以并没有给我带来太大的快乐。后来我和高尔基、夏里亚宾、别奴阿去“熊”餐厅就餐。当晚有一小桶黑鱼子，还有许多香槟酒……我出来的时候，他也跟着我来到走廊上，无数次地紧紧拥抱我，热情地吻我……

布尔什维克掌权后不久他就回到了莫斯科，住在自己的妻子叶卡捷琳娜·巴甫洛夫娜那里。他妻子曾在电话中对我说：“阿列克塞·马克西莫维奇想跟您通电话。”我回答说，如今我们之间已经无话可谈了，我认为我们的友情已经走到了尽头。

一九三六年

殿　下

我在整理文件时找到了一个上面写着“彼得·亚历山德罗夫”的纸袋。

纸袋中放着一捆彼得·亚历山德罗夫写给我的信函，一部短篇小说集《孤独》的手稿（“彼得·亚历山德罗夫，《梦》，巴黎，1921年”），还有一份巴黎社会主义报刊“纪念日”的剪报——阿尔达诺夫为纪念其逝世而写的一篇文章。他晚年侨居国外，五十六岁那年溘然长逝，死于急性肺结核。

这是一个与众不同的人。

阿尔达诺夫称他为“心地无比善良、精神无比高尚”的人。他的身上还具备了一些别的特质，也是其如此与众不同的原因所在。即便是普通人，同样会对这些特质而感到震惊。他的身上流淌着沙皇血统，却为自己取了一个如此谦逊的笔名——彼得·亚历山德罗夫，而他在生活中的大名却要响亮得多——彼得·亚历山德罗维奇·奥尔登堡斯基公爵。他出身于欧洲最古老的家族之一——奥尔登堡斯基公爵家族和罗曼诺夫家族联姻的最后一支俄罗斯旁系——圣保罗·彼得罗维奇皇帝的曾孙和亚历山大三世的女儿(奥丽加·亚历山大罗夫娜)组建而成的家族。

初次相识,他就让我感到惊讶不已。这已经是好几年前发生在巴黎的事了。那天我去全俄地方和城市自治会联合委员会办点事。接待室里熙熙攘攘挤满了人,人群后方有个上了年纪的人正孤零零地站在门旁,他身材颀长,骨瘦如柴,像一个穿着便服的军人。他是如此得引人注目——即便从他身边匆匆走过,我仍旧能在一大群人中注意到他。他正站在那里耐心地等待着什么,显得安静而又谦逊,与此同时又是那么的自在、轻松、直率,不禁让我联想到:"这是位退役的将军……"我瞥了他一眼,不禁感慨万千,如今只有当我看到某一类特定的人群时才会产生这样的情绪——那些曾经拥有过荣华富贵以及权势的达官显贵,如今却变成了穷困失势的年迈之人。他的脸刮洗得很干净(是那种军人式的整洁),穿着非常朴素,廉价的衣服也同样是干净、整洁的:一件已经分不清楚颜色的轻薄的防水大衣,棉质的领子,一双做工粗糙的英式军用皮鞋……他的身材和消瘦的体型都让我吃惊不已——这是一种与众不同的、古老时代的、中世纪骑士式的消瘦,甚至带着一丝博物馆般陈旧的味道;一颗光秃秃的小脑袋,健壮的身体已有了明显的衰退征兆;一张瘦骨嶙峋的脸,微微泛红的皮肤似乎已被阳光轻度灼伤,显得单薄又干瘪;修剪过的小胡子呈红黄色,扬起的三角眉下(更确切地说是在眉毛痕迹的下方)是一双失了光彩的眼睛,显得那么哀伤,那么安静,那么严肃。而之后发生的一切更是让我惊诧万分——一个熟人走到我的跟前,不知为何笑着对我说:

"殿下想认识您,希望您允许他作自我介绍。"

我以为这是句玩笑话，殿下和陛下还需要征得同意才能作自我介绍？这真是闻所未闻！

“是哪位殿下？”

“彼得·亚历山德罗维奇·奥尔登堡斯基公爵。难道您还没看见？站在门边的那位就是。”

“可是为什么‘要征得我的允许才作自我介绍’呢？”

“您要知道，他可是一个与众不同的人……”

后来我才得知，他写的关于普通百姓生活的短篇小说借鉴了托尔斯泰的民间故事的精髓。我们相识后不久他就带着那本书来找我，他去全俄地方和城市自治会联合委员会也是为了它，还自费在那里的印刷厂进行了出版：三个篇幅不大的短篇小说，以“梦”作为小说集的总标题。阿尔达诺夫在提到这几篇小说时作出了如下的评价：“中世纪的编年史用可怕的文字来描述奥尔登堡斯基家族的流血事件……奥尔登堡斯基家族中的埃吉利马尔因其凶残的个性而臭名昭著……而这位埃吉利马尔的后裔和保罗·彼得罗维奇皇帝的曾孙却写出了一系列描写工人和农民生活的小说，甚至在去世前不久还希望加入人民社会主义政党！俄罗斯的公爵们却是完全不同的。确实也存在这样一类人，他们在1917那一年变成了慷慨激昂的共和主义者，佩戴起缀有红色绦带的领章——就连已故的罗江科[①]都会为这一切而感到惊讶万分。奥尔登堡斯基公爵并没有佩戴这种红色绦带。他与尼古拉二世是莫逆之交，自1881年3月1日亚历山大二世遇刺身亡的那天

---

① 罗江科(1859—1924)：十月党首领之一、大地主，曾任1917年国家杜马临时委员会主席。

起，两人就建立起了深厚的友谊——未必能找得到另外一个人，能像奥尔登堡斯基那样无私地爱着尼古拉二世。但在他看来，尼古拉二世的政策是极为不明智的，甚至还曾试图说服他改变自己的治国之道。奥尔登堡斯基公爵对自己的说服力缺乏信心，因而希望尼古拉二世能够和托尔斯泰亲近亲近。单凭这一点就足以让我们对奥尔登堡斯基的思维方式和精神面貌有所了解了。他的身上没有'红色亲王'的痕迹，也没有历届皇朝所特有的菲利普·埃加利特[①]式的东西。他身世显贵，名利地位本唾手可得，但他却从不追名逐利，也不会去那样做……"

他的短篇小说很有意思，当然也只是就展现其精神面貌这一方面而言。他在小说中描写了人民"金子般"的心，他们受革命的蒙蔽，盲目狂热地为耶稣献身，笃信耶稣关于人类的兄弟之爱的遗训（即"从一切苦难中挽救世界的唯一救星"），随后又幡然醒悟，看破一切。他的语言富有激情，文章充满抒情色彩，但是缺乏技巧，文笔略显幼稚。其实他自己也明白这一点，当我们相遇并成为朋友后，他总是怀着一颗无比谦卑的心，不止一次无比动情地说：

"请原谅我，愿上帝保佑，我老是拿自己写的东西来给你添麻烦。我知道自己的行为很莽撞：文笔幼稚，如同小孩子的涂鸦之作……但是，要知道，这如今是我生活的全部了。但我写作的频率并不高，每次也只写一点点而已，更多的只是向往写作，只是有写作的念头罢了。我日日夜夜地幻想着，终究是希望有一天，自

---

① 菲利普·埃加利特（1747—1793）：原名路易斯·菲利普·约瑟夫，奥尔良大公，法国大革命时期放弃封号，投票赞成处死国王。

己能写出一点有用的东西来……”

对于一个拥有沙皇血统的公爵来说，能写出《孤独》这样的作品实属不易，值得为之惊叹。文中有这样的句子：

“九月末，风和日丽，四周都是碧绿的绿茵地带，黄色的麦茬，黑色的初耕地；银色的蛛丝在风中安静地飞舞着，还没来得及飞过阔叶林就已慢慢发黑变暗了；远方，在一片片森林之间，是一座座白色的教堂。我骑着马。两只猎犬（白色的是条公犬，红色的是条母犬）紧随着马的步伐，四处搜寻着猎物。卡巴尔达人轻轻晃动着身体，脚步轻盈地踏在平坦的绿茵地上。我逐渐陷入了一种半睡半醒的状态。缰绳从手中脱落，平放着，从马脖子上低低地垂下来；我没有重拾起缰绳，此时的我正全身心地沉醉在冬眠中，害怕稍一活动，就会破坏这种悠然自得的感觉。”

“从马腿下突然蹿出一只灰兔，马被惊得哆嗦了一下，我不由自主地抓紧了缰绳。‘追上它！逮住它！’我拼命地喊道，策马紧跟猎犬。公犬抓住灰兔，将它撞倒在绿茵地上……”

“骑马走在村镇的大道上。猎犬伸着舌头，气喘吁吁地跟在马的身后。纵狗捕兔的那股狂热劲已经逐渐褪去了。我又想起了那阵席卷全身的甜蜜睡意，竭力想要重新捕捉它，却发现无论如何努力，一切均是徒劳……为何听不见她那悦耳的笑声，看不见她那善良的大眼睛，还有她那温柔的笑容？难道要后会永无期，别离不相见吗？难道要承受这永世的孤寂吗？”

“走进村落。脱谷机欢快地嗡嗡作响，链条和地面撞击发出砰砰的响声……我来到离教堂不远的牧场，在被熏黑了的铁匠铺附近停了下来，骑在马上大喊数声：‘谢苗，谢苗。’此时一个身材矮小、体格健壮的庄稼汉从板棚里出来，他走到马的跟前，朝我打着招呼，亲热地由下而上地打量着我，微笑着。

‘你好啊，谢苗。今天晚上来我家做客，陪我聊会天好吗？’我怯生生地问道，几乎带着哀求的语气，唯恐遭到拒绝。‘那好，会去的，谢谢。’他的回答很简洁，一边说着一边拽着用鞍带系在鞍后的那只灰兔……”

“村庄后面不远处是我的庄园。一幢带有圆柱和阁楼的白房子被死死地钉在地上，孤零零地矗立在那里。右边是马厩，左边是我居住的一间小厢房。出来迎接我的是一位老工人。下马之后，他就上前拽着马辔，把它牵进马厩。我走进自己的厢房，喝了几杯伏特加，匆匆忙忙地吃了点午饭。在扶手椅中坐下，努力想让自己读一会书，结果却是连一页都没看完……我走到窗前，望着院子，望着那幢被死死钉在地上的房子，又走回到桌边，替自己斟了一杯酒，将杯中的伏特加一饮而尽……”

这些都不是作家的虚构之词。得知这一点后重读它们，很难不让我摇头感叹：多么奇怪的一个人啊！他也曾跟我提起过，自己写的文章里没有丝毫杜撰的成分。写完《孤独》后，他带着一贯的孩童般的淳朴和腼腆，特意来求我帮忙，希望能在我的帮助下找到一家出版社来出版这本书：

“不瞒你说，这赐予了我莫大的快乐。我非常珍惜这份手稿，因为，请不要见笑，书中的一切都是现实的写照——都是我的亲身经历，一段让我痛苦万分的经历……那个时候，我和奥丽雅……奥丽加·亚历山大罗夫娜分手了……”

重读这些句子时，我总会情不自禁地问自己一个问题，一个每每当我回忆起已故之人时就会在脑海中不停萦绕的问题：这位公爵到底是怎样的一个人？他会羞怯地央求铁匠与自己共度夜晚，又会带着一股无辜的憨直劲儿，在旁人面前称呼尼古拉二世为科利亚？（某一天晚上我们去一个熟人家里做客，当时来的大部分客人都是老革命家。他听着革命家的慷慨激昂的讨论，无比真诚地感叹道："啊，你们都是何等可爱、迷人的一群人啊！科利亚从未参加过这样的聚会，这是一件多么让人感到愁闷的憾事啊！如果你们彼此能成为朋友，事情就会往截然不同的方向发展了！"）他究竟是怎样一个人——我以前回答不了这个问题，现在也是一样。有些人干脆称他为"失常之人"。但是不管怎样，这个"不正常"的人身上拥有某些神圣不可侵犯的、怡然自得的东西……

他寄给我的信也是他本人的另一种写照。在此摘引一些段落：

"……我在巴伊约纳的近郊定居下来，住在自己的小农场里，开始做些农活，养母牛，养鸡，养家兔，在花园和菜园里翻地……每逢周六就会去附近的桑然·德·柳斯的近郊，拜访住在那里的双亲……很久没有动笔写文章了，甚至今年夏天就开始写的那篇小说也无法写完。等我写完，就把它寄给你，希望你能提出最严格的批评……我很想念巴黎的老朋友们……想象着自己还在你巴黎的公寓里，我在那儿是多么怡然自得啊，大家一起聊聊天又是多么愉快啊！我永远也忘不了，你是如何竭尽诚意地对待我……"（1921 年）

"……非常感谢你那温柔、善意、亲切的来信！听说你又开始创作了，我打心底替你高兴。你在信中说，巴黎的物价太贵，天气又阴冷，你们打算搬到南方去……到我们这里来吧，这个地方的物价低些，天气也比巴黎暖和些……今年夏天搬去农场之前，我曾先后两次住在桑然·德·柳斯近郊的一家膳宿旅馆里。食宿加在一起只付了二十法郎，写字台是极好的，房间虽称不上豪华，但也干净整洁，让人住着十分舒心。房东是一个母亲和她的两个女儿——不拘虚礼的巴斯克人①、著名的捕鲸者的后裔，容易让人对她们产生好感。在那里，我总有一种宾至如归的感觉……”(1921年)

“……天已转凉，如今又到了雨季，大海常常波涛汹涌……我总是闷闷不乐，盼望着春天快点到来，我想它能够带走我的愁闷。今天开始写文章了，但是没能写下去，总也找不到合适的词汇来表达思想，来描绘脑海中的图景……”(1921年)

“……你的信让我喜不自胜。感谢你为我做的一切……我已经开始在写一篇构思好了的小说，但是进展得并不顺利。天气十分恶劣，又是暴风，又是大雨，或许等春天来临，阳光普照大地之时，心情会变得轻松一些，然而现在只感到苦闷和无边的寂寞……如果《北极光》上刊登了我的短篇小说，请你一定要通知我，并告诉我哪里可以买到这本杂志。我急切地盼望能在巴黎和你见面……”(1922年)

实际上，我对他的了解并不多：我们住在不同的地方，见面的次数也很少。在移民之前我甚至从未见过他，对他之前在俄罗斯的生活也知之甚少：战争开始前他是一名陆军少将，指挥过沙皇的步兵……1917年退役，后搬至沃尔涅日省的乡下居住，那儿的庄稼汉——这是一个相当奇怪的故事——还曾提议选举他为立宪会议的候选人……后来恐怖时期降临，他逃亡至法国，此后大

① 巴斯克人，是居住在西班牙、法国的一个民族。

部分时间都住在自己的父亲亚历山大·彼得罗维奇·奥尔登堡斯基府邸的附近,也就是巴伊约纳近郊的农场里(值得一提的是,他立下遗嘱将这个农场留给自己的勤务兵。这名勤务兵当年和他一起逃亡离开俄罗斯,像一名仆人、一位朋友那般寸步不离地陪伴着他,直到其生命的最后一刻)……对于他的性格我并非全部了解——天晓得,也许他身上除了我所知道的这些品性之外还有别的品性呢。我只知道他性格中美好的一面:这种"无与伦比的善良",这种"打着灯笼都找不着"的"高尚的精神情操",这种罕见的质朴。他待人礼貌,对朋友充满柔情,对于一切能够为人类内心带来和平、爱、光明和快乐的事物,都会满怀激情、坚持不懈地去追求……

起初他住在巴黎,那时我们见面的次数最频繁,后来——正如上文中提到的那样,他搬去巴伊约纳的近郊。让我们都感到惊讶的是,之后他竟突然再次步入了婚姻的殿堂:有一次我在领事馆碰到他(当时法国还未承认布尔什维克党,格列涅尔大街上的领事馆仍在我们侨民的管辖之下),他突然上前无比温柔地拥抱了我,说道:"请不要感到奇怪,我给你介绍我的未婚妻……我们正好也来这儿办事,办理一些结婚所需的手续……"然而,这次婚姻生活依旧没有维持很长时间。离婚之后他很快便离开了人世。一年后的春天,我来到万斯(尼斯附近)找别墅,我跟妻子在那儿和他不期而遇:他一个人孤零零地坐在咖啡馆旁的广场上,一看见我们,就惊讶地跳了起来,赶紧朝我们走来:

"天啊,我真是太高兴了!完全没料到能在这见面!"

"你怎么在这儿,在这干嘛呢?"

他挥了挥手,哭了起来:

“你知道吗，我甚至不敢去拥抱你，也不敢亲吻维拉·尼古拉耶夫娜的手，我突然得了肺结核，被送到这里进行治疗，希望南方的天气能对我的病情有所帮助……”

然而南方并没能缓解他的病情。他又搬到巴黎，在那里的疗养院度过了人生的最后一个冬天。疗养院对他的病情也束手无策：快到春天的时候他被转移到了雷维耶尔，不久之后他便过世了——在贫困潦倒、孤独无助中离开了人世……

那年冬天，他最后一次前来拜访我。在信中请求道：“我恳求你，只要你有时间，就约我见一面，我有非常重要的事……”不久之后的一个晚上他便来了——好似一个行将就木之人，整个人气喘吁吁，浑身都被雨淋湿了。他向我说明来意：有人想充当他的监护人，宣称他有精神病（事情的起因是他立下遗嘱要将巴伊约纳近郊的农场赠给自己的勤务兵），于是他便前来请我到某个地方去写个证明，证明他精神正常，神志清醒……直至今日回想起这件事来，我仍感到十分难过。

“但是，亲爱的，算了吧，我的证明能有什么意义呢？”

“哎，你不知道，意义可大着呢！如果可以的话，请写一份吧！”

当然，我最终还是写了。不久之后他便离开了人世，死亡终于将他从我们的这些证明中解脱了。

——

他的棺椁就停放在戛纳俄罗斯教堂的地下室里，等待着俄罗斯的召唤，等待着能够长眠于故土中。

一九三一年

库普林[1]

这是很久以前的事了——那时我第一次在《俄罗斯财富》月刊上看到库普林的名字，注意到了这个人的存在。当时人们念他的姓氏时总爱把重音放在第一个音节（“库”）上。后来我发现这种读法不知为何伤到了他的自尊心。他总会像野兽一般眯缝起原本就不大的眼睛（他在盛怒时总会习惯性地眯细眼睛），突然怒气冲冲地用他惯用的那种军人式的说法方式，一边把重音放在自己姓氏的最后一个音节（“林”）上，一边连珠炮似的嘀咕着：

“请诸位记住，我是——库普林。奉劝诸位别不穿裤子就往刺猬上坐。”

当初他身上野兽般的习性何其之多——单是其嗅觉就已灵敏得不似常人！更何况他身上还有那么多鞑靼人的天性！关于自己的私生活，他多半会守口如瓶。因此，尽管我们已是相识多

---

① 亚历山大·伊万诺维奇·库普林（1870—1938）：俄国批判现实主义代表人物之一。代表作有《决斗》、《火坑》等。

年的好友，我对他的过去仍所知甚少。只知道他在莫斯科求过学，起初是在一所中等武备学校，随后又去了亚历山大军校，后来在俄罗斯—奥地利的边境上当过一阵子军官。自此之后他什么事情没尝试过啊！学过牙科，进过一些事务所工作，还在一家工厂上过班，做过土地测量员、演员，小记者……他的父亲是何许人也？似乎是一名军医。因为父亲的缘故亚历山大·伊万诺维奇才得以进入中等武备学校学习。我还知道他的父亲英年早逝，留下遗孀过着一贫如洗的日子，在不得已之下才搬进莫斯科的“孤孀收容所”。他的母亲是一位出身于鞑靼望族的公爵小姐，可以看得出来，库普林很是为自己的鞑靼血统而感到自豪。他甚至一度（在他名声如日中天的那段日子）戴过色彩斑斓的绣花小圆帽，戴着它去做客或是去餐馆，如同大人物一般气派地坐在那儿，神气活现得好似一位真正的可汗，这个时候他总会把眼睛眯得更加细。库普林不分昼夜地和临时的、固定的酒友们出入各种餐馆，报社、杂志和文集的出版商们乘坐着考究的马车竞相去他经常光顾的餐厅找他，低声下气地恳求他收下一千或者两千卢布作为预支稿酬，只求换他一句承诺——在善心大发之时千万不要忘记自己。而这位身材粗壮、脸庞极大的作家只是眯缝着眼睛一言不发，然后冷不丁冒出一句恶狠狠的话，一字一顿地低声说：“马上给我滚出去！”胆小之人就会吓得撒腿就跑，恨不得找个地缝钻进去。即便是在这段最不光彩的时期，他的身上仍然具备许多迥然不同的、带有个人色彩的特质：虽然极度傲慢自大，但又是那么出人意料地谦逊有礼；虽然粗鲁暴躁，但又是那么的善良、大度、腼腆，以至于还常常给人一种可怜兮兮的感觉；他是那么的天真、朴实，虽说有时是故意装出来的；又像孩子那般快活，对一些事物情有独钟，这种专一表现为他始终深爱着狗，爱渔夫，爱杂技，爱杜罗夫①，爱波杜勃内②，也爱普希金和托尔斯泰，不过关于托尔斯泰，他总是只谈论渥伦斯基的马——那匹“迷人的骏马弗鲁—弗鲁”。还爱吉卜林③，近年来评论家们经常把两人放在一起作比较。这样的比较自然是不恰当的，吉卜林在一些作品中表现出了真正的独创性，这是一个伟大的诗人，文笔独树一帜，自成一派，又有谁能跟他相提并论呢？库普林钟情于他是件顺理成章的事。

他的名字第一次出现在《俄罗斯财富》时，我就立刻对他寄予了厚望。有一回我在敖德萨郊外柳斯特多尔夫镇的作家费奥多罗夫那里做客时，听说作家库普林也来了，就在和我们同住一个别墅的邻居卡雷舍夫那里串门。得知此消息后我非常高兴，立刻和费奥多罗夫一同前去拜访他。当时下着雨，等我们赶到的时候他已经不在了，有人告诉我们：“他大概是游泳去了。”我们跑到海边，看见一个个子不高、微微发福、浑身呈粉红色的男人正笨手笨脚地从水中爬出来，他大约三十多岁，栗色的头发剃成平头，用一双狭小的近视眼仔细打量着我们。“是库普林吗？”“是我，你们是哪位？”我们向他做了自我介绍，他立刻露出友好的笑容，用他那只小手（契诃夫有一次跟我说起过这只小手，称它为“天才之手”！）有力地和我们握手。我们一见如故，很快就建立起了友谊。当时他是那么快活，那么温厚，对任何问题都欣然作答（只要不涉

---

① 谢尔盖·费奥多罗维奇·杜罗夫（1816—1896）：俄国诗人，1849 年因进步思想而被判四年苦役，后被充军。

② 伊万·马克西莫维奇·波杜勃内（1871—1949）：俄国运动员、古典式职业摔跤选手，参赛四十年保持全胜纪录。

③ 约瑟夫·鲁德亚德·吉卜林（1865—1936）：英国小说家、诗人，1907 年获诺贝尔奖。主要作品有《营房谣》、《生命的阻力》、《丛林之书》等。

及他的家庭和童年),说起话来很不连贯,还显得特别着急:“我从哪里来?从基辅……在奥地利边境的部队里服过役,后来离开了部队,尽管至今我仍认为军官的称号是最崇高的……之后在波列西耶靠打猎为生——任何人,甚至于连我自己都无法想象,在天亮前捕猎松鸡到底是怎样一回事!后来又为了挣一点小钱,替一家基辅小报写过些乱七八糟的文章。还在贫民窟里住过,周围尽是些最下流的混蛋……我现在在写什么?什么也没写,才思枯竭到什么都想不出来。我已经穷困潦倒啦,你们瞧,我的皮鞋都破成了这样,在敖德萨都没鞋穿出门了……感谢上帝,可爱的卡雷舍夫一家收留了我,要不然我只能去行窃了……”

这是一个美妙、温热的南方的夏天,我们无休无止、漫无目的地走在繁星璀璨的夜空下,坐在悬崖上俯瞰苍白的昏昏欲睡的大海,这期间我一直劝他再写点东西,哪怕只是为了挣些稿费也好。他可怜兮兮地诉苦道:“没人会要我的稿子。”“可您已经发表过作品了啊!”“是啊,可我现在觉得自己只会写些垃圾作品,没人会要。”“我和《大千世界》[①]月刊的出版商达维多娃是好朋友,我担保他们会采用您的作品。”“非常感谢您的好意,但我能写些什么呢?脑子里一片空白,毫无思路!”“打个比方,您了解军人,就写点关于军人的故事吧。比如,一个年轻的士兵在夜间执勤时,苦闷不堪,倍感寂寞,怀念起了乡村……”“但我对乡村一无所知啊!”“没关系,我熟悉得很,我们一块儿来构思吧……”于是就有了他的《夜岗》,我们把手稿寄给了《大千世界》,后来他又写一部短篇小说,我立刻带着他的新作去敖德萨,交给《敖德萨新闻》,而他却不

① 俄国文学、科学普及刊物,1892 年至 1906 年在彼得堡出版。

知为何“怕得要命”，不敢亲自去交稿件。我当场就拿到了预付给他的二十五卢布的稿酬。他站在大街上等我，当我从编辑部跑出来，拿着二十五卢布出现在他眼前时，他高兴得简直都不敢相信自己的眼睛，马上跑去给自己买了双皮鞋，又雇了辆马车把我送到海滨餐厅“快乐之邦”请我吃烤鲭鱼，喝比萨拉比亚白葡萄酒……此后多少年里，也不知有多少回，每当喝醉酒后他总要冲着我噼里啪啦一顿嚷嚷：

“我可饶不了你，竟敢在我穷困潦倒的时候对我施以援手，竟敢给我这个赤着脚的穷光蛋鞋子穿！”

几十年来，我们之间的友谊是相当奇特的。他时而对我温情脉脉，亲热地称呼我为查理德、阿尔贝特、瓦夏，有时又突然翻脸，甚至在清醒时对我也是凶巴巴的：“我憎恨你写出的东西，你的描写看得我眼花缭乱。我只赏识你出色的文字功底，还有你高明的骑术。你还记得那次我们在克里米亚骑马上山吗？”而喝醉后的情况就更不用说了：尽管体魄强健，但只消一杯伏特加下肚就立刻变得醉醺醺起来，那时他能和周遭任何一个人发生争执。他那带着野性的火爆脾气和他变化无常的情绪一样，总能让人瞠目结舌。越是了解他就越会发现，稍显正常且有规律的生活根本不适合他，也无法指望他能按部就班地从事文学创作工作：他挥霍自己的健康、精力和天赋简直到了让人难以置信的地步，不管在哪里生活，他总是一副对一切都毫不顾忌、满不在乎的姿态……

最初相识的几年里，我们经常在敖德萨见面，在那里我眼见着他一天天沉沦下去，白天不是在港口闲逛，就是在最下等的酒馆里喝酒，晚上则在最可怕的旅馆里过夜，不看任何书报，除了港口的渔民、马戏团的角斗士和小丑外，他对任何人都不感兴趣……这个时候他经常说，自己成为作家纯属偶然，虽然每回跟我见面时总会兴致勃勃、如痴如醉地大谈种种敏锐的艺术观察，还常常流露出某种发自心底的喜好，比如——热衷于挖苦他人。他常常满脸陶醉地说："随便找个笨蛋——一个自命不凡的庸才，使劲给他戴高帽子，竭尽所能地吹捧他，把他耍弄得晕头转向，还有比这更开心的事情吗？"

后来他的生活发生了翻天覆地的变化：他去了彼得堡，同文学界人士密切来往，又出人意料地娶了达维多娃的女儿为妻（当初是我把他引荐给这家人的），还成了《大千世界》月刊的老板——库普林突然向达维多娃的女儿求婚，这之后没过几天达维多娃就去世了。从此他过起了锦衣玉食的生活，摆起了老爷的派头，越来越以自己人的姿态跻身于上层文学圈中。而最重要的是，他又开始勤奋写作了，每一部新作都为他赢得越来越大的成就奠定了基础。库普林许多最优秀的作品都诞生于这段创作的黄金时期：《盗马贼》、《泥潭》、《胆小鬼》、《生命之河》、《冈布里努斯》……《决斗》问世之后，其名声更是达到了巅峰……

十八年前，我们夫妇俩和库普林以及他的第二任妻子同住在巴黎的一幢楼房里，彼此成为近邻。那时他嗜酒成性，有一回医生给他检查身体，做完检查后医生斩钉截铁地对我说："如果他再不戒酒，最多只能活六个月。"但他根本不把医生的话放在心上，而且还又活了许多年，诚如某些人所说的那样："这人各方面都是好的。"然而凡事皆有度，他过人的精力也有用尽的一天。大约三年前，我从南方回来，某日在街头偶遇库普林，不由得大吃一惊：这哪还是当年的库普林啊，简直判若两人！他迈着可怜兮兮的小碎步，慢腾腾地向前挪着脚步，整个人看上去又干瘦又虚弱，仿佛一阵风就可以把他吹倒。他没有一下子就把我认出来，之后马上过来拥抱我，那个拥抱温柔得令人感动、柔和得让人心酸，我的泪水不禁夺眶而出。有一次我收到他寄来的一张明信片，一共就两三行字，字写得很大，歪歪扭扭，还很不合理地漏写了一些字母，像是小孩子的手笔……这就是近两年来我没再和他见面也没去探望他的原因。愿上帝宽恕我吧，我实在没有勇气去目睹他现在的模样。

去年夏天，我由意大利坐火车途径巴黎的郊外，那天清晨一觉醒来，翻阅起列车员送来的报纸——一条出人意料的消息映入眼帘，我感到惊愕不已：

"亚历山大·伊万诺维奇·库普林返回苏联了……"

对于"重返故土"这件事我并没有产生任何政治上的情绪。他并不是自己动身回去的，而是被人护送回俄罗斯的——他已病入膏肓，虚弱得跟婴儿一般没有任何自理能力了。我只是感到心酸，因为此生已无缘再和他见面了。

——

每每重新翻阅库普林的作品，总会不由自主地回想起他的辉煌过往，回想起他对声誉的态度。诸如高尔基、安德烈耶夫、夏里亚宾此类人，总会沉醉在自己的名声中无法自拔。不管是在大庭广众之下，在各种群众集会上，还是去别人家做客、相互拜访，抑或是在餐馆的雅室内，这些人无时无刻不在感叹——自己有着多么显赫的名声啊！他们装腔作势，坐姿、谈吐和吸烟的样子都极不自然，无时无刻不在彰显着自己的卓尔不群，刻意强调他们之间的友谊，一定会在谈话中加上："你，阿列克谢；你，列昂尼德；

你，费奥多尔……”[①]而库普林，即便是在其名声并不亚于高尔基和安德烈耶夫的年代里，也依旧宠辱不惊，仿佛这些声誉在他生命中根本不值一提。他淡泊寡欲，毫不在意世俗的荣誉，照旧只和自己的新朋旧友们来往，只和像酒鬼、无业游民马内奇这样的酒肉朋友们交好。荣誉和金钱对他而言，只不过是让他能够随心所欲地生活，能够无所顾忌地做自己想做的事情，能把自己生命之烛的两端同时点燃，能叫嚣着让一切都见鬼去——仅仅是拥有这种自由而已。

有一次，不知出于什么原因我对库普林这样说：“我这个人不爱慕虚荣，但自尊心很强。”

“那我呢？”他立刻问道。习惯性地眯起眼睛，凝视着远方思索了一会。然后又用他军人式的快语说：“嗯，我也是如此。自尊心强到令人发指的地步，因此有时反倒会羞怯得要命。至于爱慕虚荣嘛，我甚至没有资格去谈论。我能成作家纯属偶然，长期以来为了养家糊口什么工作都干，后来才靠写些小故事为生。这就是我整个文学生涯的写照。”

他一再强调说：“我成为作家纯属偶然。”然而事实并非如此，他在自传体小说《士官生》中的那段自白恰恰就驳斥了上述的说法[②]。实际情况是：退役之后的库普林确实虚度了一阵子光阴，为了养家糊口什么工作都干，但他也替基辅的某家小报社工作，不仅当记者，还写些“小文”。他告诉我，这些“小文”虽然“卖不了几个钱，但极容易脱手”。写文章的时候，“轻吹口哨，奋笔疾书，可

---

① 分别是高尔基、安德烈耶夫、夏里亚宾的名字，这样的称呼表示关系亲近。

② 库普林在自传性小说《士官生》(1933 年)中是这样描述主人公对写作的向往的：“当诗人或者小说家是亚历山德罗夫魂牵梦萦的夙愿。”

以称得上是信手拈来皆文章”，凭借着自己的才气，他轻而易举就能迎合编辑和读者的喜好。带着同样的机灵劲儿继续从事创作，但已经不再往基辅小报投稿，而是把精力投入到厚厚的杂志中去了。

之前提到“他凭借着自己的才气”，准确地说，应该是凭借其“八斗之才”。众所周知，他的成长环境是什么样子的，他是在什么地方、怎么样度过自己的青年时代的，在人生旅途中又是和什么样的人结交的。他读过哪些书？何时何地读的这些书？他在给评论家伊兹马伊洛夫的一封带有自传性质的书信中写道：

“退伍之时碰到的最棘手的问题是——当时的我胸无点墨，既无科学知识，也无生活常识。直到现在我仍然求知若渴，带着无法满足的贪婪扑向生活，扑向书本……”

然而他扑向书本（如果真是像他描述的那样“扑了上去”）的时间久吗？无论如何，“直到现在”这四个字是言过其实、不足为信的。他的全部学识、他所受的全部教育都是在仓促间草草而就的，但凭借自己的天赋掌握这些东西是件轻而易举的事，后来的结果——怎么说呢？单就文化修养而言，他的作品只能算是普通水准。值得一提的是，他毕生酗酒，但在这种状态下竟然还能写作，而且往往还写得条理清晰、生动有力，与他的生活方式及生活中的他（而不是从事文学创作的他）是截然不同的。总而言之，上述种种都令人倍感诧异。

我们都知道他是如何生活的，也知道生活中的他是怎样的一个人。他的生活状态和写作状态之间的反差引人注目。评论家们总是滔滔不绝地谈论库普林作品中非同寻常的“自发性”和“自然性”，以及那种“引人入胜的原始感受”。直到现在，评论他的文章依旧是千篇一律：“阻碍库普林成为伟大作家的只是其天赋的自发性，地地道道俄罗斯式的挥霍，过分轻信‘直觉’，从而破坏了各方面的完整性和完美性……引用一句象征主义者评价风俗派作家的话——‘他没有从音乐学校毕业……’[①]就其本性而言，库普林并不是一个读书破万卷的人，在创作中无法获得源自各种文学题材的灵感……无论是他本人，还是其笔下的主人公们，都不具备双重性……”所有的说法都有待商榷，需要作出补充说明。他身上的确不存在双重性吗？他的确是“自发”地、“自然”地、遵循“本能”地生活着——的的确确对一切都满不在乎，毫不珍惜自己的身体、智慧、心灵和名望，他的做法成为了人们谈资，且在日后很长一段时间内还将饱受非议。然而作为作家的他又是什么样子的呢？不，他是上过“音乐学院”的（至于学校怎么样，则是另一回事了）。他的才华以及创作时的神速，对他的创作远非都是有益处的。

甚至在其创作生涯的中期，他的那些短篇小说中仍不乏这样粗俗的词句，例如：“姿色超群的女人”、“富丽堂皇的餐厅”、“为生存而斗争的铁一般的纪律”，“他那几乎如同女子一般温柔的天性，在现实与其强烈而又严峻的各种需求的粗暴碰触下而颤栗不已”，“尼娜的小脸蛋儿旁垂着一绺绺烟灰色的鬈发，她那婀娜多姿的身影时时刻刻萦绕在他的脑海里……”当然，这些还不怎么要紧。真正糟糕的是，库普林的天赋中还包含着一种非常强大的能力——即善于依样画葫芦，老是重复一些陈词滥调，循规蹈矩地遵循着所谓的模板，既表现在小范围内也表现在大范围中，既表现

① 俄罗斯象征主义注重“音乐精神”，这是一个重要的象征主义诗学、美学、哲学的概念。

于表面也表现于内在。于是便有了这样的场景:需要写一篇符合基辅小报口味的文章?没问题,五分钟就能搞定,如果有需要,丝毫不忌讳写出类似下面的话来:“落日的斜晖映在树梢……”;需要给《俄罗斯财富》写篇小说?对此也毫不吝惜笔墨——给你们一篇《莫洛赫》[①]:

“工厂的汽笛长鸣不已,宣告着一个工作日的开始。这种低沉而又嘶哑的声音仿佛从地底下传来,随后又沿着地面扩散到空气中……”

就文学性而言,这样的开场白难道不好吗?文章写得中规中矩,合乎语言规范——包括这两个句子平庸的节律,也未必会比落日及其斜晖那句话的节律逊色。下文中的语句也是如此,均合乎语言规范,但凡那个时代的模式所需要的东西此处应有尽有,但凡《莫洛赫》中该有的东西此处也一应俱全:工程师鲍勃洛夫是个神经质得近乎病态的知识分子,他有着“如同女子一般温柔的天性”,在为资本主义服务的过程中饱受磨难,甚至落到吗啡中毒的结局。“豺狼”一般的资本主义剥削者克瓦什宁为了将工厂里另一名工人的女儿(也就是鲍勃洛夫的情人、那个“婀娜多姿”的尼娜)占为己有,让其成为自己的情妇,于是不惜强行将她许配给自己手下的另一名职员——一个利欲熏心的钻营之徒。饥寒交迫的工人们在绝望中奋起反抗,发起暴动,工厂失火……

我始终难以忘怀他很多了不起的长处,这些长处表现在他的作品《盗马贼》、《泥潭》、《退职家居》、《密林深处》、《生命之河》、

---

① 中篇小说《莫洛赫》发表于1896年。莫洛赫原指古代腓尼基人信奉的太阳、火、战神,以儿童为祭品。小说旨在强调当时俄国社会的残忍和粗暴。

《胆小鬼》、《雷勃尼科夫上尉》、《冈布里努斯》中，还表现在描写巴拉克拉瓦渔民们的一系列精彩的短篇小说里，甚至是《决斗》或者《火坑》的开篇也均有涉及。然而即便是这些作品，其中也难免有不少让我感到惋惜的不足之处。就以《生命之河》为例，那个在塞尔维亚客栈开枪自杀的大学生的遗书便是如此，他在临终前这样写道："被陈腐的道德观迫害致死的又何止我一人……老一辈的人们都是在笃信上帝、缄口不言的氛围中成长的，他们被迫盲目地去敬重长辈，压制自己的个性，没有任何发言权。就让这个卑劣的年代，让这个充斥着沉默和赤贫的年代，让这种在宗教反动势力无声庇护下的幸福祥和的日子受到诅咒吧！"这难道不是"文学"吗？此后很长一段时间我都没有再去读它，最近我又打算重读他的作品，但立刻就失了兴致：起初只是打开他的书籍随手翻阅，一眼就看到了当年自己用铅笔在书上标注下的记号。下面摘抄一部分我作过标注的句子：

"这是一副可怕却又引人入胜的图景（关于工厂的画面）。人们犹如一台庞大而又坚固的机器，在这里热火朝天地劳作着。数以千计的人们从天南海北聚集在此，遵循着为生存而斗争的铁一般的纪律，只为推动工业向前迈进一步而贡献出自己的力量、健康、智慧和能量……"（《莫洛赫》）

"一个大炉灶占据了农舍对角的全部空间。两个头发被太阳晒枯了的孩子从炉灶上探出了自己的小脑袋，向下张望着……角落里挂着一副圣像，圣像前摆着一张空无一物的桌子；从天花板上垂下一根金属杆子，杆子的末端悬吊着一盏玻璃已被烟熏得发黑的破油灯。大学生在桌旁刚一坐下，就立刻感觉到百无聊赖、心情沉闷，仿佛已经被迫在这里呆了很长很长的时间——身心疲惫，无所事事。”

“喝完茶后，他（庄稼汉）在胸前画了个十字，把茶杯翻转过来倒扣在桌上，小心翼翼地将剩下的一小块糖放回糖盒里去……”

“一只苍蝇撞击着窗玻璃，一个劲儿地发出嗡嗡的叫声，仿佛在令人厌烦地、没完没了地重复着同一个怨诉……”

“这样的生活有何意义？”他（大学生）热泪盈眶地说，“谁需要苟且度日，过这种悲惨的非人生活？泥潭怪诞的噩梦吞噬着这些可爱的、无辜的孩子们的鲜血，他们生病或是死亡又有什么意义呢……”（《泥潭》）

“一个奇怪的声音突然打破了深夜的寂静……它贴着地面在森林中呼啸而过，随后便消失了……”（《密林深处》）

“他睁开双眼，那个奇异的声音变成了滑轨单调的嘎吱声，变成了挂在车辕杆上的铃铛的叮当声；覆盖着皑皑白雪的田野还沉浸在睡梦中，如同往日那样向左右两边伸展开去，值班的驿站车夫那黑黝黝的佝偻的背，如同往日那样矗立在他的眼前，马的臀部依旧有节奏地匀速摆动着，打了结的马尾巴如同往日那样在身后来回晃动……”

“请允许我作自我介绍：本地警察局局长巴维尔·阿菲诺格诺维奇·伊里索夫——一个执法严明的长官。”（《犹太女人》）

说实在的，很难克制自己不在这些已被世人歌颂过千百遍的段落下面划上记号。孩子们必然会“从炉灶上探出自己的小脑袋，向下张望着”；必然会有那么一块咬剩下来的糖；必然会有那么一只“仿佛在令人厌烦地、没完没了地重复着同一个怨诉”的苍蝇；《泥潭》中的大学生沿用了契诃夫塑造人物的传统；“一个奇怪的声音突然在森林中呼啸而过”套用了屠格涅夫的表达方式；还有托尔斯泰式的雪橇上的假寐（“马的臀部依旧有节奏地匀速摆动着……”）；那位执法严明的雷霆之警，其姓氏必然是伊里索夫或者吉阿钦托夫，父称必然是阿菲诺格诺维奇或者阿尔达利昂诺维奇[①]；而《小人物》则再一次全盘袭用契诃夫，例如小说中流落到北方某地的一名教师和医生在雪地中的那番对话：

“教师有时候觉得，自从记事以来，他就从未离开过库尔什……只有在被遗忘的童话故事里或是梦境中，他才能得以领略到另外一种生活，那里繁花似锦，有温良恭俭让的人民，有充满智慧的书籍，还有女性温柔的声音和微笑……”

“‘谢尔盖·菲尔塞奇，我总认为如果自己能做出贡献，哪怕只是略尽绵薄之力也是件好事，’教师对医生菲尔塞奇说，‘比如说，望着最为富丽堂皇的建筑、宫殿或者大教堂，我会在心里想：但愿建筑师的名字能够流芳百世，我丝毫不妒忌他，反而为他获得的荣誉而感到高兴。即便是一个毫不起眼的泥水匠，也是怀揣着对工作的热爱而去砌砖头、抹石灰浆的，难道他就不能同样感到幸福和自豪吗？我常常在想，我和你虽只是这世间微不足道的存在，只是小人物而已，但是倘若有一天人类变得自由和美好呢……’”

在他的短篇小说《水仙》中，我画上记号的是描写上流社会沙龙的一个片段，其中提到了某位男爵夫人和她的女友贝西——是啊，这已是不成文的规定了，她必定得叫贝西！那还是一个雷雨交加的夜晚，“在厚浊炽热的空气里，可以嗅到一丝暴风雨将至的

① 伊里索夫有“鸢尾草”的寓意；吉阿钦托夫代表“风信子”；阿菲诺格诺维奇意为“雅典之子”；阿尔达利昂诺维奇则是“希腊阿尔达河之子”的意思。

味道”，一对恋人在这样的氛围下第一次接吻。将恋人之间的初吻和“快要到来的暴风雨”结合在一起是作家们惯用的场景，已被描写过不下千百次了……小说《火坑》中我画的句子是：“女演员埃及人式的长长的碧眼中燃起了一簇火花”，她的歌喉深深震撼了妓院姑娘们的心，以至于作者本人都无比郑重地赞叹道：“天才的影响是多么的巨大啊！”

我继续翻阅他的作品，随手拿起一本书，读完第一篇小说后心里就觉得更加不痛快了。这篇小说名为《在铁路会让站上》。内容梗概如下：坐在列车同一节车厢的一对青年男女在旅途中邂逅；女子有着“苗条、婀娜的身姿和一头飘逸的浅灰色秀发”，而她的丈夫则是一个面目可憎的老官吏，被作者描述得极为丑陋不堪：“亚沃尔斯基先生除了谈论自己的显要，以及自己的风湿病、痔疮之外，其余一无所知、一概不谈，在他眼里妻子只不过是自己花钱买来的‘私产’罢了……”这个老头昼夜不分地训斥、埋怨他那可怜的“私产”，见她与年轻男子接近便拈酸吃醋，还对男子恶言相向，这反倒将两个年轻人之间的爱情之火吹得更旺了，最终两人在一个会让站的小站上互诉衷肠，表达了对彼此的爱慕之情，此时一列迎面驶来的火车恰巧停在两人所乘的这列火车旁。互道爱慕之后，他俩决定抛下老头，远走高飞，携手去走余下的人生。这时年轻男子激动地高呼：“是天长地久吗？是白头偕老吗？”而年轻女子则“将脸蛋贴在他的胸前，作为回答……”

后来我又重读了一些已被我淡忘的小说：《孤独》、《神圣的爱情》、《夜宿》，以及一些军事题材的小说——《夜岗》、《行军》、《审讯》、《婚礼》……前三篇小说较为逊色：情节缺乏说服力，故事安排得也不够巧妙，还模仿莫泊桑和契诃夫的写作手法，但依旧写得无比流畅、老练、巧妙……“维拉·利沃夫娜突然产生了一种难以遏制的欲望，想要尽可能地依偎在丈夫的怀中，将脸埋在亲人强壮的胸膛前，汲取他的温度来温暖自己……朵朵浮云时不时地遮住皎洁的圆月，陡然间就被晕染上一圈美妙的金色光环……维拉·利沃夫娜生平第一次产生了这样一个可怕的想法——但凡内心敏感、善于深思熟虑的人迟早都会意识到：两个亲近的人之间永久地横跨着一个无法改变又不可逾越的障碍……”这部短篇小说和之前的文章一样，均是些陈词滥调。然而军事题材的小说却给了我完全不同的观感，我越发由衷地发出赞叹：写得真好！虽然依旧写得过于流畅、巧妙和老练，但是所有这一切都已升华为真正娴熟的写作技巧，这已然是另一种尝试了，尤其是《婚礼》这部小说，完全不同于上文提及的那几部作品，不会让人产生这样的想法：“呦，这里有多少托尔斯泰和契诃夫的影子啊！”这是一部相当残酷的小说，里面有不少恶意的讽刺，但依旧是一篇上乘之作，写些得十分出色。当我畅游在库普林创作巅峰时期的作品海洋中时，当我品读之前提及的《盗马贼》、《泥潭》等作品时，我已经无法思考它们本身的不足之处了——虽然它们的确存在很多明显的瑕疵，诸如廉价的思想性，在揭发性和公民高尚性这两方面不落后于当下的时代精神的渴求，以戏剧性的情节和几近残酷的现实主义来哗众取宠的预谋……作品的欠缺之处已被我忽略，而我只是赞赏其中的种种过人之处：行云流水般的文字，笔扫千军般的气势，语言明快，言简意赅，无一赘语……

库普林多年的密友、著名评论家皮利斯基[1]曾写过一篇评论

---

① 彼得·马谢维奇·皮利斯基(1876—1942)：苏联文学评论家、记者。

他的文章：

“库普林为人坦率真诚，是个心直口快、胸无城府之人，他的身上有着一股不加掩饰的令人愉悦的热情，总是怀着温暖的善意对待周围的一切……他那双灰蓝色的眼睛时而会发出奇妙的光芒，天才之光仿佛被插上了翅膀，在他的眼中忽隐忽现地颤动着、闪烁着……直到晚年他还渴望能彻底摆脱世间的一切枷锁，渴望像英雄那样勇者不惧，‘铁血岁月，雄鹰和巨人’的时代令他向往不已……”

将来，不少人依旧会用这类俗不可耐的话来描述他，会一遍又一遍地谈论——库普林身上有多少这种“原始的、野性的东西”，他有多么热爱自然、骏马、狗、猫、鸟……显而易见，后者真实的成分居多。当我提到作为作家的库普林和作为人的库普林之间存在的差异时——几乎所有人对此的看法都是一致的——我全然不是想说，“作为作家的库普林”身上绝对不会表现出“作为人的库普林”身上的那些特质：当然会有所表现，这一点是毋庸置疑的，而且越往后表现得就越多。“库普林总是怀着温暖的善意对待周围的所有生物”，或者如另一位评论家所说的，“库普林为全世界送上祝福”，这些也确有其事。然而还需谨记，这些仅仅发生在库普林生命和创作的后期。

一九三八年

谢苗诺夫家族和蒲宁家族

“如果国家存在这样一群能够掌握天体运行、时间流动、航海以及世界地理的人，那么他们只会给国家带来利益和荣誉……”（俄罗斯皇家科学院1747年章程）

无论是过去还是现在，为谢苗诺夫家族带来荣誉的彼得·彼得罗维奇·谢苗诺夫-天山斯基[①]都是“这类人”中的一员。

我从他的儿子弗·彼·谢苗诺夫-天山斯基那里得知了不少关于他们家族的事情，彼时他侨居芬兰，我们偶尔也会像亲戚那般通信（谢苗诺夫家和蒲宁家有亲戚关系）。他向我讲述了关于其父亲留下的那部浩瀚回忆录的悲惨命运——回忆录只出版了第一卷（在国外也就只有一份幸存下来）。他把第一卷寄给我供我翻阅，并向我讲述了回忆录第二卷[②]的遭遇——印刷时恰逢革命，在十月革命前夕仅仅完成了十一个印张，之后印刷工作便中

---

① 彼得·彼得罗维奇·谢苗诺夫-天山斯基（1827—1914）：俄国国务活动家、统计学家、地理学家、植物学家、昆虫学家。

② 第二卷于1946年在莫斯科出版。

断了:众所周知,布尔什维克掌权后便立刻开始推行自己的正字法,责令印刷厂取消所有已被废除了的字母符号。因此,亲自监督回忆录印刷工作的弗·彼·谢苗诺夫-天山斯基面临着两种选择:或是放弃第二卷后续的排版,或是按照新的正字法来完成印刷,也就是说,将会出版一本看起来十分怪异的书。为了避免发生此类古怪之事,他找到了一家私底下并没有遵守布尔什维克的要求去销毁不符合律法规定的字母符号的印刷厂。印刷厂的厂长担心会被肃反委员会盘查,因而虽然同意按照旧式的正字法将回忆录印完,但前提条件是他必须提供一份布尔什维克开具的关于此事的书面批文。弗·彼·谢苗诺夫-天山斯基竭尽所能,力图办成此事,但最终还是无功而返。他得到的答复是:"不,现在请您按照我们的正字法来出版您的回忆录:这样所有的人都能看到,从第十二印张起,我们恰好迎来了革命的胜利。另外,即便您拿到我们的批文也是无济于事的:所有的印刷厂都已经废除了旧式的正字法。万一您发现仍保留有旧式正字法的印刷厂,请您务必立刻通知我们,以便我们将其负责人扭送至相关部门。"在此我重申一遍,这卷书的印刷工作只进行到第十一个印张,似乎连弗·彼·谢苗诺夫-天山斯基本人都不太清楚这卷书的后续情况(不久他便离开了俄罗斯)。他在信中向我提起的便是上文中的这些事,另外还补充道:"第二卷书中记载了父亲去中亚地区勘察的那段经历。其中有许多珍贵的科学资料,也有不少广大读者会感兴趣的篇章,比如我父亲在西伯利亚与陀思妥耶夫斯基相遇的故事(父亲早在年少时期便与陀思妥耶夫斯基相识)。类似的描写同样出现在第三卷和第四卷中,这些篇章无比鲜明地描绘了十九世纪五十年代末俄罗斯社会各个阶层人民的心态,以及亚历山大二世和他的战友们开创的大改革时代……"

回忆录的第一卷就已经谈到了陀思妥耶夫斯基，这卷书有一段时间一直在我的手里。在陀思妥耶夫斯基之前，作者先讲述了彼得拉舍夫斯基小组[①]的概况以及彼得拉舍夫斯基本人的故事。

"每周五我们都会定期在彼得拉舍夫斯基家中聚会，"弗·彼讲述道，"我们喜欢去他那儿主要是因为他有一幢私人府邸，还能为我们举办趣味横生的晚宴。但是在众人眼中，他本人即便称不上是个乖戾之人，也至少是个极其古怪的人。他在外交部担任翻译一职，唯一的工作职责是：在外国人诉讼程序中担任翻译，或是去登记收归国有的无主财产，尤其是负责查封图书馆的藏书。这时他就会挑选出所有被禁的外国书籍，趁机偷龙转凤，将它们全部换成非禁书。他用这些禁书创建了一个私人图书馆，并为所有的熟人提供借阅服务。作为一名极端自由主义者、无神论者、共和政体拥护者和社会主义者，他表现得完全像是一位出色的、天生的鼓动家。无论身在何处，只要一有机会，他就会带着极大的热情去宣传自己的那套思想理念——尽管表达得毫无关联性和条理性。为了达到自己的宣传目的，他努力想成为一名军事教育学校的老师，并声称自己能够教授整整十一门课程；让他试讲其中一门课的时候，他是这样开场的：'可以从二十个不同的角度来看待这门课……'而他确实在试讲课上一一陈述了全部的观点，尽管最终还是没有被聘用。他在穿着方面极为与众不同，他的身上体现了那个时代所批判的一切因素：长头发、唇髭、胡子、西班

---

① 彼得拉舍夫斯基小组（1845—1849）是圣彼得堡的一个进步知识分子的组织、著名乌托邦社会民主主义者小组。深受十二月党人、别林斯基、赫尔岑和傅立叶等的影响。要求消灭封建农奴制度，宣传唯物主义和社会主义。

牙式短斗篷、四角大礼帽……有一次他竟穿着一条女式连衣裙来到喀山大教堂，站在太太们中间，假装自己是一位循规蹈矩的祈祷者；他那略像强盗的面孔以及遮掩得并不十分仔细的大黑胡子，惹得身旁众人纷纷向他投去惊异的目光。最后连警察分局局长都走到他跟前，说道：'这位太太，您似乎是男扮女装的。'而他则是无比傲慢地回答道：'这位先生，我看您才是女扮男装的。'此话让局长尴尬不已，而他则趁机顺利地溜出了大教堂……"

"总而言之，我们的小组，"回忆录作者继续写道，"并没有把彼得拉舍夫斯基当回事，但他的晚会依旧非常热闹，不断地有新人前来参加。晚会上总是少不了热烈的讨论，作家们在此畅所欲言，抱怨那严酷的书刊检查制度的压迫。还有文学朗诵会，人们按照各种不同的科学和文学专题作学术性的评价报告，毫无疑问，这些内容在当时都是无法见之于报的。人们慷慨激昂地发表关于农奴解放的言论，而这样的想法对我们而言似乎只是天方夜谭。尼·雅·达尼列夫斯基①此时特别迷恋社会主义和傅立叶主义②学说，他在这里做了一系列的相关报告。陀思妥耶夫斯基则朗诵自己的中篇小说《穷人》和《涅朵奇卡·涅茨瓦诺娃》中的片段，无情地揭露农奴制下地主们的舞弊行为……"

谈到陀思妥耶夫斯基，作者又说起了自己和他初次相识的故事。那时陀思妥耶夫斯基正因小说《穷人》而声名鹊起，后来又和

① 尼古拉·雅科夫列维奇·达尼列夫斯基(1822—1885)：俄国政论家、社会学家、泛斯拉夫主义思想家，提出过著名的人类"文化历史类型"理论。

② 这里指的是空想社会主义，即乌托邦社会主义，主张建立一个没有资本主义弊端的理想社会。夏尔·傅立叶(1772—1837)：法国哲学家、思想家、经济学家、空想社会主义者。

别林斯基、屠格涅夫吵到断绝往来，与他们的那个文学小组彻底决裂，转而开始参加彼得拉舍夫斯基和杜拉索夫的小组。

“总而言之，我们相识已久，而且关系密切。”作者说道，“顺便说一句，这也是我一直想表达的观点：无论如何我都不赞成许多人的观点——似乎在这些人的认知里，陀思妥耶夫斯基是个学识渊博但却没有受过教育的人。而我却能断言，他不仅博览群书，且受过相当好的教育。童年时代他在父亲家中就接受了非常好的教育，完全掌握了法语和德语，因此他能自由地用这两种语言阅读书刊；在中等工程学院里，除了系统化地勤学普通教育课程之外，他还学习了高等数学、物理和力学。而他渊博的学识又为受到的专业教育锦上添花。无论如何我都敢断言，他比同时代的许多俄罗斯文学家都更加有教养。和他们中的大多数人相比，陀思妥耶夫斯基更了解俄罗斯人民和俄罗斯乡村——他在乡下度过了自己的童年和少年时代，比许多生活富裕的贵族作家们更为贴近农民和农民的生活。顺便说一句，这些并不妨碍他将自己视为一名真正的贵族，当然事实上他就是贵族，甚至在某些方面还总会过度地摆出老爷的派头来。不少人谈起并写过这样一件事——青年时代的陀思妥耶夫斯基似乎过得十分拮据。事实上，他的贫穷只是个相对的概念。在我看来，当时他并非是在和真正意义上的贫穷作斗争，而是在和与自身财产及愿望不相符的生活状态作斗争。比如，我记得我们一起在野外风餐露宿的时候，他曾向自己父亲索要用于野营生活的费用。我们住在相同的麻布帐篷里，几乎是毗邻而居。没有属于自己的茶叶，没有属于自己的靴子，没有收纳书本的箱笼，而生活费用总共只有十卢布。虽然我也就读过阔绰的贵族学校，但我能够做到随遇而安，坦然地接受这里的一切；但对于陀思妥耶夫斯基而言，这一切却成了一场灾难，无论如何他都不甘心落在伙伴们的后面——那些人有茶喝，有鞋穿，有箱笼放书，在这儿的开支高达数百至上千卢布不等……”

在谢苗诺夫回忆录的第一卷中，作者用了大量的笔墨来描述我们蒲宁家族的事情（谢苗诺夫家族是蒲宁家族的母系亲属），其中特别谈到了安娜·彼得罗夫娜·蒲宁娜。不久之前还是她逝世一百周年的纪念日。没有人记得这个日子，但事实上她是值得我们纪念的。如果把目光投向蒲宁娜生活的那个时代，就不得不赞同某些人的说法——蒲宁娜当之无愧是俄罗斯最卓越的女性之一。除了谢苗诺夫的回忆录，我们还可以在亚历山大·巴普洛维奇·契诃夫[①]很久之前写的一篇文章中找到有关她的信息。他在文中写道，如今只有在文学史中才能见到蒲宁娜的名字，或许这还要归功于她的肖像至今仍挂在科学院的墙壁上。而在那个年代，蒲宁娜的名字几乎家喻户晓，其诗歌在有教养的读者中颇受欢迎，诗集非常畅销，评论界的反响也十分热烈。杰尔查文[②]本人对她的诗歌大加赞赏，克雷洛夫[③]也曾当众朗诵过她的诗，蒲宁娜曾经最亲密的朋友德米特里耶夫也陶醉在她的诗歌中。格列奇称蒲宁娜“在当代作家中占有重要的一席之地，同时也是俄罗斯女作家中的佼佼者”，卡拉姆津[④]补充道：“没有一位女作家能够

---

① 此处指的是短篇小说巨匠安东·巴普洛维奇·契诃夫的哥哥。

② 加甫里尔·罗曼诺维奇·杰尔查文（1743—1816）：俄国诗人，擅长写颂诗，代表作是《费丽察》。

③ 伊万·安德列耶维奇·克雷洛夫（1769—1844）：世界著名的寓言家、作家，代表作有《大炮和风帆》、《剃刀》、《鹰与鸡》等。

④ 尼古拉·米哈伊洛维奇·卡拉姆津（1766—1826）：历史学家、感伤主义的代表作家，著有小说《苦命的丽莎》。

像蒲宁娜这样拥有如此超凡的写作能力。”伊丽莎白·阿列克谢耶夫娜女皇授予了她一把镶满钻石的黄金竖琴，“让她在隆重场合携带”，亚历山大·布拉格斯洛文内指定发放给她巨额的终身恤金，俄罗斯科学院出版了她的文集。辉煌的荣誉直至她的辞世才离她远去。即便如此，就连别林斯基也曾在自己的文学评述中对她大加赞赏。

安娜·彼得罗夫娜的父亲是梁赞省著名的乌鲁索夫村的领主。1744 年她诞生于此。据彼·彼·谢苗诺夫称，蒲宁娜的父亲让自己的三个儿子接受了那个年代数一数二的教育。大哥属于那个时代最有教养的人，精通多门外语，是共济会成员；两个弟弟在海军服役，其中之一在叶卡捷琳娜二世与瑞典人的那场战役中被俘，被瑞典国王送到乌普萨拉大学，并在那里完成了学业。安娜·彼得罗夫娜后来获得了很高的荣誉——成为了俄罗斯科学院院士。事实上，她并没有受过很好的基础教育，因为在那个年代女子受教育被认为是一件没有必要的奢侈之事。她哥哥将她带到莫斯科，并引荐她进入自己文学界的朋友以及有教养人士的圈子里，此后她凭借着自己的毅力和意愿才得以完成教育。在那里她遇到了梅尔兹利亚科夫、卡普尼斯特①、亚·亚·沙霍夫斯科伊公爵②、沃耶伊科夫、瓦·安·茹科夫斯基③、瓦·利·普希金④，并与这些人交好。对蒲宁娜之后的成长有着重大

① 瓦西里·瓦西里耶维奇·卡普尼斯特(1758—1823)：俄国剧作家、诗人。

② 亚历山大·亚历山德罗维奇·沙霍夫斯科伊公爵(1777—1846)：公爵、俄国剧作家。

③ 瓦西里·安德烈耶维奇·茹科夫斯基(1783—1852)：俄国十九世纪初期浪漫主义的代表作家、杰出翻译家。

④ 瓦西里·利沃维奇·普希金(1766—1830)：俄国诗人。

的影响还有尼·伊·诺维科夫[①]和卡拉姆津，“她能使用规范而优美的语言进行文学创作主要得益于卡拉姆津”。卡拉姆津主持出版的《莫斯科杂志》让她着迷不已，每每总是读到欲罢不能。后来又常常在“俄罗斯语言爱好者座谈会”中与他相遇。该协会于1811年在彼得堡成立，共计二十四名正式会员和三十二名荣誉会员，而安娜·彼得罗夫娜便是荣誉会员之一。协会创始人是希什科夫，成员中还有克雷洛夫、杰尔查文、沙霍夫斯科伊、卡普尼斯特、奥泽罗夫[②]，甚至还有斯佩兰斯基[③]本人。协会的宗旨是“反对卡拉姆津对俄语进行的改革措施，推广斯拉夫语的规范使用，声讨卡拉姆津流派”。颇为古怪的是，卡拉姆津本人也是这个协会的成员。

安娜·彼得罗夫娜父亲的逝世让她的生活发生了巨大的变化。父亲去世后她便继承了一笔每年六百卢布的遗产，并搬到妹妹玛丽亚·彼得罗夫娜·谢苗诺娃家里居住。如今她过起了独立而又自由的生活。安娜·彼得罗夫娜在妹妹家住的时间并不长，1802年妹夫谢苗诺夫动身前往彼得堡，她便请求妹夫带自己同去。然而到了首都之后，她就不愿再回乡下去了。妹夫对此“感到惊愕不已”，劝她回心转意，但她最终还是选择坚持自己的想法。她来彼得堡原本好像只是为了和她那个当海员的弟弟见面。之后她下定决心定居首都，连她弟弟劝她回乡下都无济于

① 尼古拉·伊万诺维奇·诺维科夫(1744—1818)：记者、出版商、社会活动家、共济会会员。

② 弗拉季斯拉夫·亚历山德罗维奇·奥泽罗夫(1769—1816)：俄国剧作家。

③ 米哈伊尔·米哈伊洛维奇·斯佩兰斯基(1772—1839)：俄国国务活动家、改革家、立法者。

事。后来谢苗诺夫返回乡下，她弟弟不久也将出征，只剩她孤身一人留在了首都。这在当时是件极不寻常的事。不仅如此，她还在瓦西里岛上租了一间独立的寓所，“雇了一个老成持重的女佣人来照顾自己的生活起居”。

达成目的后，她便斗志昂扬地开始自学，尽管当时已经二十八岁了。她开始学习法语、德语、英语、物理、数学，重点学习俄罗斯文学。很快便有了显著的学习成果。就连从前线回来的弟弟都对她能获得如此大量且扎实的知识而感到诧异不已。虽然这些举措丰富了她的学识，却也耗尽了她的积蓄：她在彼得堡的这段日子里，已经花光了自己所有的遗产。她身陷困境，不得不四处举债。此时她的弟弟赶忙将她引荐给彼得堡的文学家们，让她在众人面前展示自己的第一批作品。人们对她大加褒奖，并帮助她出版作品。其处女作《来自海岸》发表于 1806 年；随后又发表了一系列新作，在读者中获得了非常成功的反响，因此她决定冒险一把——将自己的作品整合起来，出版了一本名为《羽翼未丰的缪斯》的诗集。诗集被呈献给了伊丽莎白·阿列克谢耶夫娜女皇，女皇赏赐给她一把上文中提及的“镶满钻石的黄金竖琴”，后又给她每年四百卢布的津贴。自此蒲宁娜声名鹊起。1811 年她出版了新的诗集《乡村之夜》，诗集很快又销售一空。此后她再次出版了《羽翼未丰的缪斯》，此版诗集分为上下两卷，同样取得了巨大的成功。蒲宁娜于 1812 年攀上了“人生的巅峰”，在这一年摘下了荣誉的“桂冠”：发表了爱国主义颂诗，“博得了君主更多的赏识和许多新的恩泽”。然而这已经是她人生最后的乐事了：此后不久便被查出患上了乳腺癌，从此缠绵病榻，在痛苦中度过了自己的余生，最终病痛将她送入了坟墓。

人们想尽一切办法试图挽救她的生命，或者哪怕只是能减轻一点她的痛楚也好。敬重蒲宁娜的诗歌功绩、敬仰其渊博学识和道德修养的社会各界人士，和皇室成员一样对她表现出了极大的同情。沙皇为她请来医学权威，并亲自督促医护人员必须尽最大的努力去安排好她的治疗；由皇室出资租了一栋别墅供她避暑，由“主药房”免费提供药剂，由宫廷御医为她免费看诊。后来众人一致决定采取最后一种方法——送她去英国进行治疗。英国名医辈出，当时的人们都深信病人能在那里得到非常好的治疗。旅途费用依旧由沙皇承担。“彼得堡以隆重的仪式为她送行”。然而英国医生也没能将其治愈。安娜·彼得罗夫娜在国外呆了两年，从英国回来后病情如故，没有任何好转。这之后她又活了十二年，几乎不再创作，只在1821年出版了自己的三卷本诗歌全集，并且再一次获得了皇室奖励的两千卢布的终身津贴。生命最后的几年里，她有时住在乡下的亲人家里，有时住在利佩茨克，有时住在高加索疗养地，四处寻求能够减缓病痛的办法。“乳腺癌对她的身体造成了毁灭性的伤害，她甚至无法平躺，大部分时间只能保持唯一可能的姿势——就是跪着”。她跪着写出了这样的诗句：

爱我抑或不爱我，怜悯抑或是不怜悯

亲人们啊，如今你们可以随心所欲了……

在生命的最后一程里，她翻译了布莱尔的布道稿，并且每日不停地诵读圣经。1829年12月4日她在梁赞省杰尼索夫卡村自己的侄子德·马·蒲宁家中逝世，被葬在故乡乌鲁索夫村。或许，她的墓前至今仍立着一块朴素的墓碑。这块墓碑后被彼得·彼得罗维奇·谢苗诺夫-天山斯基重新修葺过。安娜·彼得罗夫娜曾在一本用红色精制羊皮装帧的书的扉页写过一句题词(这本书是她翻译的布莱尔的布道演说稿),彼得·彼得罗维奇在回忆录中引用了这句亲切的话:

"赠予亲爱的彼坚卡·谢苗诺夫[1],愿他早日成才。"

一九三二年

① 彼坚卡是彼得的小名。

埃尔杰利[1]

如今，他已被遗忘在历史的尘埃中，大多数人甚至根本就不知道有埃尔杰利其人。他的生平令人惊愕，而他被时光所掩埋这件事也同样令人感到诧异。有谁能忘得了他的朋友和同代人——迦尔洵[2]、邬斯宾斯基[3]、柯罗连科[4]和契诃夫呢？然而就总体而言，埃尔杰利并不比这些人逊色——当然契诃夫除外，甚至在某些方面还要比这些人更为出色。

二十年前的一个美妙的冬日，我在他位于莫斯科沃兹德维任卡街的那套公寓里作客，坐在一间阳光普照的书房里，就像往常

---

① 亚历山大·伊万诺维奇·埃尔杰利(1855—1908)：俄国作家，代表作为《加尔杰宁一家、家仆、追随者和仇敌》(1889，两卷本)。

② 弗谢沃洛德·米哈伊洛维奇·迦尔洵(1855—1888)：俄国作家，代表作为《胆小鬼》、《红花》等。

③ 格列布·伊万诺维奇·乌斯宾斯基(1843—1902)：民主文学派的代表，代表作为《遗失街风习》、《破产》等。

④ 弗拉基米尔·加拉克季奥诺维奇·柯罗连科(1853—1921)：俄国作家、评论家、彼得堡科学院名誉院士、俄罗斯科学院名誉院士。代表作有短篇小说《马卡尔的梦》、《盲音乐家》等。

同他会面时那样，不由自主地想道：

“这是一个多么才华横溢的人啊，他的一言一笑都是那么的有才气！他包容并蓄，既刚毅又阴柔，既强硬又委婉，既是仪容高贵的英国贵族又是沃罗涅日的牲畜贩子！他身上和他周围的一切都是那么得可爱：高挑瘦削的身材，没有一丝起毛的考究的英式西服，雪白的衬衫，一双布满淡褐色汗毛的大手，下垂的淡褐色的髭须，一双湛蓝的透着忧郁的眼睛，琥珀色的烟嘴，插在烟嘴上的那支烟香馥郁的名贵烟卷，还有整个这间充满阳光、干净又舒适的书房！有谁能相信此人年轻时竟是个笨嘴拙舌之人，在小县城的社交场合中竟连一句简单的话都说不清楚，也不太懂得如何使用餐巾，甚至写起字来也是错误百出呢？”

不久之后，就在这间公寓里，埃尔杰利与世长辞——死于心力衰竭。

辞世一年之后，他的七卷本文集（包括短篇小说、中篇小说和长篇小说）和一卷本书信集问世了。托尔斯泰为他的长篇小说《加尔杰宁一家》[1]作序。书信集中则附有他的自传和格尔申宗[2]的文章：《埃尔杰利的世界观》。

托尔斯泰是这样评论《加尔杰宁一家》的：“一翻开这本书我就爱不释手，读到欲罢不能，一口气把它全部读完，有些地方还反复读了好几遍。”

他还写道：“这部小说的主要优点不只表现为对待事物的严谨态度，不只表现为渊博的民情风俗知识（我不知道在这方面还

① 全名为《加尔杰宁一家、家仆、追随者和仇敌》。

② 米哈伊尔·奥西波维奇·格尔申宗（1869—1925）：俄国文学、社会思想史学家。

有谁能与他媲美），其无与伦比之处还表现在——他能够出神入化地使用民间语言，那种精准性、优美感、力度和变化性都是其他作家无法媲美的。无论是经验丰富的老作家，还是初出茅庐的新作家，在这方面都难以望其项背。他使用的民间语言不仅准确、有力、优美，而且变化无穷。扫院子的老头说的是一种语言，工匠说的是另一种话，年轻小伙子说的又是另一种，农妇们说的又不一样了，姑娘们说的也不同。有人曾对某个作家使用过的词汇数量做过统计。我认为，埃尔杰利在文学创作中的词汇量，尤其是民间语言的词汇量，必定是所有俄罗斯作家中最为丰富的，更何况这些民间语言是那么的精准、优美、有力和地道。作者在使用这些词汇时从不故意强调，也从不夸大其特殊性，总是能运用得当。他在创作中毫无矫揉造作之意，不会像其他作家那样，拿着偷听到的几句方言俚语到处卖弄、炫耀……”

只消读一读埃尔杰利的自传，其具备如此渊博的民俗知识的原因便浮出水面了。

他在自传中写道：“我生于 1855 年 7 月 7 日。我的祖父出身于柏林的一个小市民家庭，年轻时就加入了拿破仑的军队，在斯摩棱斯克附近被俘，后被一名俄国军官带到了沃罗涅日的乡下。不久便在那里改信了东正教，娶了一名农奴姑娘为妻，并登记注册为沃罗涅日市民，随后以管家的身份在地主庄园里度过了余生。我的父亲继承了祖父的事业，同样娶了农奴为妻。虽然受过的教育很少，但是父亲十分喜爱读书。主要是看一些历史方面的书籍，但对所谓的政治问题，乃至哲学问题也都略知一二。他的身上有许多美好的品性：严厉的外表下深藏着一颗极其善良的心，有着相当敏锐的正义感，无比清醒的头脑，以及和大俄罗斯农民几乎完全一致的观点。至于我的母亲——顿河左岸的一位地主的私生女，则和我的父亲截然不同，她多愁善感，甚至充满了幻想的浪漫主义气质……”

“母亲教会我认字，而写字则是我自己学会的，一开始是描摹书本上的印刷体字母，后来我的教父，也就是我父亲工作的那个庄园的主人萨韦利耶夫，建议父亲把我送进他的府邸居住。萨韦利耶夫的妻子是个法国人，曾是巴黎一家低档次的剧院的演员。她几乎不会说俄语，百无聊赖之中，就把我当成一个心爱的玩具，给我穿漂亮的衣服，吃各种美味佳肴……然而好景不长，父亲和萨韦利耶夫起了争执，丢了工作——于是我也被‘打回原形’，过回从前的日子来。那时我们寄居在一个相熟的农民家里，过了差不多一年的苦日子，直到父亲租下了一个田庄……”

“我获得了绝对的自由，在那里过起了随心所欲的生活：和乡下的孩子们一同玩耍，什么时候看书以及看什么书都随自己……十三岁那年，父亲开始‘教我操持家务之道’。那时我就已经会四则运算了，读过《拿破仑传》、《长生不老的吝啬鬼》、《毕达哥拉斯[①]旅行记》、科斯托马罗夫的《斯坚卡·拉辛[②]》、《外国文学博览》第二卷、《科利佐夫[③]之歌》、《普希金文集》、古代马病治疗医术、图文并茂的《创世纪》、恰达耶夫的喜剧《堂佩德罗·普罗柯杜尔纳特》。后来我又靠自学，学会了按照教会的方式去读书，反复阅读《基辅圣僧传》和其他几本东正教教徒的月刊读物……大约在十

---

① 毕达哥拉斯(约公元前580—约前500)：古希腊数学家、哲学家。

② 斯捷潘·季莫费耶维奇·拉辛(约1630—1671)：俄国农民起义领袖。是十七世纪六十年代末拉辛农民起义的领导者。

③ 阿列克谢·瓦西里耶维奇·科利佐夫(1809—1842)：俄国诗人。

六岁那年，我认识了乌斯曼商人鲍格莫洛夫，他给我看达尔文的著作《人类的由来》[①]以及各期《俄国言论》，杂志上刊登的皮萨列夫的文章让我着迷不已……”

“父亲让我做他的助手，帮他一起管理田庄，可我和农民们相处时总是不拘尊卑、称兄道弟，以至于父亲有时还为此恐吓要揍我，而且还真打了我三次……在酒席上、马厩里、乡村的‘街头’、晚间集会以及婚礼上，凡是农村小伙子们聚集的场合里，我都被众人视作是自己人……父亲终于意识到，我和村民们之间亲昵友好的关系让我无法获得作为一名管家所必须具备的权威，因此他同意我去外地另谋他职。不久我便在附近的一个庄园觅得办事员一职……十六岁那年我第一次看到铁路，二十三岁第一次去莫斯科和彼得堡……”

埃尔杰利此后的经历对于当时“渴求光明和进步”的自学成才者而言，是颇具典型的：新结交了一个现代的经商怪人，此人“虽置身于肮脏粗鄙的商人之中”，却如同着了魔般的追求“进步”，酷爱读书；又结识了商人的女儿，她着手教化这个年轻的“野人”，帮助他成长，两人很快便“因书结缘”，开始了一段“书本中写的那种罗曼史”，并最终喜结连理；后来又用妻子微薄的嫁妆租下了一个田庄经营农业，却以失败告终。“我在经营其他人的大庄园时被认作是一个精明能干的管家，但在自己的小田庄里却一无是处。”最后他辗转至彼得堡（多亏他偶然认识了来乌斯曼办事的作家扎索季姆斯基），从而跻身当时文学界最“进步”的人士组成

① 全名为《人类的由来和性选择》，出版于1871年。达尔文在书中阐述了人类是从猿类进化而来的，同时详细地论述了性选择的问题。该书为生物进化论奠定了基础，对社会科学的进展也产生了重要影响。

的圈子中，开始了典型的作家生涯。年轻的作家过着一贫如洗的日子，不久便出现了肺痨病的征兆，他对“进步”思想痴迷不已，还因此锒铛入狱，被关入彼得保罗要塞，后来又被流放至特维尔。以上便是他身上全部的典型性了。余下的则全然不在典型之列，例如，这个“野人”成长的速度以及成长为一个具备真正文化素养之人的速度都快得惊人，此外他在精神和艺术方面的成长速度也快得超乎寻常，而最主要的是他在审美、观点和追求方面均有自己独特的风格，与扎索季姆斯基、兹拉托弗拉茨基要求的东西大相径庭，他从不亦步亦趋，人云亦云，总是保留着自己的风格。埃尔杰利说，“哪怕是在为扎索季姆斯基着迷的那段日子里，我都没有抛弃父亲遗传给我的品质——健全的理智。举个例子吧，尽管扎索季姆斯基认为自己是风俗派作家，但我仍觉得自己比他更好、更深刻地了解生活，尤其是人民的生活。我比他更善于识人——这得益于那段在庄园的工作经历，另外我跟商人、农民、富农、酒铺老板、小贩都打过交道，总而言之，这一切均得益于我对人民的爱，对人民贫困和悲惨境遇的感同身受，对文明、进步、自由、平等、博爱等模糊的理想所做出的一切追求……”

正是这种“健全的理智”(如果就用这个极其谦逊的说法)将埃尔杰利塑造成了一个独树一帜的大人物，无论是在生活中还是在文坛里他都担得起这个称号。格尔申宗说过一句十分公允的话：“难以想象得出还有什么能比埃尔杰利同八十年代营养不良、萎靡不振的俄国知识界之间的反差更加巨大的反差了。”我再重申一遍，他也只是在很短的时间里才过着那种多少类似平民知识分子的典型生活，没多久他就开启了与之截然不同的生活模式(甚至在外表上也是如此)。从特维尔流放归来后，埃尔杰利偶尔才去莫斯科和彼得堡小住，或是到国外去——之后他又重回乡下，开始务农，并为此耗费了自己一半的精力，直至离开人世。起初他在家乡租了一小块土地，后来又重拾旧业，管理起一些最庞大、最富饶的庄园来（有段时间，他甚至要同时管理分散在九个省的庄园，正如有一回他在写给我的信中说的，简直如同在管理“一个王国”）。

格尔申宗认为，即便是作为思想家，埃尔杰利也是一种“无与伦比”的现象，他的世界观是“一套独树一帜的且极其宝贵的思想体系”。他还认为，埃尔杰利的思维力量属于康德划分的“实践理性”的领域。埃尔杰利首先是一名实干家，他天生就拥有旺盛的生命力，是生活创造者的一个卓越代表，强烈渴望在现象和行动的不断更迭中生存。正是这些因素决定了他世界观的性质。

他的整个世界观都在回答一个矛盾的问题：生活允许人类做什么，又需要向人类索取什么？关于推动世界运动的原始力量以及这种运动的终极目的这两个问题，埃尔杰利并未对此予以研究。

然而他并不是一个纯理性主义者。相反，恰恰是对现实生活的敏锐嗅觉才使他领悟到，一切有形物质的基础上存在着无形因素，但这个因素同样也是完全现实的，如果在实际估算中不考虑这个因素，那就意味着将冒所有估算全盘皆错的危险。因此，在他看来实证主义是毫无意义的，是无法容忍的。

他认为，生活分为截然不同的两类现象。第一类现象绝对地取决于“我们称之为上帝的伟大的不可知者”的意志，也就是说对于这类现象我们必须无条件地服从；第二类现象取决于我们自己的意志，是可以克服的，对后一类现象可以采取必要的、适当的斗争措施。

他相信世上存在绝对的真理，但也认为这种存在是有前提条件的，他爱说："恰如其分，朋友，恰如其分！"也就是说不能强行加速历史前进的步伐。他认为，无条件的善恶观以及在扬善抗恶过程中采取的有条件的行动——是从事一切活动，包括任何反抗运动所必需的。这是否就意味着他宣扬的是"适度和有序"呢？事实上，比他更不在意适度和有序的人是少之又少的，他的一生充满了激情，从不知节制为何物。"在对待心灵、社会和日常生活的事情上总是激情似火，为了找寻外在和内在的和谐而饱经磨难"。他常常抱怨道："始终未能在自己的生活中建立起平衡……我所看到的和读到的一切，将我的心撕裂开来，对一部分人予以怜悯，对另一部分人施以怒火，这真不幸……"接着又谈到了他参与赈济灾民的事情（九十年代初，他满腔热血地为这份事业投入了整整两年的时间，彻底放下了自己的事业，以致落魄到一贫如洗的境地），说："我又一次发现，我是如此地热衷于所谓的社会活动，甚至到了浑然忘我、为之呕心沥血的地步……"

首先，他从实践观出发，对俄国知识界进行了严厉的谴责。他认为，俄国知识界无休无止的反抗不过是由"神经质的愤怒"或是"对待事物的多愁善感的态度"引发的，往往软弱无力，达不到预期目的，因为激情本身并非实质，只是表现形式而已，一切斗争的本质首先表现为反抗者个人的宗教哲学信仰，其次表现为反抗者对历史现实的认知。他认为，俄国知识分子首先必须深入钻研"让米哈伊洛夫斯基[①]之流感到如鲠在喉"的基督教教义，不掌握

① 尼古拉·康斯坦丁诺维奇·米哈伊洛夫斯基（1842—1904）：《俄罗斯财富》杂志主编之一、极端实证主义者、社会学家、民粹派理论家，认为基督的教义是反动的社会现象。

该教义就无法形成个人的宗教文化修养；其次需拥有深厚严谨的文化修养和历史分寸感。他说："种种'被遗忘的语言'之所以如此迅速、如此频繁地被人们遗忘，正是因为我们只依靠神经系统来接受它们……我们这一代人的不幸在于——完全丧失了对宗教、哲学和艺术的兴趣，且至今仍缺乏自由发展的感情以及自由的思想……除了政治形态和政治制度之外，人们还需要'精神'、信仰、真理和上帝……你会说：不管怎样，人们能够为了思想而牺牲自我！唉，为它而死比实现它更容易啊！一个只会采取片面抵抗行动的社会阶层，即便获得了胜利，它所带来的恶远会比善还要多……哦，专制是痛苦的，给人们带来无尽的痛苦，然而'费坚卡们'的专制所带来的痛苦绝对不会比波别多诺斯采夫[①]的专制产生的痛苦少。我能想象得出，'费坚卡们'在波别多诺斯采夫的位子上会做出多少荒唐的事来！至于我们对待人民的态度，则无需遵循任何其他准则，只需要按照一个道德标准，即人与人之间的关系所决定的那个道德准则——基督所制定的爱的法则……"

"我认为，"埃尔杰利在自己的笔记中反驳了托尔斯泰的观点（尽管他在许多方面都是托尔斯泰的信徒），"把财产分给穷人并非真理的全部所在。重要的是，我和我的后代身上能够保留一切可以称之为善的东西——知识、教养、真正的好习惯，而这些品质多半是通过遗传传承下去的，而非单纯的头脑传递。我把财产拿出来，是否就意味着我真的把自己应给他人的一切都交了出来？答案是否定的。他人的劳动不仅赐予我财产，还让我拥有了许多

① 康斯坦丁·彼得罗维奇·波别多诺斯采夫（1827—1907）：俄国国务活动家、法律家、两代沙皇的导师，是反动势力的鼓吹者，主张对工人实施专制。"费坚卡"是平民百姓的名字。

别的东西，这些东西理应同他人分享，而不是随我埋于地下……”

总而言之，无条件地认识真理和有条件地实现真理，是埃尔杰利的遗教之一。他全身心地感觉到，一成不变的原则是冰冷的、僵化的，生活中的温暖只存在于互让中，彻底摈弃私利和无条件地去实现真理一样，都是无比荒谬的。像爱自己的孩子那样去爱别人的孩子——是违反自然规律的一种情感。只要你的舐犊之情没有扼杀内心的正义感，你的正义感也不允许你为了一己私欲而去迫害他人的子女，这样就已经足够了。个人的生活像幼芽一般茁壮成长、开花结果，与此同时又不抑制自己对世间万物的爱——而标准就存在于这种平衡的状态之间。

无论是从轰轰烈烈的内心活动和表象活动来看，还是从其自由的思想、清晰的头脑以及豁达的心胸来看，他都堪称奇人，然而这位奇人在人世间逗留的时间并不长——只活了五十二岁。临终前他便已深信：“世间一切苦难的意义会在彼岸得以揭晓。”他在少年时代就有过强烈的宗教信仰。此后这种宗教感情被“种种怀疑以及日益加深的无神论所取代，在此基础上试图确立对善、革命学说、民粹主义学说的信仰，以及对托尔斯泰主义学说的信仰……然而这些东西又总会被其天性搅得一片狼藉。在许多方面，他是“一切自由的终身之友”，是那个年代的知识分子。然而对于他而言，生活总是在“不断地提出新的看法”。善？这个词似乎“过于空洞”，必须“好好地对其思索一番”。民粹主义？可是看上去“民粹主义的理想也仅仅是理想而已……组织一个有教养者的大联盟（排除一切政治因素），旨在帮助满足农民的各种需求——这又是另一回事了……如果俄国人民及其知识分子试图建立一个‘天国’，那么首先需要为这个天国奠定好基础，以言行去建立一种有觉悟的、稳定的文明生活方式……社会主义？可你是否想过，社会主义只会在这样的人民那里才能得以实现——他们那儿的乡村大道两旁栽满了樱桃树，而上面的樱桃却始终无人偷摘？相反，能够'随随便便'就将那些普普通通的可怜的小白柳拔掉，能够仅仅为了缩短五俄丈路程就驱车踩踏大片好端端的黑麦地（是农民的地而不是地主老爷的地）——在这样的国度里，只可能出现拉辛主义者、普加乔夫主义者以及其他主义的拥戴者，但绝不会出现社会主义者。再者，社会主义为何物？我的朋友啊，不要把生活引向死胡同中去啊！革命？我对暴力意义上的革命抱有本能的厌恶……每一次革命都会产生巨大而又粗野的破坏力，不仅会造成物质上的损坏，还会破坏生命中最珍贵的东西……那么什么是物质上的损坏呢？就是一大群凶神恶煞之人，如同杀人犯一般，将'樱桃园'砍伐一空……要知道赫尔岑曾说过，失去某些东西和失去某些人相比更为可惜……托尔斯泰？把所有的人都撵到费瓦伊达去，这等于是在阉割生活，并使之失去色彩……不能命令所有的人都去种地，让他们接受残酷的勿抗恶观念，弃绝私利到泯灭个性的程度……我可不想让自己的生活退化到'撒玛利亚人'[①]的地步……没有黑暗就没有斗争，还有什么能比斗争更美好的呢！人民？长年以来，我总是眼含热泪描写着人民……"可是随着时间的流逝，这位民粹主义者又是怎么说的呢？——"如今，深陷于真实的而非抽象的人民现实的地狱中，沉浸在俄罗斯不切实际的残酷生活的美妙之中，我从未像现在这样

① 撒玛利亚人是一个非常古老的民族，据称他们是在三千多年前迁居到以色列帝国北部的一个部族的后裔。目前仅存数百人。

深刻地理解过涅克拉索夫的话——‘因爱生恨’……俄罗斯人民是极其不幸的，但也是极其可憎、粗野的，主要是爱撒谎，是群爱撒谎的野蛮人……人们认为，亚历山大二世在执政期间千方百计地残害了数千革命者，但如果赐予‘真正的人民’以权利，那么他就会用伊凡雷帝的手段来镇压这几千人了……无神论？没有宗教信仰的人只不过是些不幸的可怜虫罢了……金色的穹顶和教堂的钟声——是活在每个人心中的伟大本质的形式……”以下是他临终前的最后自白：

“我那偏重理智的理解力无法领悟上帝无穷的奥秘……”

“我相信，人生的苦难和死亡的意义会在彼岸得以揭晓……”

“我怀着满腔热忱，深信我们的生命并非在此就走到了尽头，一切令人痛苦的谜团和人类存在的奥秘都将在彼岸得到解答……”

一九二九年

沃洛申[1]

马克西米利安·沃洛申是俄国革命前及革命时期最著名的诗人之一，他的诗歌中包含了大部分这一类型的诗人身上的许多极为典型的特征：唯美主义、假斯文主义、象征主义，对上世纪末和本世纪初的欧洲诗学的痴迷，政治上的“立场变更”（取决于哪种立场在当时更为有利）；他还有另外一大过失：总是在文学作品中过度歌颂俄罗斯革命中最为恐怖、最为野蛮的残暴行为。

沃洛申去世后，文学圈里出现了不少评论他的文章。总而言之，无非是些老生常谈，颇有新意的观点并不多，也很少有文章能生动地描述出他在写作和为人处事方面的特点。还有些文章只是一味地赞扬他，如今几乎所有在自己诗歌和散文中涉及俄国革命的作家，都会得到来自评论界的褒扬。有人称他为预言家、对“俄国未来的大灾难”有先见之明的人——虽然在这种情况下，对

① 马克西米利安·亚历山德罗维奇·沃洛申（1877—1932）：俄罗斯白银时代著名诗人、文学评论家及艺术家。

于大多数此类预言家们而言，只需稍稍具备一些初级教科书上的俄国历史知识就足够了。我读过的最有意思的评语来自于卞努阿发表在《最新消息》上的一篇文章：

“他的诗歌无法让人对其产生某种信任感——真正的狂热是无法在缺乏信任的情况下产生的。当他沿着优美、嘹亮的词语铺设而成的陡坡，攀登上人类思想的顶峰时，我‘并不完全信任他’……喜欢上这种攀登的感觉是件非常自然的事，而真正吸引他的是语言本身……我总会怀着一丝讥讽之意去和他相处，要知道，即便是最亲近、最温情的朋友之间也无法避免这类状况的发生……夹鼻眼镜挡住了那种近视者特有的目光，以一种古怪的方式破坏了他‘宙斯般的’英姿，让他显得有些不知所措和孤立无援……显得特别可爱，很容易让人对他产生好感……当他在苏联的思想家和主宰者们面前朗读自己那些充满了控诉和凄惨抱怨的最可怕的诗歌，表现出某种幼稚的粗鲁举动时，他总会带着一种令人惊诧的憨直，不知是‘美杜莎[①]化’了，还是仅仅想让克里姆林宫的地方总督们开心。或许，他这样做只是因为那里的人们不愿意严肃地对待他吧……”

很久之前我就认识沃洛申[②]了，然而直到在敖德萨的最后几次见面（1919 年的冬天和春天）之前，我俩的关系也并不十分亲密。

我记得他创作初期的一些作品——然而仅仅根据这些诗歌，很难判断出他的诗歌才华、内在和外在方面都逐步得到了提升和

---

① 美杜莎，是希腊神话中的一个女妖，一般形象为有双翼的蛇发女人。

② 蒲宁和沃洛申大约是在 1904 年末认识的。

发展。以下诗句是他当年“迷恋语言”的几个特别典型的例子：

思想和风的嚎啕纠缠在一起
火车轰鸣着，努力超越它们，
于是这个声音便不停地在耳中敲击着：
吉哒哒、多哒哒、吉哒哒、多哒哒……

在这个国度，炽热而又明媚的阳光，
从天际洒下人间，
我给你带来礼物
一对能奏出美妙音乐的响板……

我俯下身子，以额触地，
沐浴着蓝色的夜晚，
我无比信任地用嘴唇搜寻着
你那涂满艾蒿的乳头，
啊，大地母亲①！

我记得我们第一次见面是在莫斯科。当时他就已是《天秤》和《金羊皮》杂志的著名撰稿人，也已经非常注重修饰自己的外表，注意自己举止、谈吐以及读书方式。他个子不高，体格健壮，肩膀又宽又平，手脚短小，脖子不长，脑袋很大，深褐色的卷发，留着胡子。尽管戴着夹鼻眼镜，但是其余的这些外貌特征都让他看上去像是俄罗斯庄稼汉和古希腊人的结合体，巧妙地形成了某种

① 这三个片段分别摘自沃洛申的三首诗：《在车厢里》(1901 年)，《响板》(1901 年)，《俯下身子，以额触地，沐浴着蓝色的夜晚……》(1910 年)。

鲜明生动的东西，同时也让他看起来像是一头公牛和直犄角绵羊的结合体。侨居巴黎后，每当与阁楼诗人以及艺术家在一起时，他总会戴一顶宽边黑帽子，穿一件天鹅绒的短上衣和斗篷。在与人交往的过程中学会了古老的法国式的社交礼仪：活跃，善于交际，待人殷勤，有着某种令人发笑的优雅，总而言之那是一些极其讲究的、矫揉造作的、“令人神往”的东西，尽管这些原本就是他与生俱来的品性。和几乎所有同时代的诗人一样，他十分热衷于朗读自己的诗歌，全然不顾是在何种场合下，全然不顾要读多少首诗，也全然不顾周围的听众是否愿意聆听。一旦开始朗诵，他会立刻耸起自己厚实的肩膀，抬起原本就高高凸起的胸廓，使得他那如同女人乳房一般的胸膛在上衣底下显得尤为清晰。还会摆出一副奥林匹斯神和雷神的面孔，开始有力地、难受地嚎叫起来。朗读完诗歌后便立刻摘下这副令人生畏的、傲慢的假面具，换上曲意逢迎的迷人微笑，换上温和的、轻松的声音，随时乐意将地毯铺在交谈者的脚下——如果是在做客，在喝茶或是吃晚饭时，他就会小心翼翼又不知疲倦地埋首在食物中……

我还记得1905年末在莫斯科和他见面时的情景。仿佛是在一夜之间，几乎所有莫斯科和彼得堡的著名诗人都变成了一群慷慨激昂的革命者——顺便说一句，主要是在高尔基和他的报纸《斗争》[①]（列宁本人也参与了报社的运作）的共同协助下才促使形成了这样的局面。此时布尔什维克党正在举行第一次起义，高尔基稳稳地待在自己位于沃兹德维任卡的公寓里，不迈出房间半

① 布尔什维克主义日报，1905年11月至12月在莫斯科发行。其正式主编-出版者是谢尔盖·阿波隆诺维奇·斯基尔蒙特(1863—1932)。高尔基是编辑委员会的成员。

步，全副武装的格鲁吉亚大学生们不分昼夜地守卫着他，要让人们相信——可能会有极右分子前来谋害他。然而与此同时，高尔基又昼夜不停地在公寓里接待络绎不绝的客人——友人，仰慕者，“同志”以及《斗争》报社的同僚。这份报纸是由某位斯基尔蒙特先生出资筹建的，《斗争》很快就虏获了诗人勃留索夫的“芳心”——而这一年的夏天勃留索夫还要求为圣索菲亚树立十字架，还发表了关于君主制的演说；也俘获了明斯基和他的颂歌——《全世界的无产阶级联合起来！》；之后又吸引了其他的诗人。沃洛申并没有在《斗争》上发表过文章，然而正是在这段时间里（不知是在高尔基那里还是在斯基尔蒙特①那里），我听到了他的最新诗作：

俄罗斯人民：我是哀伤的复仇天使！
我在黑色的伤口上，在开垦过的荒地里，
播下种子。忍耐的时代已经过去，
我的嗓音——就是警钟！
我的战旗，像血一样鲜红②！

我还记得与他母亲的一次会面。当时我们正在另一位作家的家里做客，我恰巧坐在沃洛申的旁边喝着茶，此时一个五十岁左右的妇女突然快步走进房间，她有着一头灰白色的短发，穿着俄式衬衫，一条天鹅绒灯笼裤以及一双漆皮筒靴。我差一点就向沃洛申发问：这个打扮得滑稽可笑的人是谁？我记得关于他的种种传闻：说他在国外和自己的未婚妻见面时，还要规定最初的约

---

① 谢尔盖·阿波隆诺维奇·斯基尔蒙特（1863—1932）：《斗争》日报的正式主编，出版者。

② 这是沃洛申诗歌《复仇天使》中的第一小节。

会地点必须是在某个哥特式风格的教堂的钟楼里①；说他住在克里米亚的家中时，总是穿着一件古罗马式的衬衣，简单来说，就是那种没有袖子的长衬衣；说他矮胖的身材和毛发浓密的短腿有多么的可笑……这个时期他又写了一部自传体简讯，手稿曾在《论俄罗斯诗人》一书中转载，无意之间我将这本书保存到了现在——书中有些文字依旧相当可笑：

“我不知道其他人对我生活的哪方面感兴趣，因而我只列举一些自认为重要的东西。

我出生在基辅，生于1877年5月16日，恰逢圣灵日。

对我而言，生活的范围仅限于家园、书籍和人。

家园：最早的印象是塔甘罗格和塞瓦斯托波尔；懂事之后记得的是莫斯科的郊区、瓦甘科沃的墓地、机器以及铁路修配厂；少年时代的印象是兹韦尼哥罗德附近的森林；十五岁时印象最深的是克里米亚的科克切贝利——这是我一生中最珍贵、最重要的回忆；二十三岁的记忆是中亚的沙漠——自我认知的觉醒；然后是希腊、地中海海滨一带及其岛屿——在那里找到了精神的家园；最后一个阶段是巴黎——韵律和形式的觉悟。

书籍-伴侣：五岁起就开始读普希金和莱蒙托夫；七岁接触陀思妥耶夫斯基和爱伦·坡；十三岁开始读雨果和狄更斯；十六岁起读席勒、海涅、拜伦；二十四岁起读阿纳托利·法朗士以及其他法国诗人的作品；晚年读巴加瓦特·吉塔、马拉美、保罗·克洛岱尔、亨利·雷尼耶、维利埃——一些印度和法国的作家。

① 1905年沃洛申的确和玛加丽塔·萨巴什尼克娃在斯特拉斯堡的一个哥特式风格的教堂的钟楼里见过面。

人：近几年来他们在我生命中的地位开始超越了家园和书籍。名字我就不一一列举了……

十三岁开始写诗，二十四岁学画画……”

这个时候他四处朗读自己的另一首取材于法国革命的著名诗歌，其中有不少充满震撼力的词语：

这具柔软又充满热情的身体

人群用脚将我踏碎……

后来我听说他参与建造了某座瑞士教堂(关于人智说[①]的教堂)……

1919 年冬天他受自己的朋友采特林兄弟的邀请从克里米亚来到敖德萨，并在他们家中住下[②]。抵达敖德萨后他便立刻开始“重操旧业”，开展起自己的常规活动来：在文艺小组里朗读自己的诗歌，后来又参加了一个私人俱乐部。当时几乎所有住在敖德萨的来自首都的诗人们都会参加该俱乐部，为那些坐在大厅里大吃大喝的、“未被全部扼杀的资本家们”朗读自己的作品，并从中获得一些报酬……他在那儿朗诵了描写各种可怕的人和事的大量新诗，既有关于俄罗斯乡村的，也有关于当代的和布尔什维克的。我甚至感到十分惊讶——无论是在写作还是在朗读方面，他的技巧都有了显著的提高，充满力量且灵巧熟练。但是我在听他朗读诗歌时却总会产生些许愤懑的情绪来，诗中尽是连篇的空话——所谓的“极为出色的”、自我陶醉的冗词赘句，视时间和地点的情况而言的亵渎神灵的长篇废话！和往常一样，我总是会问

---

① 人智说——迷信认为人可以直接与灵魂世界交往，是神智说的一个变种。

② 采特林兄弟住在敖德萨的涅任街三十六号。

自己:他到底像谁呢？似乎有着令人生畏的外貌，夹鼻眼镜闪着严厉的光芒，身上有着某种振奋人心的、妄自尊大的东西，浓密的头发梳成分头，发梢卷成一个个发卷，胡子很神奇地修饰成一个圆形，胡子里的小嘴很文雅地张着，说起话来却总是情绪激动，声音有力而又洪亮……他是俄国农奴时代的一个敦实的庄稼汉？还是普里阿普斯[①]？抑或是一条抹香鲸？

后来我们在采特林兄弟举办的晚宴上相遇，他还是那个“最可爱、最善良的马克西米利安·亚历山德罗维奇”。我仔细打量了他一番，发现他随着年龄的增长变得有些不秀气，有些臃肿笨重了，然而动作依旧如此灵活、敏捷；他穿过房间时飞快地迈着小碎步，很爱说话，每每说起话来总是滔滔不绝；他拥有出色的交际能力，对于一切人和物都抱有极大好感，并能从中获得快乐——在这个敞亮的、温暖的、高朋满座的餐厅里，他能从周围的一切中汲取到快乐；甚至似乎对全世界正在发生的所有恐怖的大事件也很满意，其中包括正笼罩在黑暗骇人的氛围下的、即将迎来布尔什维克的敖德萨所发生的一切。此时的他打扮得很寒酸——已经磨破了的棕色天鹅绒上衣，泛着光的黑色裤子，早已破烂不堪的鞋子……他过着贫困潦倒的生活。

下面我(简单扼要地)从自己当时的札记里面摘抄几段文字：

“法国人从敖德萨逃跑了，布尔什维克正向敖德萨挺进。采特林一家乘坐着轮船前往君士坦丁堡，沃洛申却留在了敖德萨，住在采特林的寓所里。他情绪激昂，不知为何精力总是特别充

---

① 普里阿普斯是希腊神话中的生殖之神，他是酒神狄俄尼索斯(或宙斯或赫尔墨斯)和阿佛洛狄忒之子，是家畜、园艺、果树、蜜蜂的保护神。

沛，总是一派轻松之色。晚上在街上相遇，他对我说：‘为了不被赶出去，我把采特林的家改造成了男女诗人的集体宿舍。需要付诸行动，不要沦陷在沮丧中！’”

“晚上，沃洛申常来我家做客。他依旧像过去那样讨人喜欢、精神饱满、兴高采烈。‘管它什么政治呢，让我们来互相朗诵诗歌吧！’顺便说一句，他读的是自己的《肖像画》。然而萨文科夫[①]的人物剪影有一个不同的特点——将他的侧面像与驼鹿的侧面像作了比较[②]。

他和往常一样，讲起话来滔滔不绝，谈话的内容涉及许多不同的话题，总是装出一副对交谈者很感兴趣的样子。当然，他赞赏勃洛克、别雷和亨利·雷尼耶（他正在翻译雷尼耶的作品）。

他是人智学家，深信‘人类其实是第十类天使’，他们拥有人类的外貌，同时也背负有人类的一切罪孽，因此必须记住，任何一个十恶不赦的人的身上都隐藏着天使[③]……”

“我们采取挽救措施，希望我们现在住的这座属于我们朋友的私邸能免遭征用——敖德萨已被布尔什维克占领了。在这件事上，沃洛申是最为热情的一个。他想出了一个办法，要我们成立一个‘新现实主义文艺流派’。他为了争取成立一个新艺术流派的资格而四处奔走，只花了五分钟就写出一块内容深奥的牌

---

① 鲍里斯·维克多罗维奇·萨文科夫（1879—1925）：俄国革命者、社会革命党著名理论家、活动家、临时政府三巨头之一，反对俄罗斯帝国和苏维埃政权。同时也是一名作家，笔名罗普申，著有中篇小说《白马》和长篇小说《未曾发生的事》。

② 这里指的是沃洛申的另一首诗《罗普申》（1915年，罗普申是萨文科夫的笔名），诗中有一段：“朦胧的星空下，站着一头硕大的、长着枝形角的驼鹿，郁郁寡欢，两角之间有一个十字架。”

③ 沃洛申的这一思想来源于法国作家里昂·布洛瓦（1846—1917）。

子。其中有几句寓意深刻的话:‘建筑学只承认哥特式风格和希腊风格。只有这两种风格中没有任何美化的成分。”

“敖德萨的艺术家们也千方百计地努力自救[1],还和粉刷匠一起成立了职业工会。当然,粉刷匠这个点子也是沃洛申想出来的。他欣喜万分地说:‘应当回归到中世纪的行会中去!’”

“记者、作家、男诗人、女诗人的会议(在文艺小组中)也是由‘工会’组织的。成员人数众多,有普通群众,也有文字工作者,有‘年老之众’,也有年轻一代。沃洛申四处奔波,整个人容光焕发,只想表达一个观点——文字工作者们也需要团结在同一个行会里[2]。然后,他披着自己的斗篷,肩膀上吊着一顶帽子(帽子上的绳子和斗篷的小钩子缠在了一起),快速而又优雅地迈着小碎步登上舞台,喊道:‘同志们!’但是底下立刻爆发出一阵粗野的叫喊声和口哨声。一群坐在舞台后方的喧闹嘈杂的年轻诗人开始蛮横地吵闹起来:‘滚开!让那些思想迂腐、墨守成规的蹩脚作家见鬼去吧!我们誓死捍卫苏维埃政权!’其中最肆无忌惮的当属卡达耶夫[3]、巴格里茨基和奥列沙。沃洛申追着他们跑了出去,说:‘他们不理解我们,需要加以解释!’”

“钟表的指针已经指向凌晨两点二十五分,而九点之后大街

---

① 此处,敖德萨的艺术家们对待苏维埃政权的态度均只是蒲宁的主观看法。画家安姆谢伊·马尔科维奇·钮连别尔克(1887—1979)回忆称,苏维埃政权控制敖德萨的第二天,他就辞去了教师的工作,召集了一群同样拥有革命热情的艺术家,和他们一起前往苏维埃执行委员会。同去就有诗人马克西米利安·沃洛申,以及其他不少画家和雕刻家。敖德萨执行委员会的书记菲尔德曼同众人亲切握手,还高度赞赏了他们高昂的革命热情和为革命工作的意愿。

② 沃洛申于敖德萨(1919 年)写过《“艺术联盟会”成立草案》。

③ 瓦连京·彼得洛维奇·卡达耶夫(1897—1986):苏联、俄罗斯小说家、剧作家、诗人。

上就开始施行宵禁了。沃洛申偶尔会在我家过夜。家中储存了一些黄油膏和酒，他吃得津津有味，对食物赞不绝口，总是口若悬河，尽是谈一些最崇高、最悲情的话题。顺便说一句，从他关于共济会成员的谈话中可以明确地判断出，他是共济会中的一员。当然了，依着自己的好奇心和其余的一些性格特征，他又怎会错过加入这种团体的机会呢？"

"布尔什维克邀请敖德萨的艺术家们参加庆祝五一的城市美化活动。一部分人对此欣然接受：要知道，人们无法逃离生活。此外，'生活中最重要的就是艺术，而艺术则是政治以外的存在。'沃洛申也无比热衷于城市的美化工作，幻想着应该如何去做这件事：例如，在街道上和房屋前拉上横幅，在上面写上不同诗人的诗句，画上菱形、圆锥形、角椎形的图案……我提醒他，这个他想要费心装扮的城市已经处在断水缺粮的境地了，整座城市不停地上演着围剿、搜查、逮捕、枪决，而夜幕降临之后，又只剩下漆黑的夜、抢劫和恐惧……他又用老一套来回答我的问题，认为我们之中任何一个人，甚至是杀人犯和白痴的身上，都隐藏着饱受折磨的六翼天使。还说，一共有九个六翼天使降临人间并附身到人类身上，为的是接受刻有耶稣受难像的十字架和承受焚烧的考验，烈火淬过的、安详豁亮的圣象的面容会从中浮现……"

"我不止一次警告过他：不要跟布尔什维克搅和在一起，要知道，就连您昨晚跟谁在一起这种事他们都了如指掌。他仍旧用艺术家的那一套空话作为回答：'艺术超越时代和政治，我只是以一个诗人、一个艺术家的身份去参与美化城市的活动'。

'去装饰什么？自己的绞刑架吗？'"

"但他还是去了。第二天《消息报》报道称：'沃洛申钻到了我们中间，如今，各式各样的恶棍都急着混入我们内部……'沃洛申想给编辑部写一封信，一封充满崇高的愤懑之情的信……”

“信自然不会被刊登出来。这一点我也早就跟他说过。也不想再听他说那些话——'我去编辑部了，他们答应我，不会不刊登！'后来报上只刊登了这样一条消息：'沃洛申被五一节艺术委员会除名'。他来到我们这里，痛苦地抱怨道：'这让我想起了以前的事，那些报纸诽谤我，说我公开中伤列宾、致其名誉受损。事后也没有任何一家报纸给我提供回应这一诽谤的平台！'”

“沃洛申忙碌地四处张罗着，准备离开敖德萨回老家克里米亚去。昨晚他来到我家，兴奋地对我们说：'一切均已安排妥当——跟往常一样，一个可爱的女人帮忙打点了一切。肃反委员会主席谢维尔内[1]征用了她的寓所，黑克尔把我介绍给她认识，而她又向我介绍了谢维尔内！'他对谢维尔内大加赞赏：'他有一个透明的灵魂，挽救了许多人的性命啊！''大约是杀一百人，而从中救一个人的比例吧！''反正这是个真诚的人……'不满足于这些赞美之词，他还无比天真地跟我说，谢维尔内无法原谅自己，让高尔察克[2]从他手里逃脱——似乎有一回，高尔察克被他牢牢地掌控在手中……”

“帮助沃洛申偷偷迁回克里米亚的还有一位'海军委员和黑海舰队的司令官'涅米茨，用沃洛申的话来说，这是一位'特别擅长回旋诗和八行两韵诗'的诗人。他们虚构了一支前往塞瓦斯托

① 谢维尔内(真实的姓是尤泽福维奇)：敖德萨一名医生的儿子。1919 年 8 月 28 日(白军分子反扑之后)，敖德萨报纸刊登了关于谢维尔内被反间谍组织逮捕的新闻。

② 亚历山大·瓦西里耶维奇·高尔察克(1874—1920)：曾为苏俄时期的白卫军总头目，一度占领西伯利亚、乌拉尔等地区。1920 年在伊尔库茨克被处决。

波尔的神秘的布尔什维克代表团。但不幸的是，船根本无法把他们送到目的地：因为涅米茨的整个舰队似乎就只有一条双桅帆船，而这条帆船还不能在任何天气情况下航行……

如果按照新历来算，他是在五月初离开敖德萨的(坐的正是这条双桅帆船)①。与他同行的是一个叫塔吉达②的女子。他俩在我们家中度过了在敖德萨的最后一个夜晚，并在我家过夜。跟他告别毕竟是件让人感到愁闷的事。一切都让人忧伤：我们坐在半明半暗中，挨着一盏自制的小灯(当时禁止使用电灯)，只能拿出一些非常寒酸的食物来给朋友们践行。他已经换上了旅行的着装——水手服、贝雷帽。口袋里还揣着不少各式各样的救命文件，以备不时之需：离开敖德萨港埠时用来应付布尔什维克的搜查的证件，还有在海上遇到法国人或者志愿军时需要的证件。在布尔什维克占领敖德萨之前，他就已经认识了法国军指挥部和志愿军圈子里的一些人。在这样的夜晚，没有人能让自己平静下来——包括沃洛申自己：天晓得，此次前往克里米亚的航行将如何顺利地完成……那天我们促膝长谈，几乎所有的意见都是一致的，谈得十分融洽。凌晨一点的时候终于迎来了别离的一刻：拂晓之时，我们的旅行者就已经该登上船了。分别之时，我们都很激动，相互拥抱了对方。然而，此时沃洛申不知为何突然想起了一件事：某一年的冬天，他和阿列克塞·托尔斯泰坐在罗宾的咖啡馆，两人突发奇想，开始慢慢地鼓起腮帮子，往里面吸进越来越多的空气(顶着最为严肃的、几乎如同野兽一般的脸)，然后用同

---

① 根据沃洛申回忆录的记载，他于1919年5月10号乘坐纵帆船"哥萨克号"离开敖德萨，同行的还有特别科的三名船员。

② 塔吉达是塔吉雅娜·塔维多芙娜·采马赫的笔名，女诗人、细菌学家。

样的方式慢慢地呼气，而一群倍感诧异的、不明所以的群众则开始聚集在他俩的周围。然后他又开始惟妙惟肖地扮演起小熊来……

途中他给我们寄来一张明信片，是 5 月 16 日从叶夫帕托里亚寄出的：

“目前我们已顺利抵达叶夫帕托里亚，正在等待第二天的火车。我们在金布尔斯基·科斯和奥恰科夫各逗留了一天；等待起风的途中，两次被法国驱逐舰拦下；无风的夜晚我们便四处闲逛；长浪期间，还在阿卡·梅切奇附近遭受到火力强大的机枪扫射；整整一晚坐在驿车里，疾驰过大草原和腐烂的湖泊；而现在则滞留在最肮脏的旅馆里，等待着火车。虽然前行的速度并不快，但一切还算顺利。一大堆关于人类的最有趣的证件……想起与您共度的最后一晚总让我感到心情愉悦，它为我在敖德萨的这段并不如意的生活画上了完美的句号。”

同年十一月，我又收到了他从科克杰比利寄来的一封信。引用信的开头部分：

“非常感谢您的来信：巧合的是，这段日子不知何故我总是会想起您，而这封信就好像是对这种思念的答复。

离开敖德萨之后，我的惊险之旅才真正开启。途中我不停地和布尔什维克相遇、结交，从船员侦察兵到‘指挥官’。那个让我坐他的单人车厢并把我送到辛菲罗波尔的‘指挥官’原来是我的一个老熟人[①]。

---

① 这里指的因诺肯季·绥拉菲莫维奇·科热夫尼科夫（1879—1931）：1919 年 3 月至 5 月负责指挥顿涅茨克战线的武装力量。

在这段炮火连天的日子中，我一直待在自己的小作坊里。第一志愿军陆战队创建于科克杰贝利，巡洋舰‘卡古尔[①]’促成了它的成立，在塞瓦斯托波尔的时候我和陆战队全队的成员相处得很好：因此他们拜访的第一站便是我的凉台。

克里米亚解放后的第三天，我快马加鞭地赶到叶卡捷琳诺达尔，前去营救我的朋友马尔克斯将军——他被不公正地指控为布尔什维克主义的拥护者，并威胁要将他枪毙。我孤身一人，既无熟人相助也寻不到其他门路，但最终还是成功将他营救了出来。如今，费奥多西亚人无法宽恕我的行为，我在那里生活着，身上却被烙印下了布尔什维克的标记，我的诗歌也被看作是布尔什维克式的诗歌。

顺便提一下：布尔什维克的“岑特拉格”在哈里克夫地区卖力地宣传了第一版的《聋哑恶魔》，现在罗斯托夫的（志愿军的）‘情报通讯社’[②]也向我索要了这本书中的部分诗歌，要在短会上进行宣传。直到七月份我才最终回到家里，得以坐下来安安静静地创作……

主要进行的是诗歌创作。我将那年夏天创作的全部作品都寄给了格罗斯曼[③]，请他在敖德萨出版。因此关于我写的社会题材的诗歌您都可以去问他，我现在寄给您的是我去年写的两首抒情诗（供《南方言论》出版，目前还没有在其他任何地方发表过）以

---

① “卡古尔”——巡洋舰，1919 年 6 月中旬在费奥多西亚附近帮助白军陆战队登陆。

② 此情报社为白军邓尼金情报宣传机构。原文中“Осваг”（奥斯瓦格）是“Осведомительное агенство ”（情报通讯社）的缩写。

③ 列昂尼德·彼得罗维奇·格罗斯曼（1888—1965）：诗人、文艺学家。

及两篇篇幅不长的文章:《俄罗斯之路》和《流血的家酿酒》[1]。目前我已经花了两个月的时间去写一篇关于圣徒谢拉菲姆[2]的长诗。我处在一种紧张而又缺乏信心的状态下,不知自己能否胜任这一规模宏大的题材。应该把圣徒谢拉菲姆和大祭司阿瓦库姆放在一起构成一篇'diptych[3]'——从不同角度写同一题材的两个部分所组成的作品。

出于个人工作所需,我打算在科克杰贝利过冬,这将带给我任何稿酬都无法比拟的惊人价值。顺便提一下稿酬的事,目前我的稿费标准是:诗歌每行十卢布,文章每行三卢布。这只是最低的稿酬标准,因此如果《南方言论》愿意支付更高稿费的话,我是不会拒绝的。

伊万·阿列克谢耶维奇,我非常希望您能将我寄给格罗斯曼的新作通读一遍:我尝试用更加切合实际的方法使这些作品更接近现代生活(组诗《假面具》,诗歌《水手》、《赤卫军战士》、《投机分子》等),我非常想知道您的读后感。

这个冬天、春天和夏天发生的事至今仍历历在目:我的确成功地将俄罗斯重新审视了一遍——审视了它的每一个党派,审视了它的上层人物和底层群众。君主主义者、传教士、社会革命党人、布尔什维克、志愿军、强盗……我曾私下分别和这些人在他们的生活环境中共度过一段时间……"

① 沃洛申的这两篇文章一直未被发表。

② 1919年12月沃洛申开始写一篇关于"圣徒谢拉菲姆"的长诗。谢拉菲姆·萨罗夫斯基(1760—1833):唐波夫省萨罗夫修道院修士,二十世纪初被东正教会尊为圣徒。

③ 希腊语为"δίπτυχος",即从不同角度写同一题材的两个部分所组成的作品。

这封信之后我就再没得到过他的任何音讯。

如今他已过世多年。他既不是革命者，当然，也不是布尔什维克，不过我仍要重申一遍，他是个举止非常怪异的人。

就布尔什维克的暴行而言，1919 年是他们施暴最为肆虐的一年。肃反委员会在俄罗斯的监狱早已人满为患——他们怀疑所有人都是反革命分子，见人就将其逮捕入狱。每天晚上把男人们、女人们、青年人们从监狱中赶到漆黑一片的街上，将他们身上的鞋子、衣服、戒指、十字架拽下来，互相瓜分。然后拿着手电筒作为照明工具，驱赶着这些没穿衣服、没穿鞋子的人，让他们冒着凛冽的寒风、踏着冰雪覆盖的土地，一路朝郊外的空地走去……机关枪一阵扫射之后，把人（往往是还没有被打死的人）扔进坑里，再漫不经心地用泥土把坑填满……为了能用竖琴将此弹奏成曲，为了能将这些行径美化成文学，为了像文艺神秘主义者那样感到害怕和怅然若失，应该成为怎样的人呢？要知道，沃洛申发出了声音：

桶盛放着成熟的果实，
把浆果随意扔进沟壕……
哦，不要去盛放果实，不要再驱赶青年，
前往黑色磨石，从中榨取美酒！

这一声疲惫的“唉”包含了多少深意啊！可它发出的响声更加悦耳：

袭来，袭来，暴风雪，
将雪掩盖上那古老的棺材！

祭祀用的小桌子，摇炉散出的神香的烟味，飞奔向“黑色磨石”的可爱的年轻人！为你们深感同情，但还能做些什么呢？毕竟肃反委员会工作人员的凶手——是“暴风雪和远古的自然力量”：

我相信，最高权力的公正，
卸去远古的自然神力的镣铐，
从烧焦的俄罗斯深处
我说：“这样判决，你是对的！”
应当如金刚石般坚硬无比，
煅烧全部的本质，
如果火炉中的木材不足——
主啊，这是我的躯壳！

更可怕的是，这并不是一个体型巨大的怪物，而是个身材肥胖、有着一头卷发的唯美主义者，是个殷勤好客、不知疲倦的能说会道之人，是个狂热的美食爱好者。1919年的春天，“黑色的磨石”，或是换个未经修饰的称呼——叶卡捷琳娜广场上的肃反委员会，正在不遗余力地咒骂着一切。这段时期，沃洛申几乎每天都会到我在敖德萨的公寓中做客，时常给我读一些关于“冰天雪地的”俄罗斯和“被烧焦的”俄罗斯的诗歌，之后就会立刻谈起自己翻译的亨利·雷尼耶的作品，然后又继续精神振奋地投入到神智学的诡辩中去。此时我会马上对他说：

“马克西米利安·亚历山德罗维奇，把这些留着说给其他人听吧。我们还是享用美食吧：我有黄油膏和酒。”

此话一出，沃洛申立刻就停止了滔滔不绝的演说，饥肠辘辘的不幸的诗人胃口大开，狼吞虎咽地吃起了黄油膏，全然忘了原本还热情激昂地准备在必要时将自己的身躯奉献给上帝。

一九三〇年

第三位托尔斯泰

“第三位托尔斯泰”——莫斯科的人们常常这样称呼不久之前在那里去世的阿列克谢·尼古拉耶维奇·托尔斯泰伯爵，这位赫赫有名的作家创作出了《彼得大帝》、《苦难的历程》以及许多喜剧和中短篇小说。之所以这么称呼他，是因为俄罗斯文学史上还有另外两位托尔斯泰，一位是诗人，同时也是伊凡雷帝时代的长篇小说《谢列勃里亚内公爵》的作者阿列克谢·康斯坦丁诺维奇·托尔斯泰伯爵，另一位则是列夫·尼古拉耶维奇·托尔斯泰伯爵。无论是在国内还是侨居国外期间，我都和第三位托尔斯泰私交甚笃。他是一个在各方面都十分出色的人，才华出众且拥有极高的艺术天赋，然而品行却极为不端（回俄罗斯后[1]，其道德低下的程度几乎并不亚于他的那些为苏维埃政权服务的最伟大的战友们）。他在“苏俄”期间（当时只有肃反工作人员才能相互提建议）写了大量不同体裁的作品，起初只是撰写关于拉斯普京的

---

① 时间是1926年的春天。

以及描写被杀害的沙皇、皇后的私密生活的一些不体面的剧本，总而言之，他写了不少卑劣的、充满低级趣味的可怕作品，然而在这些可怕的东西中依旧闪烁着作者的才华之光。至于布尔什维克，他们很是为阿·托尔斯泰的身份感到自豪——既因为他是最伟大的“苏维埃”作家，又因为他曾经是一名伯爵。无怪乎莫洛托夫会在某个“苏维埃第八次非常代表大会”上“亲口”说：

“同志们！在我面前出现的是鼎鼎大名的作家阿列克谢·尼古拉耶维奇·托尔斯泰。众所周知，他曾经是托尔斯泰伯爵！而现在呢？现在是托尔斯泰同志，是苏维埃大地上最优秀、最受欢迎的作家之一！”

莫洛托夫最后的那几句话并不是平白无故说的：要知道，屠格涅夫也曾称列夫·托尔斯泰为“俄罗斯大地上的伟大作家”。

侨民界的人谈起他时，往往会时而轻慢地叫他阿廖什卡，时而又宽容地、亲热地称呼他为阿廖沙，但几乎所有人都喜欢和他开玩笑：他总是谈笑风生，是个幽默风趣的交谈者，也是个妙语如珠的讲故事者，能够声情并茂地朗读自己的作品，虽坦率到不知羞耻的地步，但依旧招人喜欢；他天资聪颖，头脑敏锐，虽然喜欢装出一副傻里傻气、无忧无虑的吊儿郎当相；他既是个狡猾的贪图私利之人，又是个慷慨的挥金如土之士；他精通俄语，是个俄国通，能了解俄罗斯、感受俄罗斯到他这种程度的人是少之又少的……侨居海外期间，他常常表现得像个地地道道的“阿廖什卡”，像个地痞无赖。他是有钱人家里的常客，但背地里却把这些富人称作败类。虽然大家心照不宣，都知道这事，可终究还是原谅了他：这也没什么，他是阿廖什卡嘛！从外表看，他仪表堂堂，身材魁梧，肌肉结实，刮净了胡须的圆润脸庞带有几分阴柔之色。

他把头向后微微一仰时，架在上面的夹鼻眼镜就会在必要时帮他一把，让他能够摆出一副高傲的表情。他的衣服和鞋子总是价值不菲且十分考究，走起路来脚尖朝内，成内八字——这是天性固执、顽强之人的特征。他总是在扮演某个角色，用各种不同的声调说话，脸上的表情也总会随之不断地变化，时而小声嘟囔着，时而用女人的尖嗓门大声叫喊着。有时在某个“沙龙”里，他会像上流社会的纨绔子弟那样用齿音代替卷舌音说话①，常常不知何故地突然放声大笑，惊讶地瞪着眼睛，咯咯笑得直喘气。他的酒量和饭量都大得惊人，吃起饭来总是狼吞虎咽；即便是在旁人家做客时，也总是毫无顾忌地大吃大喝，用他自己的话说——丑陋到了有失体统的地步。第二天一觉醒来，就立刻把湿毛巾裹在头上，然后坐下来工作：他可是个一流的文字工作者。

他真的就是托尔斯泰伯爵吗？布尔什维克是群狡猾的人，对他的家谱也只是含糊不清地进行了报道。例如：

“阿·尼·托尔斯泰于1883年出生在原萨马拉省，他在母亲的第二任丈夫阿列克谢·博斯特罗姆的小庄园里度过了自己的童年。阿列克谢·博斯特罗姆是个有教养的人，同时也是一名唯物主义者……”

此处没有耍花招的就只有一个地方：“1883年出生在原萨马拉省……”但具体是在什么地方呢？是在尼古拉·托尔斯泰伯爵的庄园里还是在博斯特罗姆的庄园里？报道却对此避而不谈，只表明了他是在何处度过的童年。除此之外，对尼古拉·托尔斯泰伯爵也是只字不提，好像世上根本不存在这个人一样：完全无从

---

① 即把唏音发成咝音，说话以с、з音代替ш、ж音。

知晓他是怎样的一个人，曾住在何处，从事什么职业，他同阿·托尔斯泰是否见过面，哪怕是一次也好（后者一辈子都在使用前者的名号，从国外回俄罗斯之后才舍弃了爵位）？在我们交情深厚的这些年里，即便他常常对我坦诚相待，却从未向我透露过一句关于尼古拉·托尔斯泰伯爵的话……我之所以提起他的家谱，只是因为他回俄罗斯之前，常常夸耀自己的爵位，并利用这个名号在文学界和生活中进行投机活动。他好追名逐利，对世俗的功名财富以及获得这种功名都抱有极大的热忱。回到俄罗斯后，为了讨好克林姆林宫政权以及无知的苏维埃人民，他便立即着手写作，不仅写一些鄙俗的电影剧本，而且还撰文批判那些在国外侨居时期被他吃光、喝光、骗光、“尚待报答”的资本家们，还编造最荒谬的谣言诋毁住在巴黎的俄罗斯“白卫军”，似乎他们真的犯下了某些暴行。

关于他的出生日期以及度过童年的地方的相关报道想必是完全真实的。根据其苏维埃传记中（增加了他本人的自传记述）的记载：

“托尔斯泰在1905年俄国第一次革命期间就写过革命诗歌。第二年，当沙皇酷吏们将整个国家变成监狱的时候，他又出版了一本颓废主义诗歌集，随后又把小册子买回来烧毁。他感觉到，通往过去的大门已被合上……”

此处便开始出现了拙劣透顶的谎言。令人费解的是：1905年写下了革命诗歌，而一年之后，即恰逢“沙皇酷吏们将整个国家变成监狱的时候”，就突然出版了一本与时代完全不合拍的“颓废主义诗歌集”，后来又好像把这本书收购回去并将其烧毁！

然而，这些传记资料和下面的东西比起来，则是微不足道的：

“第一次世界大战给托尔斯泰带来了许多前所未有的新问题和折磨人的难解之谜……”

的确，只有在莫斯科才能撒出如此愚蠢的谎言！托尔斯泰——和“许多”问题，而且还是“前所未有的新问题”！也就是说，可怜的他先是被“许多”的问题围绕着！然后又出现了前所未有的新问题，此外，伴随而来的还有“折磨人的难解之谜”。我曾经多次亲眼目睹这些问题和难解之谜是如何折磨他的：不管在哪里，不管对象是谁，他都会想方设法地占点便宜——欠裁缝钱，欠饭馆老板钱，欠房租；还欠了什么钱我就不记得了。

“伟大的十月革命期间，托尔斯泰感到张皇失措……他前往敖德萨，在那里度过了冬天。1919年春天辗转至巴黎。他在自传中是这样描述自己在国外侨居的那段日子的：‘这是我人生中最艰难的一个时期……’1921年他从巴黎搬到柏林，在那里加入了路标转换派组织。回国之后他又写了一系列的作品——关于白侨，关于白卫军犯下的野蛮罪行，关于自己侨居巴黎时的烦闷……巴黎小酒馆临终前的欢娱，白卫军枪决人民和迫害人民的可怕情景，都让他大失所望……在国内期间，他还描绘了关于资本主义美国的风俗的讽刺画面，伟大的苏联诗人马雅可夫斯基也曾对此做过精彩绝伦的描写……”

这样的作品都发表在了哪些地方呢？又是供哪些人消遣的呢？它们被发表在莫斯科的苏联最主要的月刊杂志之一——由最著名的苏联作家担任撰稿人的《新世界》杂志上。瞧，坐在巴黎就能读到：“完全野蛮化的白卫军……白卫军枪决人和迫害人的那些可怕的场景……”为什么白卫军在巴黎犯下的野蛮罪行最多呢？他们到底迫害了谁？又枪毙了谁？为什么法国政府对这些在巴黎发生的暴行采取熟视无睹的态度呢？让托尔斯泰大失所望的巴黎酒馆“临终前的”欢娱也让人颇感奇怪，要知道，毕竟有段时间托尔斯泰也在此寻欢作乐过，显然也曾沉醉于其中。之所以感到奇怪，是因为从他大失所望并决定远离白卫军的噩梦转而搬回俄罗斯时起，已经过去了多少年，而如今能把俄罗斯变成监狱的暴君酷吏早已不复存在了，在那里任何人都不会再受到迫害，任何人都不会被枪毙。尽管托尔斯泰在巴黎也有过自己的“临终前”的欢娱，但是巴黎依旧存在，并没有消亡，甚至在娱乐和奢侈方面都达到了无比荒淫的地步。至少尤里·茹科夫——某位在莫斯科的巴黎记者，在莫斯科另一家月刊《十月》上发表的一篇题为《在战后的西方》中是这样断言的。这位茹科夫说，巴黎宽阔的林荫道上经常会有法国修道士在此散步，一千米之外就能闻到他们身上散发出的最昂贵的香水的味道；从早到晚，都有“一些卷发的、抹着香膏的年轻人和太太们穿着令人难以想象的服装在林荫道上漫步。”不知何故，这位茹科夫在我身上也撒了一次谎：似乎说我“身形瘦小，嗓音刺耳，有着一张地道的唯美主义者的脸。”俄罗斯有这样一句俗语——“漫天撒谎！”那些遥远又幼稚的年代啊！而如今，经过“苏维埃”政府三十年来孜孜不倦、昼夜不歇的谎言式管理后，甚至连这个住在苏联的最可怜的茹科夫也厚颜无耻地撒起谎来！托尔斯泰在自己的传记中谈到侨居国外时的苦恼，谈到自己似乎在巴黎经历过非常可怕的事情，还在“俄国第一次革命”以及第一次世界大战期间经受了“许多”各式各样心灵和脑力上的折磨，又谈到他是如何大失所望地从莫斯科来到了敖德萨，然后又去了巴黎……恐怕上述内容托尔斯泰本人看了都要捧腹大笑吧。他撒起谎来总是那么不以为然，那么轻松自在。

在莫斯科时他可能偶尔会有些紧张，不过我觉得这其中多少有表演的成分，他从来不会让自己陷入歇斯底里般的“真诚谎言”之中，而高尔基则为了这种“真诚的谎言”几乎痛苦了一辈子。

我同托尔斯泰结识恰巧是在勃洛克哀悼“第一次革命[①]”失败的那几年里，勃洛克悲愤不已地吟诵道：“我们——生活在俄罗斯可怕年代的孩子——无法将这一切忘怀！”总而言之，我同他相识于第一次革命和第一次世界大战之间的那几年里。当时我正好在《北极光》杂志社中担任小说栏的编辑，该杂志是由瓦尔瓦拉·鲍勃林斯卡娅伯爵夫人，一名女社会活动家创办的。有一天，一个身材魁梧、长相十分英俊的年轻人来到杂志的编辑部，彬彬有礼地作了自我介绍（“阿列克谢·托尔斯泰伯爵”），并希望我们能够刊登他的手稿——一部名为《喜鹊的故事》的小说，这是一部运用当时流行的“俄罗斯风格”写成的系列短篇故事集，内容虽毫无意义，但胜在文笔精巧。我采用了他的稿件，因为这些小文不但写得精巧，还颇具自由洒脱之风（托尔斯泰所有的作品都具备这一特点）。自此我便对他产生了兴趣，还读了他的那部似乎早已被烧成灰烬的《颓废主义诗歌集》，后来又看了他其余的作品。此时我才第一次发现，其作品的种类是如此之繁多，如此之五花八门。他在写作生涯的初期便展现出了极大的才能——能够根据读者口味和客观情况的不断变化，为文学市场提供相应的热门作品。我从未读过他写的革命诗歌，也从未听托尔斯泰本人谈起过这件事。也许他曾尝试过写这类题材的诗歌用以纪念“第一次革命”，但很快就放弃了；也许是因为这种题材的诗对他而言过于枯

---

① 即1905—1907年的资产阶级革命。

燥；也许是出于另一个简单的原因——虽然“捧持圣像”的俄罗斯庄稼汉们得以在这段时间内烧毁和洗劫大量的贵族庄园，但这场革命转眼之间就已失败告终。至于他的那本“颓废派”诗歌集，我倒是读过，印象中我并未在其中读到过任何属于颓废派的东西。在创作这本书的时候，他同样遵循了当时的流行风向：模仿古老的俄罗斯童话。诗歌集问世之后他又写了一些描写贵族生活的短篇小说，同样也是符合时代潮流的：夸张手法、有意的漫画化、有意的（也有无意的）荒诞化。那几年他似乎还写了几部喜剧，很是迎合外省人的趣味，因此在市场中非常占优势。我需要再次重申一遍——他是个善于随机应变的人。后来应布尔什维克的要求（也就是回到俄罗斯之后），他甚至还理直气壮地利用自己的长篇小说《苦难的历程》——即在其侨居国外期间就发表在巴黎的侨民杂志上的那篇小说，让小说中所有的“白军”男主人公和女主人公对自己从前的感受和行为感到无比失望，进而变成一群热爱“红军”的人。除此之外，大家都清楚他的那篇歌颂斯大林的小说《粮食》是什么玩意儿。后来他又写了一篇乱七八糟的幻想小说——一个水兵不知为何来到了火星，并立刻在那里建立了公社。后来又写了一篇题为《黑色黄金》、关于巴黎的“资本主义的残酷剥削者”的诽谤性中篇小说：这些“资本主义的残酷剥削者”来自于俄罗斯侨民和石油大亨……他描绘的“资本主义美国的风俗的讽刺画面”到底是什么样子的，我不得而知。从未去过美国的托尔斯泰，想必是从诸如高尔基、马雅可夫斯基这样的美国通那里打听到这些风俗的。高尔基早在 1906 年就去过美国，他天生爱说一些笨拙的夸张之词，带着令人不快的庸俗习气，把纽约称为“黄色恶魔之城”，也就是黄金城。高尔基似乎一如既往地厌恶着这座黄金之城。他是这样描述这座所谓的“恶魔之城”的：

“这是城市，这是纽约。从远处看，整个城市像是一个长满参差不齐的黑色牙齿的巨大颌骨。它把无数的浓烟喷向天空，又像一个患有肥胖症的贪吃之人在那呼呼喘气。走进城市，你会感觉像是走进了一个用石头和铁筑成的胃里。城市的街道是一条滑溜溜的、贪婪的喉咙，喉咙里漂浮着的是一块块黑色的食物——活人们；城市铁路的车厢则像一条条巨大的蠕虫；火车头则像一只只肥大的鸭子……”

自从我们在《北极光》杂志编辑部结识之后，大约有两三年没再见过面，因为我要么和第二任妻子去世界各国旅游（甚至还去了热带国家），要么就是蜗居乡下，偶尔才会去莫斯科和彼得堡小住。某日，他突然到我和妻子下榻的一家莫斯科旅馆来拜访我们，随行的还有一位黑眼睛的年轻东方美女，大家都称呼她为索尼娅·迪姆希茨①，而托尔斯泰却总是称她为“我的妻子，托尔斯泰伯爵夫人”。迪姆希茨衣着雅致而朴素，可是托尔斯泰却穿戴得像个古怪的外省豪绅：头戴一顶高筒礼帽，身穿一件肥大的熊皮大衣。我以礼相待，殷勤地接待了他们夫妇。我向伯爵夫人鞠躬行礼，转而忍着笑意对伯爵说：

“很高兴能再次见面，请进，请脱下您这件华丽的皮袄……”

他漫不经心地低声回答道：

“是啊，祖传的皮袄，就是所谓的昔日奢华的残迹……”

我俩之间很快就建立起了友情，这或许还应归功于他的皮袄。伯爵喜欢嘲弄他人，又生性幽默，且有着非凡的洞察力，想必

① 这里指的是阿·托尔斯泰的第二任夫人。

他是捕捉到了我那情不自禁的微笑，就立刻明白我不是那种可以随便愚弄的人。但凡与他志趣相投的人，他都能很快与之成为好友。因此我们又见了两三次面后，他就咯咯地笑着向我坦白了这件皮袄的来历：

“这件祖传之物是我花了大价钱碰巧买来的，毛都让蛀虫蛀光了。可是一穿上它，所有人都会觉得你很有老爷的派头！”

谈到穿着重要性的时候，他不时打量着我，皱起了眉头，说道：

“从处世方面看，您永远也不会有什么出息，您太不善于在人前展现自己了！打个比方吧，您的这身打扮就掩盖住了您的风采。您长得清瘦又修长，身上带有古典的气质，仿佛是画像中的人物。您应当蓄起长而不宽的大胡子，留起长长的唇髭，穿细腰身长下摆的礼服，再套一件有精致翻领、领下系着黑色丝质大领结的荷兰麻布衬衫，留一头中分的齐肩长发，蓄起漂亮的长指甲，右手的食指上戴一枚令人捉摸不透的戒指，抽那种细细的哈瓦那雪茄，而不是俗气的卷烟……在您看来这是一种骗术吗？可如今谁不是用这样或那样的方式在行骗呢，包括用外表来行骗！您自己不也常常这么说嘛！事实就是如此，您看，甲扮成象征主义者，乙扮成马克思主义者，丙扮成未来主义者，丁过去似乎是个流浪汉……人人都讲究打扮：马雅可夫斯基穿着黄色的女式短上衣；安德烈耶夫和夏里亚宾穿着紧腰细褶的长外衣以及不塞入裤腰的俄式衬衫，脚踏一双漆皮长筒靴；而勃洛克则穿着天鹅绒上衣，留着鬈发……亲爱的，所有人都在玩弄骗术！”

他迁居莫斯科，在诺文斯基林荫道上租了谢尔巴托夫公爵房子里的一套住宅，还在屋里挂了几幅古老的黑乎乎的肖像画，画像上是一些派头十足的老头儿。他故意摆出一副漫不经心的样子，对来访客人喃喃道：“是啊，都是些祖传的破烂货。”对我却是笑着说：“这些都是我从苏哈列夫塔那边的旧货市场[①]淘来的！”

苏维埃掌政前期，即1917年10月，我们的关系依旧十分融洽且友好，之后却发生了两次争吵。生活开始变得十分艰难，开始出现饥荒，必须得花很多钱才能勉强填饱肚子，而挣钱却又被视作下流的勾当。某个小酒馆里出现了某个“音乐鼻烟壶”——坐着投机分子、赌棍和娼妓，他们贪婪地吃着一百卢布一块的馅饼，喝着类似白兰地那样令人生厌的酒，而诗人和小说家们（托尔斯泰、马雅可夫斯基、勃留索夫以及其他作家）则为这些人朗诵自己和他人的作品，尽是选些最无耻下流的东西来读，说些粗野十足的骂人话。托尔斯泰竟敢建议我去那种地方朗诵诗歌，我听后勃然大怒，为此跟他大吵一架。随后，勃洛克的作品《十二个》问世了。勃洛克的日记发表后不久他便声名鹊起，在“二月革命”爆发前不久这样写道：

“浅紫色的行星平息了暴动。颂扬主观幻影的小提琴暴露出了自己真正的本质。稀薄的空气中散发着一丝巴旦杏的苦涩气味。广袤的世界笼罩在一片浅紫色的朦胧中，巨大的灵柩踉踉跄跄地前行着，灵柩上躺着一个没有生命的洋娃娃，它的脸隐约让人想起天国中的玫瑰所展现出来的那种东西……”

不仅如此，他还用充满诗意的话写道：

“我刚和未婚妻成婚，第一次革命的浅紫色行星就捕获了我

---

① 离当时托尔斯泰居住的地方不远便是当年的苏哈列夫大、小广场，革命后改称集体农庄大、小广场。

们，并将我们吸入进漩涡中。很早就期盼这种毁灭的我，第一个便被吸引到这个银色星星的灰紫色漩涡中，被吸引到暴风雪的珠母和紫晶中。暴风雪过后，白昼钢铁般的空隙紧随其后，并以新的暴风雪相威胁。现在天空又飘舞起风雪来——我无法确定它的气味和颜色。”

这场风雪便是二月革命。不久之后，勃洛克终究还是弄清了这场全新的暴风雪的颜色和气味——虽说想更早了解这一点也并不需要特别的视觉和嗅觉能力。此时，俄罗斯历史长河中的沙皇统治年代已经结束（在不愿去前线的彼得堡驻防军战士的善意帮助下），政权被移交给临时政府，所有沙皇政权下的部长都被逮捕并监禁在彼得保罗要塞中。而临时政府不知出于什么原因邀请勃洛克加入“特别委员会”，参与调查这些部长的工作，为此勃洛克每月能获得六百卢布的薪金——在当时来说这笔钱的数目是相当可观的。于是勃洛克就开始了审讯工作，有时还会亲自去讯问犯人，并在日记中下流无耻地嘲弄那些被审之人——这些在以后都是人尽皆知的事。随后又爆发了“十月革命”，布尔什维克又将临时政府的部长们关进这个要塞，其中两名官员（申加廖夫和科科什金）未经审讯便被处死了。勃洛克又投靠了布尔什维克，成了卢那察尔斯基的秘书。此后还写了一本名为《知识分子与革命》的小册子，开始呼唤道：“听，倾听革命的乐曲！”创作了长诗《十二个》，并在日记中给后代臆造出了一个十分可悲的假象——似乎他在迷睡中便创造出了《十二个》。“总是听到某种嘈杂声——旧世界崩塌的声音。”莫斯科的作家们召开了一次会议，用以朗诵和评论《十二个》。我也参与了这次会议。坐在伊利亚·爱伦堡和托尔斯泰身边的某个人（我记不清到底是谁了）朗诵了这部作品。这部不知为何被称为长诗的作品，很快就获得了不容置辩的荣誉，因此朗诵完之后，会场上先是弥漫着一股虔诚的静默，随后就响起了一声声不太响亮的赞叹声："真了不起！太出色了！"我拿起《十二个》的正文，翻阅一番之后大致讲了这样一番话：

诸位先生，诚如你们所知的那样，在过去整整一年中有多少可耻的闹剧在俄罗斯大地上不停地上演着。从去年二月开始（即二月革命，如今依旧有人相当无耻地称之为"不流血的革命"）俄罗斯人民犯下的那些毫无理智的暴行，已无法一一列举。几乎完全无罪的人被折磨和杀害，这个群体的人数或许已达百万之多，寡妇和孤儿的眼泪汇聚成海，灌溉着俄罗斯的土地。想杀谁就对谁下手。从前线的乌合之众中跑回来的士兵，乡下的庄稼汉，工人，城市里其他各式各样的革命者。去年，士兵们便已对军官拔刀相向，如今依旧继续着各种杀戮；跑回家乡巧取豪夺，不仅瓜分地主的土地，也抢夺富农的土地；沿途大肆破坏一切可以毁坏的东西；问铁路职工和车站主管索要火车和火车头，当这些人无法满足其要求时，便将死亡之刀伸向他们……有人从乡下给我来信，信中这样写道：将一名地主的庄园捣毁之后，这些庄稼汉便将孔雀身上的羽毛活生生地揪下，再把血迹斑斑的孔雀放走，让它们尖声哀鸣着四处滑行、逃窜、乱跑，并以此为乐。去年四月我在表姐位于奥廖尔省的庄园[①]里做客，某日早晨那里的庄稼汉在相邻的庄园内放火，甚至还企图把跑来救火的我扔进火中，连同其

① 这里指的是瓦西里耶夫庄园，其所有者是蒲宁的表姐索菲亚·尼古拉耶夫娜·普舍奇尼卡瓦。

他活生生的牲畜一起扔到燃烧着的牲口棚里。一个醉醺醺的身材高大的逃兵站在大火附近的人群里(他的身边都是些庄稼汉和农妇),突然开始大声嚎叫起来,说我是放火烧牲口棚的罪魁祸首,说我想把庄园附近的树木统统烧毁。我只能通过一种方式自救——更加狂暴地朝这个混蛋说粗野的骂人话。他惊慌失措起来,原本已朝我逼近的人群也因此不知所措起来,而我则积攒起全身的力气,头也不回地冲出人群,逃了出去。近些天来,你们所熟知的H.(我只能叫得出他的姓)从辛菲罗波尔跑来,并声称工人和逃兵们的确是想让辛菲罗波尔血流成河,这些人还将某个年迈的退役军人扔进蒸汽机车的火箱里,将其活活烧死。难道诸位不觉得奇怪吗,在这样的日子里勃洛克还向我们呼喊道:

"听,倾听革命的乐曲!"勃洛克创作了长诗《十二个》,并用自己的单行本《知识分子和革命》来说服我们,让我们相信去年十月俄罗斯人民炮轰克林姆林宫大教堂的做法是完全正确的,还用了非常可怕的且与俄罗斯神职人员有关的谎言来证实该做法的正确性,而我确实不知道还存在着这样的神职人员:"数百年来,在这些教堂里,"他说道,"大腹便便的牧师打着嗝儿,做着伏特加的买卖。"至于《十二个》,这实在是一部令人惊叹的作品——只不过是从它坏的方方面面来定义的。勃洛克是一个极富诗意的人,和巴尔蒙特一样,从不使用简单的词汇,辞藻总是过于华丽,他不明白同时也不认为崇高的文体也会让一切事物庸俗化。然而,在创作了故意令人感到费解的、几乎无人能够理解的、文学虚构化的象征主义式的和神秘主义式的大量诗歌之后,他终于写出了一些浅显易懂的东西。谈到这种毫无意义又平淡无味的把戏,下面就有一个例子。如今的彼得堡笼罩在无尽的恐怖中,人们死于饥饿和严寒，甚至在白天也因为害怕会被抢劫和被剥光衣服而不能出门，而勃洛克选取了彼得堡冬日的一个夜晚，并且说："你们瞧，那些醉醺醺的蛮横的大兵们现在在做什么"。不过要知道，归根到底，他们放纵地破坏从前的俄罗斯的这种行径是神圣的，连耶稣都走在他们前面带路，还声称这是他的使徒行传：

同志，接住枪，别畏缩，
把子弹射向"神圣的罗斯"，
射向坚固的罗斯，
射向茅屋的罗斯，
射向屁股肥大的罗斯！

为何神圣的罗斯在勃洛克的眼中是茅屋的、屁股肥大的？显而易见，因为布尔什维克是民粹主义者残暴的敌人，其革命宏图和理想并非是针对农村和农民阶级的，而是针对无产阶级的败类、粗鲁的贫民、无业游民，以及所有被列宁的允许"掳掠财物"的这个政策所征服的人。勃洛克很俗气地讽刺了茅屋的罗斯，讽刺立宪会议（10 月份之前他们答应人民成立立宪会议，但在夺取政权后又将之解散），讽刺"资产阶级"，讽刺市侩，讽刺神职人员：

两座楼房之间
挂着一根长绳，
绳子上——是标语：
"一切权力归立宪会议！"
那儿是位穿长袍的——
牧师同志，
如今为何闷闷不乐？
那儿是位穿着卡拉库尔羔皮大衣的贵太太——

脚下一滑

扑通一声——直挺挺摔倒在地！

《十二个》是一组诗集、民谣，时而似乎是一首悲剧诗歌，时而又似乎是一首舞曲，总而言之，是希望成为某种最具俄罗斯民族特质的一部作品。首先表现为无比枯燥又没完没了的废话以及千篇一律的单调性，不可胜数的哎呦、哎呦、唉、唉、咳、咳、哦、特拉-哒-哒、特拉赫-哒赫-哒赫……令人感到厌烦。勃洛克打算再现民族语言和民族情感，然而写出来的却是某种完全粗俗的、差劲的、过度庸俗的东西：

资本家站在十字路口，

把鼻子藏进衣领……

站在那儿，默不作声，

像一条饿犬，像一个问号。

而旧世界仿佛是那丧家犬，

夹着尾巴，站在他的身后……

自由啦，自由啦，

哎呀，哎呀，没有十字架了！

万尼卡和卡奇卡，坐在酒馆里，

她的长袜里藏着克伦斯基票子①！

喂，万尼卡，你这狗崽子、资本家，

有胆量来试试，亲一下我的姑娘！

卡奇卡和万尼卡搞上啦——

① 俄国克伦斯基临时政府发行的票面为二十或四十卢布的纸币，1917—1920年流通。

搞什么，搞什么？

万尼卡和卡奇卡乘车飞驰——

一个灯笼

挂在车辕上……

哎，哎，闪开道！

这是民间语言吗？“电的”[1]！试试发这个音吧！而他对车辕则充满了一种无比荒唐可笑的柔情——显而易见，“车辕”一词也属于民间语言。接下来的是某种更为民间化的东西：

唉，你呀，卡佳，我的卡佳[2]，

你的脸蛋儿又胖又圆！

你穿过灰色的护腿袜，

你吃过密侬巧克力糖，

你跟士官生出门兜风，

如今又和大兵来约会？

卡奇卡的故事以她被杀害以及凶手彼特鲁哈（他是安德留哈的同志）歇斯底里地进行悔过而告终：

迎面又飞驰而来一辆马车，

车夫嚎叫着、怒吼着，坐着马车呼啸而过……

停下，停下！安德留哈，帮帮忙！

彼特鲁哈，从后面追上去！

特拉赫 哒赫-哒赫-哒赫！

怎么，卡奇卡，还高兴吗？——一声不吭！

---

① 俄语中“电的”应该是“электрический”，勃洛克这里用的是“електрический”。

② 卡佳和卡奇卡都是卡捷琳娜的昵称。

在雪地上躺着吧，你这个死尸！
哎，哎。
娱乐一下并没有罪啊！
飞吧，资本家，像麻雀一样飞翔吧，
我要饮尽你的血，
为了我那心上人，
那黑眉毛的姑娘！
十二个人又整装出发了，
肩上扛着枪。
只有那可怜的杀人犯，
一脸的惨相！

可怜的杀人犯是主耶稣的十二个门徒中的一员，这十二位信徒完全不知道要往哪里走，不知道为何要前行。其中我们只知道有安德留哈和彼得鲁哈，而凶手已经在大声叫嚷、嚎啕大哭、懊恼不已——要知道，按照惯例就应该是这样的。众所周知，俄罗斯的罪人有多么喜欢忏悔：

哦，同志们，亲爱的，
我爱过这个姑娘啊。
和她一起，
度过了多少销魂的黑夜啊！

“飞吧，资本家，像麻雀一样飞翔吧”——又是资本家，这完全是风马牛不相及的事。卡奇卡和万尼亚好上了的事，根本就不是资本家的过错。接下来描写血、心上人、黑眉毛的姑娘、漆黑销魂的夜——这种时而粗野、时而虚情假意的俄罗斯风格以及无数的感叹号，都让人心生厌恶。然而勃洛克却未在这条道路上停下脚步：

因为她火热的眼睛里
有着不惧一切的勇敢，
因她的右肩旁
有着一颗红痣，
我杀了她啊，我这个愚蠢至极的人，
我一时怒起杀了她……
唉！

在这个俄罗斯头号悲剧中有一处并不十分和谐，即卡奇卡的胖脸和“她火热眼睛里那不惧一切的勇敢”的结合。我认为，火热的眼睛和胖脸并不十分相称。“红痣”在此也并不十分妥当——要知道，彼特鲁哈并不是那种文雅的女性之美的鉴赏家！

最后我想说的是，勃洛克在诗的结尾处用了一些毫无意义的话来愚弄读者。由于钟爱卡奇卡，勃洛克将最初的构思完全抛诸脑后——“朝神圣的罗斯射击”、“朝卡奇卡射击”。于是，卡奇卡的故事、万尼卡的故事以及马车夫们的故事就成了《十二个》的主要内容。“长诗”快要接近尾声之时勃洛克才清醒过来，为了修正内容便胡诌起来：又是“雄健的步伐”和某条饿犬（又是狗！），以及某种病态的亵渎神灵的行为：在这些畜生、强盗和杀人犯的前面走着某位迷人的耶稣（举着血红的旗帜，戴着白玫瑰的花环）：

他们迈着雄健的步伐前行着——
后面——是头饿犬，
前面——他挥舞着血红的旗帜，
踏着轻柔的步伐，凌驾在暴风雪之上，
珍珠般的雪花四下飞舞，

头戴白玫瑰的花环——

走在前面的——是耶稣基督！

临近结尾之时，无论如何我都想起了浮士德说的话，靡菲斯特[①]曾把浮士德领进妖妇的厨房：

在这里是谁受到妖妇的愚弄，

似乎异口同声地胡乱作答，

是十四万个蠢货！

当时托尔斯泰还为此和我大吵了一架。他本该听我把话说完，可他却用公鸡般的嗓子朝着我大喊大叫，像演戏似的嚎叫，说他永远也不会原谅我的这些关于勃洛克的言论，说他——托尔斯泰，直至灵魂深处都是一名布尔什维克，而我则是一个落后分子、反革命分子等等诸如此类的话。

勃洛克的另一部描写俄罗斯人民的著名作品《西徐亚人》也是相当得怪异，完成《十二个》这部长诗之后勃洛克立刻写了这部新的作品（按照其崇拜者一贯的说法，应该是“创造出”）。勃洛克有过多少自相矛盾的热情的哀号啊：“啊，我的罗斯，我的妻子！”，以及如同粗劣的彩色画一般的“遮到眉毛的印花围巾”！最后，为了迎合斜视眼的列宁，所有的俄罗斯人被称为拥有贪婪的外斜视眼的亚洲人。此处，勃洛克以俄罗斯之名与欧洲人交谈时，其态度的傲慢程度并不亚于叶赛宁（“把舌头伸向彗星，把脚伸向埃及”）。如今，克里姆林宫不仅不分昼夜地同整个欧洲对话，也同拯救“西徐亚人”于希特勒魔掌的美国人进行对话：

我们——是百万之众。

---

① 靡菲斯特是歌德作品《浮士德》中的恶魔。

我们——是无数、无数、无数之多。
试试与我们厮杀一番吧！
是的，我们是西徐亚人！
是的，我们是西徐亚人！
有着贪婪的外斜视的眼睛！
数百年来你们觊觎着东方，
储藏、提炼我们的珍珠，
你们愚弄于人，认定的只有日期：
什么时候将枪口对准！
是的，我们深爱着，和我们的鲜血一样深爱着，
很早之前就没有一个人不这样深爱着！
你们已经忘了，这世间还存在爱，
这爱在燃烧，也在毁灭！
我们喜爱肉体——包括它的颜色和味道，
包括肉体那令人窒息的、死亡的气息……
如果你们的骨架，在我们厚实而温柔的手掌中，
咯吱作响，那是我们的过错吗？
对着那些嬉戏的、生机勃勃的马群，
我们已习惯于抓住马的辔头，
打断它们笨重的髋骨，
制服这些执拗的奴隶……

在这样戏剧化的恫吓中，在这样的咬文嚼字中（我只摘抄了其中的一部分），有着一些令人完全无法理解的东西，比如说，什么是“储藏、提炼我们的珍珠”？剩下的则字字千金：无数的亚洲人，贪婪的外斜视的眼睛，肉体的味道和死亡的气息，厚实而温柔

的手掌，咯吱作响的骨架，甚至还有被打断的马的髋骨。出于儿戏而打断马的髋骨不仅是件凶残而愚蠢的事，况且在体力上也是无法做到的，因此无论如何都无法理解，为什么恰恰是"我们习惯于"这样去做。《西徐亚人》是普希金作品的一件拙劣的仿制品（《致俄罗斯的诽谤者》）。《西徐亚人》的这种自我吹嘘也并不新颖：这样的东西我们素来就有——"扔过去许许多多的帽子！"（换句话说，即我们是无数、无数、无数之多）。然而最妙不可言的是，创作《西徐亚人》的期间，与德军作战的俄国军队已然全线溃败，此种羞耻的局面是俄罗斯从未遭遇过的，而且正是这些"无数的、无数的西徐亚人"，正是这些似乎是令人生畏的、强壮的人，正是这些高喊着"试试与我们厮杀一番"的人，却拼命从前线撤逃。一个月之后，布尔什维克在布列斯特-立托夫斯克签署了著名的《布列斯特合约》……

我和妻子在这一年的五月底[①]离开莫斯科前往敖德萨是相当合情合理的：二月革命的前一年，我给予了一位名叫弗里奇的副教授莫大的帮助。弗里奇在某处授课，是一名文学家，也是热心的社会民主党人士。我替他向莫斯科市行政长官递交申请书，让他免受被驱逐的惩罚（因为他写的一本秘密的革命小册子）。在布尔什维克执政期间，这位弗里奇担任了类似外交部部长的职务。有一次我去找他，期望他能立刻给我开具一张离开莫斯科的通行证（到敌占区后方的奥尔沙车站），他惊慌起来，不仅急忙给我开具了通行证，还建议我去乘坐某辆即将开往那里的医疗火车。就这样，我们离开了莫斯科——一别竟是永远！这终究是一

① 按照俄历是1918年5月23日。

次无比可怕的旅行啊！列车由武装警备队护送，以防遭遇从前线逃回的最后一批“西徐亚人”的袭击。夜间火车在黑暗中前行，经过一个个漆黑的车站。这些车厢被呕吐物和垃圾弄得脏乱不堪，醉汉们歇斯底里的、充满野性的嚎叫声和唱歌声响彻车厢，这就是“革命的音乐”！

这一年，布尔什维克的势力在俄罗斯又进行了小规模的扩展，而余下的地区，或是独立，或是被德国人和奥地利人所占领，并在敌军的允许和支持下实行自治。这一年，各种不同官衔和阶级的人、各种不同性别和年龄的人都纷纷逃离大俄罗斯[①]——每一个人，但凡有可能，都逃亡到依旧自由且没有饥荒的地方去。不久之后，托尔斯泰也成了逃亡者中的一员。同年八月，他的第二任妻子娜塔莎·克兰季耶夫斯卡娅带着两个孩子来到了敖德萨，随后托尔斯泰自己也来了。他与我见面时，摆出了一副若无其事的样子，带着十足的诚恳劲高声说话，情绪是那么的急躁，我还从未见过他这个样子：

“您不会相信，”他大声说道，“我是多么的幸运，终于从克林姆林宫的这群败类中抽身而出。我希望您能宽容地谅解一些事——我曾在专门为那部愚蠢的作品《十二个》而召开的会议上对您大声怒斥，之后又总是做些卑躬屈节的事，我做这些仅仅是因为我早已决定要逃离那里，这样做只是为了让事情进行得更加顺利些。上帝保佑，我想冬天我们又要重返莫斯科了。不管俄罗斯人民如何牲畜化，他们不可能不会明白现在正在发生的事情！在前往此地的途中、在各个城市的车站上、在火车上，我听到了一

---

① 大俄罗斯是俄罗斯帝国欧洲部分领土在十九至二十世纪初的正式名称。

些好样的大胡子庄稼汉的谈话，他们不仅谈论斯维尔德洛夫们和托洛茨基们，也讨论列宁本人，让人听得不寒而栗！‘等着吧，等着吧，’他们说道，‘我们会收拾他们的！大家会收拾他们的！上帝作证，如今我甚至愿意亲吻沙皇的靴子！假如列宁或者托洛茨基落到我的手里，我就用生锈的锥子刺穿他们的眼睛，丝毫不会手软。’瞧，当这些庄稼汉们遭受焚烧和掠夺时，他们就会将地主庄园马场里的母马和公马的眼睛给刺瞎！”

秋冬两季动乱不堪，政权更迭，偶有巷战发生，我家和托尔斯泰家在敖德萨勉强能够度日。俄罗斯南部如雨后春笋般涌现出了一大批形形色色的出版社，我们将稿子卖给他们以此来维持生计。除此之外，托尔斯泰还在一家赌博俱乐部里担任领班，拿着一笔可观的薪水。然而到了四月初，布尔什维克最终还是攻下了敖德萨，迫使守卫该城的法国和希腊军队仓皇而逃，托尔斯泰一家也急忙经由海路逃离了敖德萨（先逃至君士坦丁堡，然后继续前行），而我们却没来得及和他们一起走。我们在布尔什维克的统治下过了将近五个月痛苦不堪的日子，邓尼金的志愿军攻占敖德萨后我们才得以重获自由（邓尼金的主力部队在这一年和来年的秋季，几乎攻打到了莫斯科），然而 1920 年 1 月末，我们又差一点落入布尔什维克的手中，这时我们永远告别了俄罗斯[①]，随后逃亡至土耳其，后辗转至保加利亚、塞尔维亚，最后才抵达法国。

在逃往君士坦丁堡的途中，我们居然没有就此葬身于黑海，其中的原因也只有上帝才知晓。布尔什维克已经攻入城内，在那个漆黑的夜晚，我们踩着泥泞的道路从城里步行至港口。与我们

① 蒲宁和他的妻子于1920年1月26号离开敖德萨。

夫妇同行的还有俄罗斯著名学者尼科季姆·巴夫洛维奇·孔达科夫[①]和他年轻的妻子，孔达科夫是一位身材臃肿的七十五岁老人，而其年轻的妻子则是他的前秘书，几乎如同保姆一般照顾他所有的生活起居。我们一行人费了九牛二虎之劲才勉强挤上那条破旧的、塞满了逃亡者的"帕特拉斯"号希腊小轮船。之后我们的船在暴风雪中航行了整整两天两夜才最终抵达君士坦丁堡。"帕特拉斯"号的船长是个嗜酒如命的阿尔巴尼亚人，且对黑海一无所知，倘若不是船上碰巧有一名俄国水兵能顶替他完成船长的职责，"帕特拉斯"号连同全船不幸的乘客都将葬身黑海。黄昏时分我们的船抵达了君士坦丁堡，当时天寒地冻，寒风刺骨，大雪风飞。船在伊斯坦布尔附近靠岸，上岸之后我们还必须到一间砖砌的板棚里进行沐浴——"进行消毒"。当时君士坦丁堡正处于盟军的控制下，我们必须遵从一位法国医生的吩咐去那间板棚接受淋浴，可我却高喊起来，称自己和孔达科夫是"Immortels"[②]，是"永生的"(因为我和孔达科夫都是俄罗斯皇家科学院院士)，法国医生本可以说"那更好了，反正淋个浴二位也不会因此而丧命。"可结果他却作了让步，直接放我们走了。我们根据某个人的命令，带上自己那一点可怜巴巴的逃难行李，坐上一辆轰隆隆作响的巨型大卡车直奔伊斯坦布尔——所谓的死亡之地的起始点。当晚我们在一幢土耳其式的大房子里过夜，这是一幢空无一物的废弃的楼房。四周漆黑一片，玻璃窗全部都被打碎了，我们就这

① 尼·巴·孔达科夫(1844—1925)：俄国拜占庭史学家、古俄罗斯艺术史学家，1898年成为俄国皇家科学院院士。

② 此处为法语，指"永生的"、"不死的"，同时也是法兰西学院院士的俗称。

样躺在地板上睡了一晚。第二天早晨才得知这幢楼不久前还是麻风病人的避难所，现在由一名身材魁梧的黑人负责看守。傍晚时分我们才辗转至加尔塔，在已被废除了的俄罗斯领事馆内安顿了下来，在这里依旧以地板为床，直到我们动身前往索非亚。

1919年的秋天，邓尼金政权还控制着当时的敖德萨，托尔斯泰从巴黎给我寄来两封信，在一封信中十分诚恳地写道：

“与您分别之时（四月）我感到痛苦万分。那是个艰难的时刻。当时仿佛有一阵大风把我们席卷而起，等我们堪堪清醒过来，人已然在船上了。一路上饱受折磨，所受之罪一言难尽。我们和孩子们睡在潮湿的船舱里，身旁躺着伤寒病人，虱子在我们身上爬来爬去。我们在马尔马拉海的狗岛上滞留了两个月。那儿风景秀丽，只可惜我们囊空如洗。之后我们的船又航行了三个星期，虽然我们住的船舱每天都会被士兵的洗衣房中流出的水弄得一片狼藉，但最终所有这一切都得到了补偿——我们抵达了这里（法国）。这里太棒了，要不是意识到我们的亲人和朋友此时还在那边受苦的话，那就算得上是完美了。”

在另一封信里他告诉我说：

“亲爱的伊万·阿列克谢耶维奇，格奥尔基·叶甫盖尼耶维奇·利沃夫公爵[①]（原临时政府首脑，现居巴黎）跟我谈起过您，还向我打听您在什么地方，能不能建议您后撤到巴黎来。我回答说，如果能为你们夫妇提供最低生活保障费的话，您想必是会同意的。亲爱的伊万·阿列克谢耶维奇，我认为您现在应当慎重考

① 格·叶·利沃夫(1861—1925)：原俄临时政府部长会议主席、内务部长。十月革命后逃亡至国外。

虑撤离的事了。我确保您会得到最低生活费，此外《未来俄罗斯》杂志（已在巴黎发行[①]）和另一家大型出版社（我已被该社聘为编辑）都可以为您效劳，另外还可以将您的作品以俄文版、德译版、英译版的形式出版。最重要的是，您将生活在一个富饶而和平的国家里，这儿盛产琼浆玉液般的红葡萄酒，所有的一切都是那么的富足。如果您要来巴黎，或是提前告知我这个消息，我就到巴黎郊外的圣克鲁或者赛夫尔去给您租一幢别墅，这样您和维拉·尼古拉耶夫娜[②]就能和我们成为邻居了。这将是一件非常非常棒的事……"

第一封信中还有这样几句话：

"伊万·阿列克谢耶维奇，请把您的书寄给我，并允许我将您的短篇小说译成法文。我会维护您的利益，定将稿费如数奉上，绝不会拖欠挪用。这儿的人们非常希望翻译您的作品，可惜没有原作……这段时间我一直在创作一部长篇小说[③]，每天写十八到二十页。已经完成了全书的三分之一。除此以外，我或是正当地或是不正当地写电影剧本来挣些外快……法国是一个奇妙的美丽国度，有根基，保持着良好的古风，还有适宜居住的房子……无论如何布尔什维克都不会在这里出现……热烈地紧紧拥抱您，亲爱的伊万·阿列克谢耶维奇……"

君士坦丁堡、保加利亚、塞尔维亚、捷克——那时这些地方到

---

① 《未来俄罗斯》于1920年开始发行，编辑为阿·托尔斯泰和米·阿·阿尔达诺夫等人。

② 蒲宁的第二任妻子。

③ 即《苦难的历程》中的第一部《两姐妹》。第一章至第四章在巴黎杂志《现代札记》上连载(1920—1921)。

处都是俄罗斯难民。巴黎也是同样的情形。三月底我们抵达巴黎，迎接我们的不仅仅是令人愉悦的春之美景，还有众多的俄罗斯同胞，其中不少人不仅在整个俄国闻名遐迩，在欧洲也是赫赫有名的——包括几位幸免于难的大公爵，一些商界的百万富翁，著名的政治家和社会活动家，还有国家杜马代表、作家、画家、记者和音乐家。不管现在的处境如何，所有的人都对复兴俄罗斯充满了希望，同时又因为新的生活，因为在各种场合开展得越来越蓬勃的活动而感到兴奋不已。侨居巴黎的最初几年里，我们什么样的人物没见过啊！几乎每天都可以在各式各样的集会上、会议上以及私人府邸内看见他们的身影：邓尼金、克伦斯基、利沃夫公爵、马克拉柯夫[①]、斯塔霍维奇、米留可夫[②]、斯特鲁维[③]、古奇科夫[④]、纳博科夫[⑤]、萨温科夫[⑥]、布尔采夫[⑦]，作曲家普罗科菲耶夫[⑧]，画家——雅科夫列夫、马利亚温、苏杰伊金、巴克斯特、舒哈耶夫，作家——梅列日科夫斯基夫妇、库普林、阿尔达诺夫、苔菲和巴尔蒙特。托尔斯泰写给我（寄至敖德萨）的信中句句属

---

① 瓦·阿·马克拉柯夫(1869—1957)：立宪民主党领导人之一、律师。

② 帕·尼·米留可夫(1859—1943)：俄国政治活动家、历史学家、政论家。

③ 彼·彼·斯特鲁维(1870—1944)：俄国经济学家、哲学家、历史学家、政论家、立宪民主党领导人之一。

④ 亚·伊·古奇科夫(1862—1639)：俄国资本家，、十月党人首领、科尔尼洛夫叛乱的组织者之一。

⑤ 弗·德·纳博科夫(1869—1922)：立宪民主党领袖之一、法学家、政论家、第一届国家杜马代表。

⑥ 鲍·维·萨温科夫(1879—1925)：俄国社会革命党员，也是反对苏维埃阴谋活动和反革命暴动的领导人。

⑦ 弗·利·布尔采夫(1862—1942)：俄国政论家，十月革命后侨居巴黎。

⑧ 谢尔盖·谢尔盖耶维奇·普罗科菲耶夫(1891—1953)：苏联作曲家、钢琴家、指挥家、俄罗斯联邦人民艺术家。

实——当时巴黎的人们的确不会因为无所事事和贫困潦倒而死去。不久之后我们夫妇便过上了相当不错的生活，托尔斯泰一家就过得更加好了，怎么可能不这样呢？某天早晨托尔斯泰来找我，对我说："上资本家那儿募款去！咱们这些舞文弄墨之人应当着手办个自己的图书出版社，巴黎的俄文报刊杂志已经不少了，我们的作品不愁没有地方发表，但这还不够，我们还应该出书！"于是我们叫了辆出租车，前去拜访几位"资本家"，简明扼要地向他们一一说明来意，他们都特别亲切地接待了我们，短短三四个小时我们就募集到了十六万法郎，这在三十年前可是一笔相当可观的数目啊！很快我们就成立了一家出版社，为此在经济上受益的不单单只有我和托尔斯泰两家人。然而有一件事总是让托尔斯泰感到苦恼不堪：他的钱永远都不够花。在巴黎的时候他就不止一次对我说：

"天哪，我们现在事事称心如意，日子过得多好啊，我这辈子都没像现在这样生活过，就是钱不经花，眨眼之间就在忙忙乱乱中消失得无影无踪，鬼知道这些钱都花到哪儿去了……"

"怎么忙忙乱乱了？"

"我也不知道。主要是我生平最恨口袋空空，进城一趟，却只能眼睁睁地看着商店橱窗里的东西，却什么也买不起，这可太折磨人了。我特别热衷于买东西，哪怕是一无用处的破玩意儿也爱买！再说，算上那个帮我们带孩子的爱沙尼亚保姆的话，我家就有五口人，所以必须想尽一切办法……"

可有一次他又跟我说了截然不同的话："唉，有朝一日我要是发了大财，肯定会感到无聊之至……"话虽如此，当时他还是想尽一切办法去寻找财路，而且还真的找到了：流亡至巴黎，他在那儿遇见了莫斯科的老朋友克兰季耶夫斯基，在这位家境殷实的老朋友的帮助下，托尔斯泰不仅安然度过了侨居的初期生活，甚至还置办了不少相当体面的行头。

“我可不傻，”托尔斯泰笑着对我说，“马上就给自己买了许多内衣和皮鞋，光是皮鞋就买了整整六双呢，全是名牌货，配有考究的鞋楦头，另外还定做了三套西服、一套晚礼服和两件大衣……帽子也都是上等货，可以根据季节挑选帽子戴……”

巴黎的一些俄国大亨和银行寄希望于布尔什维克的垮台，因此在侨民流亡国外的最初几年内，他们向侨民们收购了其滞留在俄国的各式各样的财产，托尔斯泰就以一万八法郎的价格出售了自己的地产，但事实上他在俄罗斯根本就没有这片土地。他瞪着双眼，向我讲述了这段故事：

“您知道吗，这事儿有多荒唐可笑。我像模像样地给他们作介绍：总面积有多少俄亩，耕地有多少，其他可用地有多少。他们突然问我：这片土地在什么地方？我像个狗崽子似的一下子慌了神，不知该怎么编谎话才好，所幸想到了喜剧《卡希拉的古风》，于是立刻回答说：在卡希拉县的波尔多契卡村……上帝保佑，终于卖掉了！”

侨居巴黎期间，我家同托尔斯泰一家私交甚好，常常碰面，有时一块儿在我们共同的朋友和熟人家中做客，有时托尔斯泰会带着娜塔莎[1]到我们家来，有时会托人捎来诸如此类的纸条——上面写着：

“今天我家有普吕尼耶的普罗旺斯鱼汤，有无人品尝过的陈

① 托尔斯泰的第三任妻子，是一位女诗人。

年老酒，还有四个品种的干酪以及波坦的肉饼，我和娜塔莎正担心没人来做客呢。恳请你们来寒舍坐坐——七点半来！”

“今晚你们夫妇和采特林夫妇能否来寒舍小坐——我们边喝美酒，边欣赏这座美妙城市五光十色的夜景，我们可以站在六楼眺望远处的景致。为了欢迎你们的到来，我和娜塔莎要用新的壁纸把大厅的墙壁裱糊一下……”

光阴荏苒，日月如梭。托尔斯泰手头越来越拮据，他不禁嘟囔起来：

“我完全不知道以后该怎么办！能敲诈的人我都敲诈过了，已经宰了他们三万七千法郎了——当然了，按照正派人的说法，应该称之为欠账。如今只要我去别人家里吃饭或者参加宴会，屋里的人们一看见我就会脸色发白，深知我会立刻走上前，假装气喘吁吁地对某人说：借我一千法郎，周五就还，否则就朝我脑门上开一枪！”

早在1903年12月，我就在莫斯科认识娜塔莎·托尔斯泰娅（托尔斯泰现任妻子）了。在一个寒冷的黄昏，娜塔莎前来找我，她的身上沾满了寒霜——灰鼠皮帽子、大衣的灰鼠皮领、眼睫毛、嘴角都蒙着一层霜——她那青春的魅力和少女的美貌均让我为之倾倒。她拿来让我品评的诗歌写得那么有才气，她的天赋也令我惊叹不已。无论是嫁给第一任丈夫后，还是改嫁托尔斯泰之后，她都一直笔耕不辍，但不知为何到了巴黎之后却封笔了。她也不喜欢过清苦拮据的日子，曾这样说道：

“当然了，流亡生活还不至于让人饿死，可是却会让人穿得破破烂烂……”

我想，托尔斯泰最终决定重返俄罗斯，娜塔莎必然在其中起了不小的作用。

不管怎样，1921 年夏天[1]托尔斯泰似乎还没考虑过要回俄罗斯，也没考虑要去柏林。托尔斯泰夫妇在波尔多附近的一个不大的庄园里度过了那一年的夏天，这处庄园是“全俄地方和城市自治联合委员会”用剩余的社会资金购置下的。托尔斯泰从那儿给我写信来：

“我亲爱的朋友伊万和薇拉·尼古拉耶夫娜，我很早就打算给你们写信了，倘若你们对此抱有怀疑，那么我说再多也是白费口舌。之所以迟迟未动笔，无非是老想着拖到明天再写……你们过得好吗？我们在这个闭塞的地方过得还不错，吃得比巴黎好，价格却要便宜一半多。要是能有一点儿闲钱的话，简直就是天堂了——虽然这儿的生活颇为枯燥。我们身无分文，如果到秋天还不出现什么好转机的话，我们家的处境也不会有任何好转。给我写信吧，亲爱的伊万，跟我说说咱们共同的事业进展如何？既然上帝不让我们死，那就得继续苟延残喘！我笔耕不辍，已经写完一部长篇小说，正在修改结尾部分。如果你们夫妇能来这儿就好了，我们可以一块儿过冬。房子很舒适，咱们会过得十分惬意，物价又低，还可以随时去巴黎。考虑一下吧，给我写信……”

然而秋天依旧没有任何好的契机，因此托尔斯泰家的处境也没有得到任何好转。某天晚上回到家，我跟夫人发现一张他写的小卡片，上面的留言显得有些不详：

“我来朗读我的长篇小说并和诸位告别。”

之后的几封信已经是从柏林寄来的了（在此我只摘引几个片

---

① 托尔斯泰于 1923 年重回苏联。

段）：

“1921年11月16日。亲爱的伊万，我们到达了柏林——天啊，这里全然是另一番天地。很像俄罗斯，不管怎么说都跟俄罗斯非常相似。这儿的生活同盖特曼统治时期哈尔科夫的生活几乎一般无二：马克贬值，物价飞涨，囤积商品。当然，也是存在本质区别的：在哈尔科夫，生活都是建立在沙地上，建立在政治上，建立在冒险上——革命不过是由上层人士下达命令而进行的。但是在这里，可以感受到人们身上散发的祥和安静的气息，人们愿意工作，而且德国人工作起来更是无人能及的。显而易见，这里不会有布尔什维克主义。和十一月底的莫斯科一样，这里满街都是雪——到处都是黑不溜秋的积雪。我们住在提供膳宿的公寓内，条件不算差，但你不会喜欢上这个地方。这儿压根就没有葡萄酒，真是一大憾事，而本地的啤酒只会让人犯困，不停地往厕所跑……我们不会在柏林逗留太久，还要继续前行——娜塔莎带着孩子们去弗赖堡，我去慕尼黑……这里的出版业十分繁荣。虽然马克并不值钱，但在德国生活，挣得钱不算少。显而易见，这里的出版商很明确地表示他们有同俄罗斯进行书籍贸易的计划。旧式的正字法的问题会得到很好的解决。不久的将来，我们会迎来更加轻松的日子……”

“1922年1月21日，星期六。亲爱的伊万，请原谅我迟迟未能给你回信，我刚从明斯特回来，在上流社会的应酬中忙得晕头转向，不得不推迟回信，这一点你是能够理解的。我很奇怪你为何如此坚持己见，不愿来德国。比方说吧，你在晚会上拿到的那笔钱就足够你们夫妇在柏林的最佳地段租一套上等的膳食公寓了，可以在那住上九个月，像老爷一般过着无忧无虑的日子。我们一家现在住在两幢房子里，每个月的生活费用大约在一万三至一万四马克之间，折合下来不到一千法郎。假如我能从自己写的剧本中获利，那么我们全家夏天的费用就有了保障——夏天是一年中最难熬的一段时间。要是在巴黎的话，我们一家就得饿死。很难单靠在杂志社工作获得的那点薪水来养家糊口，还是得出书挣版税。当然了，只靠按行计算的稿酬这一项，你就能过上小康生活……这儿的图书市场规模宏大，其发展更是日新月异，什么类型的书都能卖掉，甚至战前在俄罗斯滞销的书在这儿也有销路。每一个人都抱有这样的期望，希冀能通过将图书推销到俄罗斯的这种方式来进一步促进该市场的繁荣发展。已经有部分书籍流到俄罗斯了：不用说那些带有妥协主义思想的书籍了，就连普通的文学作品也已经进入了该市场……总而言之，柏林目前拥有近三十家出版社，且都以各种方式运营着……拥抱你。你的阿·托尔斯泰。”

信中至关重要的一句话是：“假如我能从自己写的剧本中获利，那么我们全家夏天的费用就有了保障……”这说明当时他还没有回俄罗斯的打算。然而，这已经是他寄给我的最后一封信了。

——

1936 年 11 月，我在巴黎与他偶然相遇，这是我俩的最后一次见面。某天晚上，我去一间顾客如云的大型咖啡店喝咖啡，他也恰巧在那里——不知出于什么原因来的巴黎。自从当初他先后去了柏林和莫斯科后，还是头一回重返巴黎。远远地就看到了我，让咖啡馆的侍役送来一张小纸条，上面写着：“伊万，我在这儿，你愿意见一见我吗？阿·托尔斯泰。”我站起身，朝着侍役指的方向走过去。他也朝我迎面走来，等我们走到一起后，他就立刻发出我无比熟悉的咯咯的笑声，并嘟囔道："可以吻吻你吗？你不怕布尔什维克吧？"他这样问道，丝毫不介意拿自己布尔什维克的身份来开玩笑，随即一边走着，一边连珠炮似的对我坦诚地说道：

"见到你真是太高兴了，我有事急着跟你说，你还要在这待到什么时候，坐迎赤贫的晚年吗？莫斯科会以万钟齐鸣的阵势来欢迎你，你恐怕无法想象，俄罗斯的读者有多么爱你，多么喜爱读你的作品……"

我打断了他的话，开玩笑地说：

"怎么可能万钟齐鸣呢，你们那儿的教堂可是禁止敲钟的。"

他气呼呼地却又热情恳切地嘟囔起来：

"请你别在我的话里找茬儿。你根本无法想象回去之后自己会在那儿过上怎样的生活，比方说，你知道我过得是什么样的日子吗？我在皇村有整整一座庄园，还有三辆汽车……我还收藏了一批珍贵的英国烟斗，就连英国国王本人都会自愧弗如……而你呢，你以为诺贝尔奖金够你享用一百年吗？"

我赶忙转移话题，只陪他小坐了片刻，因为与我同来咖啡馆的人还在等着我。他告诉我，他明天就要飞往伦敦，但是明早会给我打电话，约定好下次见面的细节。然而最终也没接到他的来电——"忙得晕头转向！"于是这次相逢便成了我们人生的最后一次见面。与过去相比，他在很多方面都显得判若两人：庞大的身躯变得消瘦不已，头发也变稀疏了，夹鼻眼镜换成了一副大大的玳瑁眼镜，已经不能再喝酒——医生严禁其喝酒。我们坐在他的小餐桌边，只喝了一高脚杯的香槟酒……

一九四九年

马雅可夫斯基

作家回忆录接近尾声之时，我突然想到了马雅可夫斯基。他是布尔什维克统治时期的文学界中最末流、最厚颜无耻的一名作家，是苏维埃残暴政权的恶毒奴仆。马雅可夫斯基写了许多歌功颂德之文，影响了苏联众多的无知平民（当然，只有高尔基一人不必考虑在内）。他以自己在世界上享誉的威望，以自己那出众而又粗浅的文学才能大肆进行宣传，迎合群众的趣味；在宣传过程中所表现出的那种矫揉造作的力量，令人捧腹的虚伪以及无与伦比的勤勉，均为布尔什维克主义“在世界范畴内”立足提供了令人愤懑且极其巨大的帮助。苏维埃当局无比慷慨地，甚至是以愚妄的夸张姿态来酬答马雅可夫斯基的贡献，褒扬其对苏维埃政权的歌功颂德，赞赏他为苏维埃政权提供的所有帮助——让苏联人民道德日益败坏，品位愈发低下，精神面貌愈发萎靡。马雅可夫斯基在莫斯科拥有崇高的地位，享受着各式各样言过其实的赞美，彼时的他在人们眼中已不仅仅是一名诗人了。不久前，为了纪念马雅可夫斯基自杀逝世二十周年，莫斯科的《文学报》还宣称：“马雅可夫斯基的名字镌刻于轮船、学校、坦克、街道、剧院以及其他永久性事业中。”十艘“弗拉基米尔·马雅可夫斯基号”轮船在江河海洋中航行;三辆装甲坦克车被刻上了“弗拉基米尔·马雅可夫斯基”的名字,其中一辆甚至开到了柏林,开进了德国国会大厦;“弗拉基米尔·马雅可夫斯基”号强击机在空中击落了敌机;“弗拉基米尔·马雅可夫斯基”号潜水艇在波罗的海击沉了敌军舰艇。以诗人命名的还有:莫斯科中心广场、地铁站、胡同、图书馆、博物馆、格鲁吉亚的地区、亚美尼亚的村落、卢卡加州的村镇、帕米尔的山峰、列宁格勒的文学俱乐部,还有十五座城市的街道、五个剧院、三个城市公园、各大院校和集体农庄……(而卡尔·李卜克内西就不走运了:整个苏维埃国土上以“卡尔·李卜克内西”命名的就只有“牧鹅农场”)。对于马雅可夫斯基来说,就连自杀也是件有利可图的事:它成为了苏联诗人帕斯捷尔纳克的写作素材,诗人赋予了马雅可夫斯基的亡灵以某种崇高的含义:

你的射击恰似埃特纳火山,
在懦夫般的山麓小丘间喷薄而出!

原来,可以不把射击比作是山岭,而是比作山岭的某种行为——崩塌、爆发……苏联人民以及众多侨民都把帕斯捷尔纳克称作天才诗人,而他的所作所为也恰好与时下的天才诗人的行径一般无二。此处再次援引他的一首诗歌:

诗歌,我向你起誓,
用我嘶哑的声音,再说最后一句:
你没有甜言蜜语之人的姿态,
你是拥有三等舱座位的夏日,
你是城郊,而非迭句。

在某种程度上而言，马雅可夫斯基所享有的尊荣更甚于列宁，不该把他与那些被称作是骗子和流氓的未来主义分子混为一谈。那个时期的马雅可夫斯基做了不少丢人的越轨之事，如同布尔柳克、克鲁乔内赫等人一般，尽是做些平庸而又廉价的狂妄举动。然而在粗鲁和无礼方面，马雅可夫斯基的恶劣程度是无人可比的。瞧，他那人尽皆知的黄色女式短上衣，他那涂脂抹粉的野蛮人嘴脸，而这嘴脸是多么凶狠、多么阴森啊！马雅可夫斯基当年的一位友人曾描述过这样一个场景：他走上舞台，为那群聚集在台下拿他取乐的观众们朗读自己的拙诗。他走出来，双手插在裤兜里，歪歪扭扭的嘴里叼着一支烟卷，满脸鄙夷之色。他身材颀长，体格匀称，浑身充满力量，脸部线条分明、脸若圆盘。当他朗读作品时，时而提高声音直至怒吼咆哮，时而懒洋洋地轻声细语，每当朗诵完毕，他总会面向观众，毫无诗意地说道：

“希望获得掌嘴的人请排好队。”

瞧，他又拿出了一本诗集，诗集的标题似乎显得无比俏皮——《穿着裤子的云》。看，又展示出一副出自其笔下的画作。要知道，他还是名写生画家呢：在画布上胡乱涂抹一通，黏上一把普普通通的木勺，在底部写上题词：“理发师走进澡堂……”

假如类似的画出现在某个偏僻无比的小城市的集市上，任何一位路过的市民只会轻瞥一眼，随后摇着头继续赶路，心中暗道，拿出这种玩意儿的必定是个十足的蠢货或是个疯子。但这样的玩意儿在莫斯科和彼得堡却很受欢迎，能供人们消遣，被称之为“未来派之作”。如果某个表演滑稽戏的小丑在集市上朝人群大喊大叫，叫嚣着让他们排好队伍好让自己挨个掌他们的嘴，他立马会被拉下戏台，被人们揍到不省人事。看吧，马雅可夫斯基分子们依旧能取乐俄国首都的知识分子，他们的狂妄行径不仅得到了认可，还被称作是“未来主义派之举”。

俄国首次对德国宣战的那天，马雅可夫斯基爬上位于莫斯科的斯科别列夫纪念碑的台座，朝着人群大声嚎叫，诵读着自己的拙劣之作。不久之后，他开始戴起高筒帽，穿上黑色大衣，戴上黑色手套，手拿黑木手杖，似乎在用这身装扮向世人说明——自己没有被录用入伍。很快便进入了列宁时代，统治这个国家的首领是个斜视眼的、无法发出颤音的、秃头的梅毒患者。高尔基曾不慎在横死前吐露出这样的话：“我们生活的这个国度，弗拉基米尔·伊里奇·列宁的英明之光照遍每个角落，约瑟夫·斯大林的钢铁意志在俄罗斯大地上孜孜不倦地创作着奇迹。”在统治期间，列宁被忠贞不渝的莫斯科人民称作是“全人类有史以来最伟大的智者”，他曾如此宣称：

“资产主义作家依赖钱袋、依赖收买。作家先生们，你们是否已从资本主义政治中脱身？资本主义政权只会戴着伪善的面具，让你们为神圣的艺术事业添砖加瓦，实际却是要你们写些污秽作品，干些寡廉鲜耻的勾当。”

“污秽作品，寡廉鲜耻的勾当……”多么文采斐然！多么恶毒的讽刺啊！无怪乎莫斯科盛传着这样的话：“列宁是一位语言大师。”不久之后，他又说了一段精彩的话：

“所谓的‘自由创作’纯属老爷式的陈旧观念。作家必须加入党组织。”

马雅可夫斯基变成俄共（俄罗斯联邦共产党）忠心不二的奴仆，他又开始胡搅蛮缠起来，一如他在未来派时期那般，口中大喊着“只需遵守亚当和夏娃的律条就可以了”，还有——“该把普希金从现代轮船上扔下去”，然后还得把我也扔下去。他曾在某次公开会议上坚定地表示（根据叶·库斯科娃去年发表在《新俄罗斯言论》上的一篇评论我的《自传札记》的文章《之前和之后》中的叙述）：

“对于无产阶级而言，艺术并非玩具，而是武器。打倒‘蒲宁主义’！先进的工人阶级万岁！”

将艺术视作武器的工人阶级们，或者简而言之，列宁和他的俄共——替代了其余所有党派的唯一执政党，到底有哪些要求呢？要求“制造出具有唯物主义思想和唯物主义情感的人类”，这对于列宁本人、他的战友和后继者而言，都是最为宝贵的东西：将所有的旧事物一扫而空，对旧世界中的美好之物横加侮辱，大肆开展各种亵渎神明的活动。列宁对宗教的厌恶之情已达到了病态的程度——这是一种充满兽性和阶级性的仇恨。在毫无底线又不知羞耻的自吹自擂以及歌功颂德方面，俄共已达到了无人能与之媲美的境界。不止如此，还要孜孜不倦地歌颂“领袖”，歌颂他们的刽子手，歌颂克格勃的警察。总而言之，再也找不到比马雅可夫斯基更符合这些要求的歌者、“诗人”了。此人恶毒凶狠，厚颜无耻，拥有苦役犯般冷酷无情的天性，喉咙粗野，如同拉大车的马那般拥有笨拙的诗意，即便是他的那些拙诗劣作，表现出来的也仅仅是粗野、无耻的平庸才气。马雅可夫斯基将这些拙诗劣作伪装成某种全新体裁的诗歌，描述了自己钟爱的所有丑恶之物，表达了自己对俄共及其头目的忠心，展现了在俄共及其头目面前的虚伪不堪的狂喜之情。马雅可夫斯基似乎成为了一名激进的共产党员，此后他只是将自己在未来派时期获得的荣誉加以强化并发挥到极致罢了。他满嘴粗言秽语，痴迷一切污秽之物到了让人感到震惊的地步。他用“唾沫”浇灌繁星，并在自己的拙诗劣作中如此描述高加索之行：他先是朝捷列克河中吐了几口唾沫，然后又朝阿拉格瓦河啐了几口唾沫。他还喜欢比“唾沫”更恶心的词语，曾写过这样的句子：“群众呼哧着喊着叶赛宁的名字”。随后他去了美国，在诗中是这样讽刺美国的：

母亲
将乳头
塞给
婴儿，
拖着鼻涕，
吮吸着，
仿佛
这不是乳头，而是美元——
在忙于一桩正经生意。

他喜欢“呕吐物”一词，在诗中这样写道（似乎是在描述自己）：

诗人
如同一位廉价的娼妓，
用鹅毛笔
和嘴角
将光洁平滑的
纸
吐满一纸呕吐物。

高尔基似乎对黄金充满了敌意，多年前就曾恶狠狠地称纽约为“黄色恶魔之城”，即黄金之城。马雅可夫斯基也是如此。就像所有的俄共门徒一样，他理所当然地应该憎恶黄金，于是便有了这样的诗句：

目前

美元

地位远胜任何史诗，

欺骗

搜刮

抢夺

穿着紫红袍，登上百老汇：

资本——

最为下流无耻的勾当！

1906年，高尔基访问了美国。二十年后，马雅可夫斯基紧随其脚步，也开启了自己的赴美之旅，此次访问对美国人民而言简直是一场灾难：不久前，我在莫斯科的《文学报》——备受尊敬的苏联作家协会出版的这本刊物上，读到了某位阿塔罗夫写的一篇文章，他在文中描述说，自己的桌上放着一本“令人惊叹的宏伟巨著——马雅可夫斯基评述美国的散文和诗歌集”，这是“马雅可夫斯基逗留纽约期间的成果”，还称“从商的美国大师们因马雅可夫斯基的到来而感到惊慌不已：一位伟大的革命诗人来到了他们的国家！”

马雅可夫斯基在诗中恐吓美国，揭露美国，以这种精神力量大肆歌颂俄共：

我们

不必垂头丧气，

我们在未来的新生活中，

还有电气化，

以及共产主义……

假如我不去歌颂

俄罗斯共产党

镶满五角星的无尽苍穹。

我就不配做一个诗人。

当诗人在创作这些拙诗劣作的时候，这片苍穹下又在上演着什么样的事件呢？要想了解这一点，不妨去读读苏联的报纸：

“6月3日，敖德萨街头饿殍遍野，收集到了142具尸体；6月5日——187具。公民们，把收集到的尸体登记在劳动互助组里吧！”

“萨马拉郊区发生了一起残忍的吃人事件，这起事件的受害人是前国家杜马成员克雷洛夫医生：克雷洛夫医生应招下乡治病，在途中被人残忍打死，并被分食而尽。”

在此期间，所谓的“全俄主席”加里宁在访问俄国南部期间曾公开证实了这些消息的真实性：

“一些人因饥饿而亡，另一些人在掩埋尸体时，尽可能地选择死者身体柔软的部位作为食物。”

马雅可夫斯基们、杰米扬们以及其他同阵营的伙伴们，他们“张着血盆大口”狼吞虎咽，穿着丝绸衬衫，出没于最为著名的“莫斯科近郊地带”，住在前莫斯科百万富翁的私邸中，而这些人又做了些什么呢？他这样写道：

思考人生的年轻人，

你下定决心

像谁那样地生活？

我会毫不犹豫地告诉你：
效仿捷尔任斯基同志
像他那般生活吧！

他号召俄罗斯的青年们成为刽子手，不断地用捷尔任斯基的话提醒着他们——这名恶棍曾在屠杀千千万万条生命后，说过这样荒谬不堪的话：

“像我这般热爱生命的人，会为了其他人而献出自己的生命。”

除了对青年人发出类似的各种号召之外，马雅可夫斯基也不忘吹捧俄共的缔造者：

列宁与党，
对于历史之母而言
哪个更为珍贵？
我希望，
笔杆子也拥有
和刺刀一样的力量。
希望手拿白铁
制作着精钢
来讨论诗歌
我想让
斯大林从政治局
做上几份报告。

作为一名伟大的诗人，马雅可夫斯基的声望越来越高。“克林姆林宫当局下令大量”出版其诗歌著作，出版社付给他最高标准的稿酬——以行甚至以字来计算稿费。他时常到“万恶的”资本主义国家去游历一番，访问过美国，先后数次去过巴黎，每次都会在巴黎逗留许久：去最好的店铺定制衬衫和西服，挑选最上乘的资本主义式餐厅。一切妥当之后，便朝着巴黎“啐几口唾沫”，仿佛一个对一切都厌烦透顶的花花公子，懒洋洋地语带嫌恶的说道：

我并不喜欢
巴黎的爱情，
尽管那儿纵淫的妇人们
穿着绫罗绸缎，
对着发狂的狗
叫了声“趴下”，
而后我便伸着懒腰，
打起盹来。

最早将他称作“大诗人”的似乎就是高尔基：高尔基邀请马雅可夫斯基去自己在穆斯塔米亚基的别墅里做客，一同在那儿做客的还有经高尔基精挑细选而出的小团体成员。高尔基邀请马雅可夫斯基在众人面前朗诵自己的长诗《长笛—脊柱》，诵读完毕后，高尔基热泪盈眶地握着他的手说：

“太棒了，太有力了……真是位大诗人！”

几年前，我在纽约当时出版的杂志《新居》上读到了一条非常奇妙的消息：

“妄想把马雅可夫斯基从俄罗斯文学乃至世界文学中除名的这种徒劳之举，近几年来已被尘封入土，成为陈年旧事了。”

《新居》杂志上的一篇文章以这段话作为开篇之语，文章的作者是著名斯拉夫学家罗曼·雅科布松，一位以研究《伊戈尔远征记》而闻名的学者。他出生在俄国，曾就读于莫斯科的一所中学，是马雅可夫斯基的校友。起初在布拉格担任教授一职，后去了纽约，最后在美国最好的哈佛大学的教研室任职。

我不知道，是谁“千方百计”想要败坏马雅可夫斯基的名声，似乎并没有人会这样做。总而言之，罗曼·雅科布松的担心是多余的：关于将马雅可夫斯基从世界文学中除名这样的言论，他也有些信口开河。马雅可夫斯基的创作未必能和《伊戈尔远征记》这样的作品相提并论，然而毫无争议的一点是：马雅可夫斯基将当之无愧地在未来的俄罗斯自由文学中占有一席之地。

诺贝尔奖日

1933 年 11 月 9 日，正值深秋，风和日丽，日子过得平淡而安谧。我在古老而淳朴的普罗旺斯省的格拉斯小城里，深居简出已达整整十个年头……

这样的天气总让我无心写作。可我仍会像往常那样，一清早便在书桌前坐下。吃过早饭后，依旧坐回那儿。然而当我看了一眼窗外，发现大雨将至，便再也静不下心来写作了。今天电影院有日场——我要去看电影。

我从"观景殿"所在的山上走下来，往城里走去。途中，眺望着远处的美人蕉，眺望着在这种天气下若隐若现的大海，眺望着云雾缭绕的埃斯特列利山脉，此时我的脑海中忽然闪现过一个念头：

"或许，此时此刻，在欧洲的另外一个地方，正在决定着我的命运……"

可是一走进电影院，我就把斯德哥尔摩抛诸脑后了。

幕间休息后，便开始放映一部名为《宝贝》的片子，这是一部略带胡闹性质的喜剧，我盯着银幕看得津津有味：美丽的女演员——亚历山大·伊万诺维奇的女儿基莎·库普林娜[①]担任女主角。放映厅里漆黑一片，这时我的身旁突然响起一阵刻意放缓的脚步声，随之而来的是一道手电的亮光，有人碰了碰我的肩膀，郑重而又激动地对我小声说道：

"斯德哥尔摩打来电话……"

这个电话马上为我原本的生活画上了句号。

我飞快地往家里赶去，但内心却十分平静，只是遗憾未能看完电影，没来得及欣赏完基莎接下去的表演，而对于电话里的消息，则是抱着一种冷淡的怀疑态度。但是，眼前的情景又让我不得不相信这个事实：远远得我就看见那幢孤零零地坐落在荒芜的油橄榄园中的房子（这些橄榄树已经把格拉斯的山坡都覆盖住了），往常这个时候，我们的房子只是静静地矗立在那里，隐藏在半明半暗的灯火中，而此时它却灯火通明，从上到下都被照得通亮。因为某种忧伤的情绪，我的心一下子揪在了一起……我的生活发生了某种转变……

"观景殿"里的铃声响了整整一夜，欧洲各国的首都的人们几乎都打来电话，操着各国语言的人在电话那头扯着嗓门朝我大喊，可是声音依旧显得很遥远；邮递员不停按着门铃，送来一封又一封新的贺文电报——除了俄罗斯，几乎所有的国家都发来了贺电！还要经受各式各样的客人、摄影记者和新闻记者发动的首轮攻势……来访者的人数越来越多，以至于他们的面容在我眼前全

---

① 基莎·亚·库普林娜（1908—1980）：电影明星、话剧演员，是著名作家库普林和他的第二任妻子海因里茨的女儿，著有《我的父亲——库普林》一书。

部混杂成了一片模糊的景象，人们从四面八方伸出手，激动地和我握手，语速极快地说着同样的话。摄影师的镁光灯闪得我两眼发花，他们纷纷给我拍照，以便全世界都能看到我这个面无血色的狂人的照片。新闻记者则像审犯人似的争先恐后地向我发问：

“您离开俄国很久了吗？”

“二十世纪初我便开始侨居国外了。”

“您现在打算想回祖国去吗？”

“天啊，为什么我现在反而可以回俄罗斯去呢？”

“自诺贝尔奖成立以来，您是第一位获奖的俄国作家，对吗？”

“是的。”

“曾经要把这个奖项颁给列夫·托尔斯泰，但是他拒绝了，是这样子的吗？”

“不是的。诺贝尔奖从来不会预先授予某人奖项，一直以来整个颁布的过程都是在绝对保密的情况下进行的。”

“您和瑞典科学院有联系吗？在那里有没有熟人？”

“没有熟人，也从未联系过。”

“您是因为哪一部文学作品而获此殊荣的呢？”

“我想是我全部的作品。”

“您预料到自己会得奖吗？”

“我知道自己早被列入候选人之列，我已经不止一次被提名为候选人。我读过许多来自像伯克、奥斯特林、阿格雷尔这样著名的斯堪的纳维亚批评家的评论，他们对我的作品都称赞有加。我听说他们也参与了瑞典科学院的工作，我想他们也是赞成授予我这个奖项的。当然，对于是否能获奖我并没有任何把握。”

“诺贝尔奖的颁奖仪式通常会在何时举行？”

“每年都会在固定的日子里进行:12 月 10 日。”

“这样说来,您需要在这个日期之前抵达斯德哥尔摩?”

“甚至有可能还要提前些,因为我希望能更早地享受这次长途旅行。要知道,我们侨民并没有什么权利可言,想要出国获得签证是件极其繁琐困难的事,因此我已有十三年未曾离开法国国境了,期间只去过一次英国[1]。对于一个曾经能自由自在地周游全世界的人来说,这是人生的最大憾事。”

“您曾去过斯堪的纳维亚的国家吗?”

“没有,从未去过。我再重申一下,我曾有过许多次远行,但都是去东方和南方,北方想留着以后再去……”

就这样,一股意料不到的急流朝我席卷而来,很快我的世界就进入了一个近乎疯狂的状态:从早到晚,没有一分钟的时间是可以自由支配的,也没法享受一刻安静的时光。除了历届诺贝尔奖得主通常会遭遇的所有事情之外,还因我自身处境的特殊性,即来自于一个奇怪的国度——俄罗斯,而这个国家的子民如今还散居在世界的各个角落,因此我还遭遇了世界上任何一个诺贝尔奖得主所未曾经历过的事:斯德哥尔摩的这一决定对整个俄罗斯而言,都是一种莫大的耻辱,在所有情感层面上都对其造成了莫大的伤害,于是就变成了一桩名副其实的国际事端……

——

12 月 3 日至 4 日的晚间,我已远离巴黎。乘坐的是北方特快的头等单人包厢——我已经有多少年未曾体会过这种感觉了!还没到半夜,我们的火车就已经进入德国境内了。我一直站在车

① 1925 年蒲宁曾受邀访问英国。

厢的通过台上——这节车厢是列车的最后一节。某种东西从车厢下喷薄而出，蒙着一层惨白的月光，而后急速向后退去，那是一种类似于俄罗斯的东西：平坦的原野上凄凉地覆盖着层层积雪，树木也被披上了斑驳的雪衣……

翌日清晨火车抵达汉诺威。我睁开眼睛，掀开窗帘——车窗已被冰霜冻住了。铁轨也结了冰。月台上来来往往的人们都戴着皮帽，穿着皮大衣——我已然多年未曾见过这样的情景了，但这一切依旧鲜活地珍藏于我的心中，从未忘怀过！

傍晚时分，“古斯塔夫五世”号渡轮载着我们的列车，缓缓驶向瑞典海岸。采访的人群又蜂拥而至，镁光灯又开始闪烁起来……到了瑞典，我的车厢被一大群摄影师和新闻记者围得水泄不通……深夜时分，总算只剩下了我一人。窗外的世界黑白交替——延绵不断的大片黑森林半掩在厚厚的皑皑白雪之中。所有这一切，包括暖气烧得热腾腾的包厢，和我曾经在尼古拉耶夫铁路线上度过的那些夜晚几乎如出一辙……

——

每年12月10日晚5点整，获奖者的颁奖典礼准时拉开帷幕。

这天一大早便有人来敲我卧室的门，前一天便得到嘱咐必须在八点半之前把我叫醒。听到敲门声我很快就从床上坐了起来，立刻想起今天是什么日子——最重要的日子。钟上的指针指向八点，北国的天空透出了第一抹晨曦，从房间的窗户往外看，能看见滨河街上的路灯依旧亮着。在我眼前矗立着斯德哥尔摩城市的一部分，还有这座城市所有的塔楼、教堂和宫殿，从某种程度上而言这些建筑和彼得堡的建筑风格十分相似，此时早霞如同仙境一般美丽，而这样的美景也只有在日落和黎明时分才能欣赏到。

不过今天我理应早早地就开始全新的生活——12 月 10 日是阿尔弗雷德·诺贝尔的祭日。因而，我应该一早就戴上大礼帽，前往郊外的墓地，在他的墓前以及不久前刚过世的他的侄子伊曼努尔·诺贝尔的墓前献上花圈。昨晚我又到深夜三点才上床睡觉，因此现在穿衣服时都觉得自己摇摇晃晃得站立不稳。幸而咖啡滚烫又浓郁，天气也开始变得晴朗和寒冷起来，思及今晚将要出席的这个非比寻常的颁奖典礼，我的精神又为之一振……

参加典礼的正式请帖几天前就已经分送给获奖者了。瑞典式的典礼都讲究精准性，这份请帖(是用法文书写的)也是如此：

“诸位获奖者，请于 1933 年 12 月 10 日下午 4 点 50 分之前抵达音乐厅领取诺贝尔奖。国王陛下将在王室成员及宫廷大臣的陪同下，于下午五点整莅临音乐厅，出席颁奖典礼，并亲自为获奖者颁发相应奖金。五点过后音乐厅的大门即刻关闭，典礼正式开始。”

应邀出席任何瑞典典礼，无论是比规定的时间晚一分钟，还是比之早到两分钟，均是不能容忍的。因此，我几乎从下午三点便开始换装，生怕发生什么意外事件而耽误了时间：要是燕尾服衬衣的领扣突然不知其踪，那可如何是好？要知道，世界上所有的领扣都喜欢在类似的情况下不告而别。

下午四点半我们准时出发。

当晚城市中的灯火格外明亮——既是为了祝贺获奖者，也是为了迎接即将来临的圣诞节和新年。每年的颁奖典礼都是在宏伟的“音乐厅”进行的，前往目的地的路上车辆川流不息，一辆紧接着一辆，车辆排成的长龙几乎看不见尽头。我们的司机——一个头戴毛茸茸皮帽的年轻大个子，在车流中费力地穿梭着，然而成效却不大。最后多亏了一名警察施以援手:他看见获奖者的车队(在这种情况下,获奖者的车子一辆紧接着一辆行驶而来),便拦下了其余的汽车,让我们优先通过。

我们这些获奖者和出席典礼的其余人一起走进“音乐厅”,但进入前厅后就立刻把我们和人群分开,领着我们走一条特别通道。因而在获奖者登台之前,举行典礼的大厅内进行了哪些活动,身在后台的我们不得而知,我也只是在过后从他人的口中才知晓当日盛况的。

正厅高大巍峨,令人叹为观止。当天举行典礼的正厅用鲜花装饰了起来,宾客济济一堂:数百名穿着晚礼服,佩戴着珍珠和钻石的女士们;数百名穿着燕尾服,挂着星章、勋章、各色绶带以及其余一切隆重奖章的男士们。四点五十分,瑞典内阁全体成员、外交使团、瑞典科学院、诺贝尔奖金评委会成员以及全体受邀嘉宾均已入席就坐,全场人员保持肃静。五点整,承宣官们在舞台上吹响号角,以此宣告国王的驾到。从高处传来阵阵悠扬的国歌声,号角声随之被其取代,国王在王储及王室其余成员的陪同下步入正厅。紧随其后的是随从和宫廷大臣。

而此时此刻,我们四位获奖者还坐在一个通往舞台后门的小厅里。

终于轮到我们登场了。舞台上又重新响起了号角声,瑞典科学院的院士们将我们一一引领出场,这儿位院上之后还将介绍我们并且宣读相关的授奖稿。我被安排作为第一个发言人在颁奖仪式结束后进行演讲,因而按照礼节,此刻我在瑞典科学院常务秘书佩尔·哈尔斯特伦的带领下,最后一个登台。一走上舞台,眼前富丽堂皇的正厅和济济一堂的观礼者让我叹为观止。当获奖者登台向众人鞠躬致谢时，不仅大厅中所有的观礼者，就连国王本人以及全体宫廷大臣都会站起身来，这个场景深深震撼了我的心灵。

舞台也非常之大，饰有许多粉红色的袖珍鲜花。舞台右侧摆放着科学院院士的座椅。第一排左侧的四把座椅是获奖者的席位。舞台的上方静静地悬挂着一面巨幅瑞典国旗，庄严肃穆地挂在墙壁上。按照惯例，通常会用获奖者们所属国的国旗来装饰舞台，然而，身为侨民的我，又应当选用什么旗帜呢？悬挂苏联国旗是绝无可能的。因为我的缘故，典礼的组织者最终决定只在舞台上悬挂一面国旗——瑞典国旗。这真是个绝无仅有的好主意！

诺贝尔基金主席宣布典礼正式开幕。他分别向国王和获奖者们表示敬意，然后请报告人发表演讲。第一位发言人的整篇报告都是在怀念阿尔弗勒德·诺贝尔——今年是他诞辰一百周年。随后报告人依次宣读获奖者的授奖词，每宣读完一份授奖词，便邀请相应的获奖者走下舞台，国王亲自授予他们诺贝尔奖证书以及装有一大枚金质奖章的盒子，奖章的一面印着阿尔弗勒德·诺贝尔的头像，另一面则刻着获奖者的名字。期间乐队演奏贝多芬和格里格的音乐。

格里格是我最喜爱的作曲家之一。在佩尔·哈尔斯特伦宣读我的授奖词之前，我怀着无比愉悦的心情聆听了格里格的音乐。

临近最后时刻，我不禁心潮澎湃起来。哈尔斯特伦的演讲不仅辞藻优美，且真挚感人。读完之后，他亲切有礼地用法语对我说：

“伊万·阿列克谢耶维奇·蒲宁，请您走下台，从陛下手中接过瑞典科学院授予您的1933年度诺贝尔文学奖。”

随后全场一片肃静，我缓步穿过舞台，慢慢走下台阶朝国王走去，此时国王也起身相迎。整个大厅的人都站了起来，人们屏住呼吸，以便听清国王对我说了什么，而我又是如何回答的。他向我表示了祝贺，并通过我向整个俄罗斯文学界致敬，特别亲切地和我紧紧握手。我向他深鞠一躬，用法语回答道：

“恳请国王陛下接受我诚挚而深厚的感激之情。”

我的话湮没在全场雷动的掌声中。

颁奖典礼翌日，国王将在宫殿中设下午宴款待诸位获奖者。12月10日晚上的颁奖典礼一结束，获奖者就要前去出席由诺贝尔奖金评委会举办的宴会。

宴会由王储主持。

我们抵达宴会厅时，科学院全体院士、王室全体成员、宫廷大臣、外交使团、斯德哥尔摩文艺界成员以及其他受邀人员已经在那里等候了。

首先走向餐桌的是王储和我的妻子，之后她和王储一同坐在宴席正中央的座位上。

我的身旁坐着的是英格丽德公主——她现在是丹麦的女王；对面坐着国王的弟弟欧根亲王（顺便说一句，他是瑞典知名画家）。

王储率先致祝酒辞。他讲得非常精彩，对阿尔弗勒德·诺贝尔进行了一番追忆。

随后获奖者依次进行发言。

王储站在自己的座位上发表了演讲。而我们则需登上位于宴会厅中央的专门的演讲台。巨大的宴会厅建造得美轮美奂、古色古香，充满了瑞典的古典风格。

无线电接收机把我们的演说从讲台传至欧洲各个角落。

我将当时的法文演讲稿逐字翻译，内容如下：

王储殿下，女士们，先生们：

11 月 9 日，在遥远而古老的普罗旺斯的乡间寒舍里，我接到了来自瑞典科学院的电话通知。如果我说（人们在类似的情况下都会这么说），这件事带给了我人生中最强烈的情感冲击，那我就是在说假话。一位伟大的哲学家曾公允地说过，哪怕是最强烈的快乐感，在相同程度的悲痛感面前都会显得微不足道。我不想为今天这个节日添上任何不愉快的色彩，我将永远铭记这个日子。纵然如此，我还是想说，过去十五年里我所承受的悲痛远远超过了快乐。这种悲痛并非只是我个人的——完全不是！然而我还是能够肯定地说，我在自己的作家生涯里获得的所有快乐中，这个现代科技的小奇迹，这个从斯德哥尔摩打到格拉斯的长途电话，让我获得了最大的满足感。由诸位的伟大同胞阿尔弗勒德·诺贝尔创立的文学奖是对作家劳动成果最高的褒奖！几乎每个人、每位作家都有虚荣心，能获得经由如此权威且公正的机构评判而出的殊荣，我感到无比自豪。然而 11 月 9 日那天，我是否只想到了自己？不，要是这样的话那就太自私了。蜂拥而至的第一波祝贺和贺电让我情绪激昂，心情平复后，夜深人静独自静坐之时，我不禁思考起瑞典科学院这一举动的深刻含义。把奖项颁发给一名流亡者，这对诺贝尔奖来说是史无前例的。我是谁？只是一个蒙受法国殷勤接待的流亡者。对于法国，我终生心怀感激。院士先生们，暂且不去谈我个人和我的作品，请允许我告诉你们，你们的一言一行是多么值得喝彩。世界上就应当存在完全独立自主的领域。毋庸置疑，围坐在这张桌子四周的是代表着各种不同观点、哲学信仰和宗教信仰的人。然而，一种坚不可摧的东西将我们紧紧团结在一起：那就是思想和良知上的自由，那是文明对我们的恩赐。这种自由对于作家而言更是不可或缺的——它是作家的信条和公理。诸位院士先生，你们的姿态再次证明：对自由的热爱是名副其实的瑞典国义。

在结束这次简短的演讲前，我还想再说几句肺腑之言。我对你们的王室、你们的国家、你们的人民、你们的文学有如此之高的评价，并非仅仅始于今日。对文学和艺术的热爱是瑞典王室由来已久的传统，也是贵国这个高尚民族的传统。由光荣的战士所建立的瑞典王朝是世界上最光荣的王朝之一。国王陛下，统领这个骑士民族的国王骑士，请允许一位蒙受瑞典科学院厚待的外籍自由作家向他表示最诚挚的敬意。”

忆普希金[①]

“请您回答：1）您是如何看待普希金的？2）您是否模仿过他？3）一般来说，您在哪些方面受过他的影响？”

总而言之，很久之前我就对这个现象感到奇怪了：为何近几十年来大众对普希金的兴趣如此之大？“新”俄罗斯文学与普希金有何相同之处？能否想象得出某种与新文学截然不同的东西来？普希金就是简约、高尚、自由、健康、智慧、节奏、韵律和审美的化身吗？看到这张调查表上的问题，我至今仍感到十分愕然。然后人们又抛出一个极具典型的问题：“您是如何看待普希金的？”我在某篇短篇小说里描写过这样的场景——一个中等师范学校的学生问一个庄稼汉：

“喂，请你说一说，你的父老乡亲们是如何看待你的？”

庄稼汉回答说：

“不管怎么样，他们都不敢对我有什么看法。”

---

① 本文于1926年发表在巴黎出版的《复兴报》上。

瞧，我也可以像这样回答：

"不管怎么样，我都不敢对他有任何看法。"

唯有在叶赛宁主义者和马雅可夫斯基主义者之后，才能回答这个问题：

我许诺你们一个天国……

把白卫军——统统枪毙！

为什么不攻击普希金？

我依旧在那坐着，久久地回忆着，思考着。思考着普希金，思考着昔日普希金的俄罗斯，思考着自己，也思考着自己的过往……

——

我曾模仿过他吗？然而我们中又有谁没模仿过别人呢？我也不例外，甚至在青年时代的初期还模仿过他的笔迹呢。之后，有意而为之的似乎只有一次。记得某一天晚上，我正在重读（这是第几次了？）《西斯拉夫之歌》，突然一股无以名状的狂喜向我袭来。我熄灭灯火，回忆起一年前在贝尔格莱德的那段日子，回忆起自己是如何在多瑙河上尽情畅游的。于是便构思了诗歌《年轻的国王》：

不是那红色的鸽子在辗转奔波
夜幕笼罩着黑压压的山岭——
闪电在乌云中来回穿梭，
照亮了篱笆和农舍，
远处雷声隆隆。

"您，国王大人，"

叶连娜对国王说，
而国王却对她视而不见，
自顾自地骑上了马，
试试马肚带束得是否牢固。

“国王大人，
怜惜一下您的王国吧，
别在夜里进入山中：
大人，敌人的营垒近在咫尺。”
国王依旧沉默不语，
又试了试马镫是否牢固。

“您，国王大人，”
叶连娜对国王说，
“请怜惜一下您的年幼的孩子，
怜惜一下您年轻的妻子吧，
就派我的未婚夫替您出征吧！”

国王依旧对她不理不睬，
在黑暗中整理着缰绳，
凝视着山中驰骋的闪电。

叶连娜伤心地痛哭起来
轻声说道：
“国王大人，

请您在寒舍歇一宿吧，
请您屈尊纡贵留宿家中吧，
这是我们莫大的荣幸……
哪怕待到天明也好，
派我的父亲替您出征吧！

山间隆隆作响，不是炮声连天，
而是雷声在山间回荡，
大雨倾盆，雨水打在水塘中哗啦啦作响
蓝色的闪电在空中闪耀，
长针般的雨滴，烧蓝的黑夜，
湿漉漉的稻草屋顶，
雄鸡在村里引吭高歌——
不知是由于惊吓而在睡意朦胧中啼叫，
还是为了赞颂这愉悦的良宵……
国王坐在农舍的台阶上……

哎呀，叶连娜长得高挑又美丽！
她勇敢地踏在马粪上，
灵巧地给马添上饲料……

后来还有什么呢？我记得自己已经不再对其进行模仿，而只是产生了某种愿望，某种在我的生活中出现过无数次的强烈愿望：想要创作出普希金式的作品，写出某种美好的、自由的、严整的东西来。这个愿望来自于爱，来自于对他的亲属感，来自于普希金式的愉悦的心境，而这样的东西我们只能偶尔通过上帝的恩赐才能获得。例如，某个阳光明媚的春日，我们来到那不勒斯的近郊。在诗人维吉尔[①]的墓地前，不知为何我突然想起了普希金，他的思潮在我心中澎湃起伏，于是我写出了这样的诗句：

野生的月桂，常春藤，玫瑰，
院中是一群破衣烂衫的孩子们，
杂草遍布的丘陵上，
是一群褐色的山羊。

大海宽广无垠，
一望无际……
我深信，临死之时你会明白——
你的灵魂——是我的。

诗人知道：春天
将赐予逝世之人，
再次享受愉快的尘世生活的机会，
至于给谁——又有何区别？

月桂的芬芳，尘土的气息，
徐徐的暖风……我感到幸福，
维吉尔，我的灵魂，
不是你的，也不是我的！

---

① 普布留斯·维吉留斯·马罗，通称维吉尔（公元前70年—前19年）：古罗马诗人，代表作有《牧歌》、《农事诗》等。

又是一个风和日丽的春日，空气中都充满了幸福的气息，我们在西西里岛上漫步……这和普希金又有何关呢？可我却清楚地记得，这一切都与他有着千丝万缕的联系，于是我写了下面的诗：

僻静的山麓中坐落着几座修道院，
那是海盗的遗产，
遗落的修道院空无一人——
那里曾是我灵魂的寄托：
我爱你们，简朴的禅室，
庭院被围在沉重而又光秃的围墙里，
土堤和沟壕上布满了灰白色的霉层，
塔楼下方是茂密的灌木林，
沿岸的斜坡地上，
堆满了浅灰色的光滑石块，
透过橄榄树，依稀可见岩边湛蓝的海水，
带着咸味和清新之意的风迎面吹来，
有力地拍打着橄榄树的枝叶，
随风吹来的还有和兰芹的香气！

啊，庞贝古城，不知何故他又出现在我的身边，我的回忆录中不仅留下的庞贝古城的身影，还有他的音容笑貌：

庞贝古城！曾有多少次，我徘徊在这些小巷之中！
四月天的庞贝古城，你比荒野古墓更加寂寞空虚，
你比博物馆更加死气沉沉，更加干净整洁。

所有一切都成过往云烟，莫不成是我的过错：

何人在何处居住过，何处有窈窕淑女；
在光秃秃的围墙上，没有房顶，没有屋脊，
跳起了环舞，透明的布料在空中飘舞！

我只记得古罗马的遗迹，
在大门口被来来往往的车轮抹去了痕迹，
山谷的雾霭，维苏威火山，花园……
已是春天。好似隐形的蜂房里的蜂蜜，
我在心中贪婪地、愉快地积攒着
旺盛的精力——只因我热爱生活！

在普斯科夫森林的那年夏天，无论白昼还是黑夜，普希金总是与我同在。我夜以继日地创作着诗歌，总感觉自己是在沿着他的足迹前行。在他面前，在所有成就了我的事物面前，我为自己的不体面的行为而感到战战兢兢：

远方漆黑一片，森林郁郁葱葱。
在红色的幻想下，在那松树下，
我站在门槛上，慢慢步入
那被遗忘的、亲爱的世界。
我们是否配得上自己的遗产？
我在那儿已经感到心惊胆战，
猞猁和熊出没的林间小径，
把我们引向神话般的世界，

在一个美妙的夏日，我待在奥尔洛夫庄园的家里，写了一整日的诗。那一天发生的事至今仍然记忆犹新。吃过早餐，我又重新翻阅起《别尔金小说集》来。普希金所写之文字字珠玉，读罢让人心潮澎湃，我马上就想动笔写些古老的、属于普希金那个时代的东西。我再也无法继续读下去了，把书扔到一旁，从窗户跳了出去，在花园的草地上躺了许久许久，在恐惧和愉悦中等待着，等待那紧张的、无序的、荒谬的、充满激情的工作能为我带来某些东西。这份工作占据了我的整个心灵和想象空间。我全身心地沉浸在夏日中，沉浸在那个乡村花园里，沉浸在属于我的祖先以及他们那个久远年代的、属于普希金时代的那个亲爱的世界里，这让我感到无比得幸福……于是便创作出了诗歌《青年时代的祖父》：

在这座有着百年历史的房子里，
留下了我所有的先辈们的印记，
有早晨、太阳、绿草以及花园，
还有露珠和鲜花。
他那生动而又乌黑的双眼，
看向华丽的乡村卧室中的那面镜子，
望着镜中自己的坎肩，和美丽前额，
非常讲究地，带着一种女性的殷勤，
扑上脂粉，喷上香水。
而那扇敞开的窗户下，
散发着灼热的荨麻的气息。
庄严的钟声散发着节日幸福的味道，
让我想起了，在恰当的时刻，
他会来到林荫小径。
田野里热浪滚滚，阵阵轻风从那吹来，
金色的阳光透过枝丫舒展的白桦树，

在地上洒下斑驳的光影。
在长满野玫瑰的树丛中，
在那耀眼光芒的幸福中，
蜜蜂在采集温热的蜂蜜。
黄鹂时而尖声高叫，
时而婉转而歌。
远处，人们从花园后蜂拥而来，
而其中最为漂亮的人无疑是她，
身材匀称，衣着华美，谦恭有礼，
低垂的眼眸闪着火光。

“总而言之，您在哪些方面受过他的影响？”这该如何去考证，该如何回答这个问题呢？他何时进入了我的世界？我何时第一次接触他、爱上他？那么俄罗斯是什么时候闯入我世界中的？我又是从何时起认识并爱上俄罗斯的天空、空气、太阳、亲属以及亲近之人的？要知道，从我出生之日起，他就以某种特殊的形式出现在了我的生活中。他的大名对于尚且年幼的我来说已是如雷贯耳，不是从学校或者老师那儿才知道他的名字：在我生活的那个年代，人们常常谈及他，总是反复读着他的诗歌。我的父母和兄弟们也常常在家中谈论他。母亲的朗读声是我最早的回忆之一，我记得她总会用一种矫揉造作的、娇慵无力而又温柔亲切的声音缓缓地、用古老的朗诵方式读着：“海湾上有棵绿橡树，橡树上有条金链子……”“美人，不要在我面前唱那哀伤的格鲁吉亚歌曲……”一如所有其他的同龄人，对普希金非同寻常的崇拜伴随了母亲的整个青年时代。她们偷偷地在自己珍藏的笔记本里抄录《鲁斯兰和柳德米拉》中的诗句。母亲曾给我背诵过整整好几页的诗文，而她自己也叫柳德米拉（柳德米拉·亚历山大罗夫娜），于是常常把年轻的她——即我想象中年轻的母亲，同普希金笔下的柳德米拉混同起来。母亲的青春，她生活的那个世界，拥有写着普希金诗歌的一本本不可思议的纪念册的庄园，是我童年和少年时期的幻想里最为美妙、最富诗意的回忆，我怎么可能不会崇拜普希金呢？不只是简单地将他视为一位诗人来崇拜，在我心目中，他还是我的家人，是我们的自己人。

“昨天，我跟骠骑兵一起喝了潘趣酒……”她面露温柔却又忧伤的微笑，念道。我便问她：

“妈妈，和哪个骠骑兵一起喝酒呢？伊万·亚历山德罗维奇叔叔从前也是骠骑兵吗？”

“我看见失去芬芳的枯萎的花，被遗忘在书本中……”她朗读道，这让我更加神魂颠倒了：要知道，我曾在安娜·伊万诺娃祖母的纪念册里见过这样的花……

随后便迎来了怡然自得的青年时代，最初的爱情体验，最早的诗歌幻想以及阅读那些令人着迷的巨作时所产生的第一波有意识的喜悦——这些书籍并不是从“大众图书馆”里借来的，而是我在祖传的书架上找到的，这其中最重要的当属《普希金文集》。他伴随了我整个青年时代。时而是他在我身上激起这样或是那样的感情，时而是我坚贞不渝地追随着他的诗歌在我身上产生的情感，他的诗歌对我的影响最为巨大。一个寒冷的清晨，我愉快地从睡梦中醒来，当我恰好在他的诗中看到这样的句子——“严寒和太阳，奇妙的日子……”，此时我怎能不一遍又一遍地重复这诗句呢？瞧，我正准备去狩猎，“迎面碰到替我端来早茶的仆人，便问他：‘暴风雪停息了吗？’”冬夜，暴风雪——难道我对于“暴风雪像烟雾似得遮盖住天空”这句话的理解，与某个出生在莫斯科特鲁布的勃留索夫所理解的意思是一致的吗？瞧，某个春日的黄昏，我坐在黑漆漆的客厅里的一扇打开的窗户旁，他又出现在我的身边，表达着我的愿望、我的哀求：“啊，亲爱的德丽雅，快来，我的小美人，幸福的爱情之星已经升上天空……”看啊，夜幕降临，花园里，夜莺在苦恼、在啼叫，而他却问道：“子夜时分，您是否听见从小树林后传来阵阵美妙的歌声，那是爱情的歌者、为自己而感到哀伤的歌者在吟唱?”瞧，我躺在床上，“床边一只悲伤的蜡烛”(而不是电灯)正滴着烛泪，而我又用他的语言来倾诉自己臆想出来的年轻的爱情：“摩尔菁神①，请于天明之前，为我痛苦的爱情带来一丝快乐吧!”次日清晨是一个无比美妙的五月天，一股无意识的生活之乐充盈了我的心田，我躺在小树林里，明媚的阳光透过树叶在我身上洒下斑驳的光影，甜蜜的鸟儿的歌声在耳畔响起，我似是自言自语地念了几句诗——为这片小树林而作的诗：

绿荫蔽日、昏暗不明的小树林里，
那儿，香气馥郁的草丛中传来淙淙水声，
清澈见底的小溪在那缓缓流淌……

又是在那儿，“森林在脱下它那深红色的衣裳，秋播作物的幼苗因为疯狂的游戏而饱受痛苦”，而我也因这场全身心投入的疯狂的游戏而感到痛苦。庄严而又忧郁的秋夜，一轮微微泛红、雾气蒙蒙的圆月从古老的花园后面静静地升起——“一轮雾蒙蒙的圆月，如同幽灵一般，从松树林后缓缓升起”，我用他的语言表达着自己的情感，热切地期盼着：在某一地方，在另一个遥远的国度

① 希腊神话中的睡梦之神。

里，此时此刻一位女郎“正朝着被喧嚣的波浪所淹没的堤岸走去”。此时我该如何做出判断：是谁让我承受这份因这个美好而又忧伤的女性形象产生的痛苦，是上帝，还是他——普希金？

随后，生平第一次踏上前往高加索和克里米亚的旅途，是他抑或是我？“绿色的波浪亲吻着塔夫里达[1]”，置身其间的我在清晨的霞光中看见了涅瑞伊得斯的倩影[2]，看见了“站在山岩上的白衣女郎，波涛在其脚下翻滚，此时波涛汹涌的大海正在暴风雨的雾气中拍打着堤岸，与之嬉戏玩闹。”我永远都无法忘怀这一幕：曾几何时，我的良驹也飞奔在“山中，在亲爱的沿岸地带”，在那“风平浪静”的清晨，“所有的情感都让旅行者感到向往”——

绿色的海水

在他面前发出拍击声和喧嚣声

在阿尤·达格悬崖的周围……

一九二六年

① 塔夫里达是十八世纪起克里木半岛的名称。

② 涅瑞伊得斯是希腊神话中的海中女神。

关于普希金的演讲[①]

一个半世纪之前，上帝赐予了俄罗斯一件无价之宝，但它却未能珍藏住这一瑰宝。在某个可怕的时期里，在其姑息纵容之下，那个体现了俄罗斯最高理想境界的宝贵生命如同鲜花一般凋零了。而普希金的俄罗斯又是怎样一番情景？一如全世界所知的那样，依旧受到纵容，依旧任意妄为。我们和普希金同为俄罗斯的子民，倘若说我们不为祖国感到痛心疾首的话，那我们就是虚伪之徒、伪善之人，甚至都没有资格说出他那万古流芳的名字。

彼得之城，站起来，显显威风吧
像俄罗斯那样，不屈不挠！

既然谈到了他，又怎能对一些事情避而不谈：彼得之城消失了，俄罗斯也已经开始从根源上摇摇欲坠了。唯有我们坚定的信

---

① 本文是蒲宁在巴黎的一场纪念普希金一百五十周年的公开大会上发表的演讲。

念才是坚不可摧的，我们深信：抚育了普希金的俄罗斯是不会走向灭亡的，是不会改变其永恒的基础的，地狱的势力也决然不会让它就此屈服。

一九四九年六月二十一日

蒲宁日记节选[①]

格洛托沃 1917 年 8 月 1 日。风和日丽。玛尼娅[②]离开了。我把尼鲁斯的书寄给了克列斯托夫。又写了一封信给尼鲁斯。我沿着下边绕行至科隆塔耶夫卡[③]。当我走在科隆塔耶夫卡附近的树林中,当我漫步在终日潮湿的道路上,此时此刻我对秋日产生的第一印象是——晴朗的蔚蓝天空以及洁白无瑕的云朵。

丽达·洛津斯卡娅[④]带来了一个小道消息:伊万·C在铺子里说,人们在某一次大会上对"阿尔哈洛梅耶夫之夜[⑤]"这个话题进行了讨论。好像还从什么地方发来了一封电报,上面写着:从巴尔巴申开始,消灭一切"资产阶级"!我朝着科隆塔耶夫卡走

① 节选自蒲宁的"1917—1918 年日记"。

② 玛尼娅是当地某个店铺老板的女儿,其母亲索菲亚是蒲宁的表姐,因而两人来往密切。

③ 科隆塔耶夫卡是格洛托沃地主巴赫杰雅罗夫的领地。

④ 丽达·洛津斯卡娅、季雅、玛尼娅是三姐妹。

⑤ 即巴托罗缪之夜。1572 年 8 月 24 日前夜,巴黎天主教徒对新教徒进行大规模屠杀,此处有大屠杀之意。

去，顺路去了一趟磨坊。谢尔盖·克里莫夫并不知道我们已经从伊万·C那里知晓了此事，又对我说了同样的话："村里的乡亲们说，该把地主统统杀光。"

前天我们去了普列德杰切沃村，利哈廖夫召集村中所有的土地私有者开会，在会上宣读了"土地私有者协会"的章程，并请众人登记入会。会议是在学校里召开的，很是寒酸！与会人员有：几个小孩，伊琳娜和她的女儿（丽达），利哈廖夫（对科里亚声称自己是位"演说家"），弗拉基米尔·谢苗诺维奇，科里亚，我（只是作为一名好奇之人），一名类似乡村教师的人——穿着漆布旧斗篷、戴着黑框眼镜，一个瘦老头（像个老学究），一个穿着紧腰细褶长外衣且面容严肃的富农（科里亚把他称作唯一真神[①]），还有一个健壮的、赤着双脚的、红头发的学校看门人。当章程中出现众人无法理解的词语时，这些人就会露出一副无比紧张和茫然的表情。阿巴库莫夫带着自己的地契前来参会，反复强调说，他已经被认证拥有这片土地的使用权，是"陛下钦定的"。我想，这些会员费将会用在"律师"身上（有义务维护土地私有者的利益）。

在弗拉基米尔·谢苗诺维奇家中做客的波梅兰采夫将军是一位风采卓绝的人物。

阿巴库莫夫和我们一起回来了，他的情绪非常激动："好吧，已经登记了！如今就看上帝的保佑了！"

8月2日。清晨，寒露浸衣。尤利[②]和科里亚到伊兹马尔科

①　上帝耶和华在犹太教和基督教中的称号之一。

②　尤利·阿列克谢耶维奇·蒲宁（1857—1921）：蒲宁的哥哥，是一名新闻记者，曾为民粹主义者。

沃去了。

无比美好的一天。两点钟的时候，我们漫步在花园和林荫道的沙土上。淡绯红色的阳光透过树叶的间隙，静静地在林荫道那干燥的土地上投下斑驳的光影。就连树叶也被染上了晚霞的颜色。回眸远眺——透过花园，粮仓那未经上漆的干裂的铁皮屋顶在阳光下闪闪发光，宛若金顶(生锈的铁皮剥落的地方)。

重新翻阅了莫泊桑的作品。全面地产生了许多全新的见解。又读了五部短篇小说——都是些不值一提的、为炫耀自己而写的文学作品，表达方式也十分狡猾且令人不快，没让我留下丝毫印象。

弗拉基米尔·谢苗诺维奇曾经来过这里。真是个好老头！如同阿巴库莫夫一样，从不怀疑自己的人生道路，从不怀疑自己的各项权利，也从不怀疑自己的观点！他抱怨革命剥夺了他的快乐——过去从自己的事业和劳动中获得的那种平静的快乐。

8月3日。又是迷人的一天，从东方吹来的风轻拂着人们的脸庞，倘若待在背阴处，就会感到无比凉爽和愉悦；但若是曝晒在阳光下，则会感到酷热难耐。远处的一些地方笼罩在一片缥缈、干燥的蓝绿色薄雾之中。

继续埋首于莫泊桑的小说中。有些地方写得十分精彩。他是唯一一个勇于滔滔不绝地重复以下话的人：女性的贪婪掌控了全人类生活的命脉。

每天清晨，在沾满露水的花园中，透过蓝色的天空就能够看到一道道令人眩目的阳光。喝咖啡前，我穿过林荫小径，在洛津斯基附近沿着牧场回到了庄园。晴空万里，但是地平线的轮廓却并不十分清晰，那儿到处都是些浅灰色的均匀的东西。科里亚、尤利和我一同前往卡切列瓦，去找费(多尔)·德(米特里耶维奇)[1]买蜂蜜。回来的途中(日落前)，特意绕斯科罗德诺耶[2]而行。我打开了话匣子，我们又开始聊起了俄罗斯人民。在这个前所未有的年代里，我也毫无头绪、一筹莫展，就让戈茨[3]分子、唐恩[4]分子、某某阿夫克森齐耶夫[5]分子以及某某克伦斯基[6]分子去管理这个国家吧！

8月4日。晚上，热尼亚[7]走了(去叶夫列莫夫)。几乎看了一早上的报纸。又是痛苦，又是深切的屈辱，又是无力的愤慨！梁赞省的叶戈里耶夫斯克市因市杜马的选举而引发了一场暴动，暴乱的煽动者——莫斯科布尔什维克、工农代表苏维埃主席科甘，下令逮捕该市市长，醉醺醺的士兵和其余群众将市长活活打死。而市长的另一名同事也不幸丧生于这场暴动之中。

《新生活报》还是和过去一样可怕无比！托洛茨基从"克列斯特"寄来一封厚颜无耻的信，信就发表在《新生活报》上。

---

① 费多尔·德米特里耶维奇是一名护林员、猎人。

② 斯科罗德诺耶是邻居地主波别进诺夫所管辖的森林。

③ 戈茨(1882—1940)：1917年全俄中央执行委员会主席。

④ 费奥多尔·伊里奇·唐恩(1871—1947)：又姓古尔维奇，孟什维克领导人、全俄中央执行委员会成员。

⑤ 尼古拉·德米特里耶维奇·阿夫克森齐耶夫(1978—1943)：俄国社会革命党领导人之一，任临时政府内务部长。

⑥ 亚历山大·费多洛维奇·克伦斯基(1881—1970)：俄国社会革命党领导人之一，担任临时政府总理。

⑦ 热尼亚，即叶甫盖尼·约瑟夫维奇·拉斯卡尔热夫斯基(1899—1919)：蒲宁姐姐玛利亚·阿列克谢耶夫娜的儿子。

完美的一天。

如果一个人没有丧失期盼幸福的能力，那他就是幸福的——这便是幸福之所在。

8月8日。6号那日，我前往卡缅卡[①]去探望彼得·谢苗诺维奇。刚在他家坐下，天就下起了雨。他对俄罗斯的一切都漠不关心。“我不需要土地。”“征粮？那时我就罢工了，让粮食见鬼去吧！”

依旧风和日丽。

今天，我和科里亚去了趟伊兹马尔科沃。美好的八月的一天。北方吹来徐徐清风，空气干燥，阳光闪耀，天气酷热。当我们登上罗斯托夫采夫水坝后面的山坡时，我不禁想到了这样的情景：四点时分，一轮银白色的圆月高高升起，露出四分之三的芙蓉面——从未有人描写过这种银月当空的白日之景。我喜欢八月——最为阔绰、富饶的一个月份，而最主要的原因是：八月份有菜圃、青菜、马铃薯、高高的大麻和向日葵。农夫们在打谷场上脱粒，旁边堆放着麦秸，农妇们头上缠着红头巾……

科里亚去邮局，我在肉铺旁等他。粮仓旁正在牵引着什么，一大群人几近卧倒在地。南方天空出现片片浅玫瑰色的云霞。

我们动身回家——在牧场上遇见科马罗夫庄园的小姐和老爷。老爷蹒跚而行，像是个文弱书生：身穿衬衫，腰系一条宽大的腰带，头戴一顶柔软的帽子——帽檐已脱落，浅黄色的裤子在他身上晃晃荡荡，似乎还穿着一双草鞋；髭须和胡子——像位艺

① 卡缅卡是乌克兰的城市。

术家。

8月9日。和薇拉[①]去了普列德杰切沃。天气炎热，晴空万里。前往罗曼诺夫家去取蜂蜜，路程太远，兼之桥又离得太远，于是便返了回来，转而赶往穆罗姆采夫家。〈…〉

8月11日。清晨醒来便是个大晴天。薇拉身体有点不舒服，心口窝儿那里隐隐作痛——依旧是去年的那个地方。我感到心神不宁，郁闷不已。

傍晚前，我、科里亚和尤利一行人坐着轻便马车前往费多尔·德米特里耶维奇家中，然后在科隆塔耶夫卡兜了个大圈。西边飘来片片乌云。疾驰在森林中，让人感到十分惬意。我的内心涌动起一股隐隐的喜悦——已经感觉到了一种秋天般的诗意。森林里的道路也已染上了秋天的颜色。当我们驾着马车行驶在路上之时，南方的天空出现了一大片青蓝色的乌云。外面已经下起了倾盆大雨。

十天前我便开始写文章了，仅仅开了个头，又扔到一旁置之不理了。然后又回到涅多诺斯科夫的事情上来。如今对这类事情已经到了麻木的程度。

8月13日。和昨天一样，空中飘着五彩斑斓的乌云和云彩——异乎寻常得美。昨天又和科里亚到费多尔·德米特里耶维奇那里取蜂蜜。隐隐地已经听到了秋天走近的脚步声，让人心

① 薇拉·尼古拉耶夫娜是蒲宁的妻子。

生感动。

今天和科里亚去了一趟叶夫列莫夫。厨娘、若尔瑞克带着孩子们彻底离开了。我在大车旁跟他们开玩笑，亲吻他们（如同往常那样一次又一次地亲吻他们）——他们走了，甚至连头都不回一下。薄情寡义！

和尤利一起去探望瓦斯〈…〉捷如尔内。空中飘浮着乌云，天气十分炎热。随后拨云见日，又是一个好天气。我坐在谷地中，读着报纸。随后沿着村庄漫步而行。那里脏乱不堪，一片衰败之景。说实在的，整整一天大伙都无所事事。什梅廖夫[①]们却谎话连篇，说着关于俄罗斯人民的谎言！

克伦斯基似乎是一个最具危害性的人物。总是摇摆不定。而他却被人们视作英雄。

读了《我们的心》[②]。

“把（狗）的尾巴和耳朵砍掉——它会变得更凶残。”多么愚蠢的话啊！

8月14日。从梦中醒来——做了一个年轻人式的梦〈…〉，梦见一个姑娘带着令人神魂颠倒的、朴素的魅力，初次委身于我。

少女正拿着铁铲在铲着什么——高高抬起脚，踩在铁铲上。白天走进院子的时候看到的便是这幅场景，让我心情激动。

读完了《我们的心》。写作手法很巧妙，有些地方写得很精

---

① 伊万·谢尔盖耶维奇·什梅廖夫（1873—1950）：俄国流亡作家、莫斯科文学社团“星期三”的成员。曾于1918年4月在莫斯科作家图书出版会议上就俄罗斯人民问题与蒲宁展开过激烈讨论。

② 长篇小说《我们的心》的作者是法国作家莫泊桑。

彩，但总透着一股冷漠感。篇幅冗长，说到底描述的都是同一件不值一提的小事。主人公塑造得既不生动，也无法引起读者的怜悯；女主人公虽然能吸引读者的眼球，但塑造得似乎也并不生动。

清晨——敖德萨的清晨，写了一会《爱情》，仅仅一会儿而已（开头——是什么，还不知道）。

云朵和艳阳。午饭过后，尤利、薇拉和我一同前往科隆塔耶夫卡。天气炎热。病愈后的薇拉似乎依旧显得有些苍白。顺路去了趟事务所。在那儿和卡博鲁科夫、德·亚历山大瞎扯了一通，拿了一份《晨报》，读了关于莫斯科协商会议第一天的进展报道。人们赐予克伦斯基帝王般的尊荣，称赞他的演说有力、精彩，但这些演讲中存在任何有价值的东西吗？依旧是一些自我吹捧的言辞——“我，我”，依旧是左右摇摆不定。这似乎是无法调和的。市长——鲁德涅夫！至今我都无法容忍他！这位市长给协商会议送去祝贺，但参议会的通讯员们却要起了无赖，声称反对这个“反革命的”会议：把所有墨汁瓶里的墨汁都倒了出来，还全体罢工！小兔崽子（我们的士兵）则“像太阳下的水珠”，他们的身上反映着所有的俄罗斯式的民主所需的特质，把登记了财产的庄稼汉的少女们从叶列茨赶出去，还大声喊叫，要求出席高级神职人员会议并进行投票选举的庄稼汉不要签字，因为“他们要把你们引到农奴制的道路上去。”

傍晚，南风徐徐，沁人心脾，空中飘浮着朵朵白云。我躺在稻草堆上。东方地平线上的云彩让人啧啧称奇。远处崇山峻岭，显得十分苍白，散发着淡淡的烟紫色（透过内在的苍白而散发出的烟紫色）——这是一种温柔的、前所未有的南方的色调。

8月15日。下了一整天(偶尔停一会儿)的瓢泼大雨(昨晚就开始下了,我在梦中听见了雨声)。巴赫杰雅罗沃一带似乎被笼罩在一片薄雾之中。四周依旧是一片郁郁葱葱、青翠欲滴的草木,因而很像是夏天的雨。

昨晚临睡前,我灵感乍现,构思了一部短篇小说。二十年代末,普斯科夫州,一位年轻的地主从国外归来,去邻居家做客时爱上了邻居家的女儿。这个姑娘身材娇小,举止怪异,对任何事情都漠不关心。他能感受到她的爱意。于是他表白了。"不行。"这是为什么呢?原来姑娘有嗜眠症,曾在墓地游荡过。现在又构思了另外一个故事:主角是一个带着保温瓶的英国女人。布列涅尔-帕斯、阿尔及利亚、西西里岛、罗马、阿斯旺——到处都是她的身影,总是能与她不期而遇。她在海象[①]逝世,死于肺结核。一生漂泊,整个世界在她眼中都"very nice"(非常好)。她并不漂亮,却拥有孩童般的快乐。

窗外,下垂的绿色针叶上悬挂着玻璃般透明莹亮的水滴。小水沟发出汩汩水声。库斯科娃[②]的文章。"镇压于事无补。需要教化农村。足球等。"

8月16日。花园里沙沙作响,大雨滂沱——倾泻着、喧嚣着。起风了,雨势越来越大。读了莫泊桑的作品,然后又读了马斯伯

---

① 海象是尼罗河的一个岛屿的名称。

② 叶卡捷琳娜·德米特里耶夫娜·库斯科娃(1869—1958):俄国女政论家。但是蒲宁认为她不懂得俄罗斯农村和人民的现状。

乐[1]描写埃及的书，读着读着不禁心潮澎湃、浮想联翩起来，想到了鲍库[2]在腓尼基[3]的旅行。后来又读了维尔诺恩·里[4]的书，想起了那不堪斯和卡普里，想起了佛罗伦萨。

从窗户外探出身子。一只小喜鹊摩挲着爪子飞过花园的篱笆——篱笆因为下雨的缘故显得昏暗不已，尔后又从窗户旁跳过去，边朝着我友好地、亲切地微笑着，边轻摆着自己的尾巴。我们是多么心意相通啊！

8月17日。美好的一天。我和尤利一同外出散步，久久未归。五点钟的时候从墓地旁走过，然后沿着草地走进森林——我们称之为“雅鲁加”。

皓月当空。在花园后散了会步。独自一人走在林荫道上——笼罩在月光下的茅屋和花园，还有林间小道。花园在月光下变了个样。带有各种纹理的树叶和树枝的种类如此繁多——仿佛园中有数不胜数的各个品种的树木。

8月18日。一点钟，尤利动身前往莫斯科。夏天结束了！忧愁和痛苦袭上心头，为尤利的离去而感到遗憾，同时心中又浮起一种苦涩的过失感——遗憾夏天匆匆而逝，后悔自己没有更好地利用这个夏天，后悔没有花更多的时间和尤利相处，和他一同外

---

① 加斯顿·卡米尔·查理·马斯伯乐(1846—1916)：法国埃及学家。著有《埃及考古学》、《古代埃及民间传说》等。

② 马斯伯乐在作品中描述了鲍库的故事。

③ 腓尼基，古国，在今黎巴嫩、叙利亚境内。

④ 维尔诺恩·里(1856—1935)：英国女作家。

出游玩。事实上，我们应该对彼此抱有负罪感，但却总是在离别之时才意识到这一点。之后，我们还能一同度过多少个这样的夏日呢？即便还有，但这样的日子却越来越少了。往后呢？分道扬镳，各自进各自的坟墓了！多么痛苦啊！所有的感觉都是如此敏锐！所有的思想和回忆都是如此尖刻！而平日里的我们又是多么迟钝，多么心平气和啊！莫非为了珍视生命，我们就必须经历这样的痛苦吗？

这些天我一直正在读维尔诺恩·里的《意大利》。整部小说慷慨激昂，语言极其文雅，描写的都是些美丽而又文雅的东西——很快就会成为千夫所指的作品。

8月20日。因为对生活心怀不满，大多数的妇女都为此而饱受折磨，她们寻找“生活的目的”，改变着或是寻找着自己的梦中情人，希冀幸福终将来临。原因何在？因为她们在成长，她们在潜意识中受到教育，人们千方百计地给她们灌输思想——幸福必会降临在她们身上，爱神之箭必会射中她们，等等。

我依靠着什么而活？我总是沉浸在回忆中无法自拔。偶然，你在梦中看见一个你在现实生活中从未遇到过的女子，而你和她在梦中是那么亲密无间、不分彼此。许久许久之后，你才感觉到你们之间存在着一种惊心动魄的隐秘的爱情。这样的感情出现在梦中或是现实中又有何区别？偶尔，这样的感受也会传递给这个女子。

昨晚，和薇拉坐在轻便的双轮马车前往克列斯特，随后又去了斯科罗德诺耶及其周边一带——走的都是平日里常走的路，只不过是返程罢了。又是风和日丽的一天。出发后，映入眼帘的是一幅美丽的画卷(仿佛出自法国画家的手笔),画卷中有:收割过的庄稼地(里面嵌入了一块耕田和一片毛茸茸的绿油油的马铃薯菜地),花园后那块坡度缓和的田野,蔚蓝的天空,空中朵朵壮观无比的云彩,割黍人安东孤零零的小小的身影(或者是在割锈红色的荞麦)。难受无比,难受无比,我实在无法表达或是描述这种感受!

读了(现在仍在读)加利的《耶路撒冷的征服地》。如同往常一样,花费了很多时间在看报上。克伦斯基让人难以忍受。这个好出风头的、愈发厚颜无耻的人到底做了什么呢?他怎么胆敢喊萨哈罗夫“懦夫”?

我一直在读莫泊桑的书。几乎都是些不值一提的东西,草稿,有时显得很庸俗。

今天,天气阴沉又凉快,已经能感受到属于秋天的凉意了。整个清晨,钟声阵阵——有人在出殡。声音虽有断续,却未曾停止过。瞧,某人正被抬去下葬……我们对待彼此是多么得冷漠啊!要知道,这种事情于我而言就好比是一场苍蝇的葬礼——我对待两者的态度一般无二。

最近几天,巴尔巴申的蒸汽脱谷机没日没夜地隆隆作响。

8月21日。天气阴沉、多雨,秋天的气息已经很浓郁了。公鸡在鸣叫,阵阵柔和而又潮湿的风从南方吹来。通往粮仓的大门敞开着,姑娘们在那儿清扫粉白色的地面,啊,秋天!林荫道那清新的土地上已然铺满了黄色的落叶。榆树的叶子变得粗糙而又枯黄。

我重新翻阅起了《斐多篇》[1]。这一逻辑之光依旧是冰冷得毫无生气。苏格拉底揭示了印度哲学和犹太哲学中的奥妙！

晚上九点钟，我和薇拉走了出来——等待安东和科里亚出车站。我们来到原国家专营酒铺。月亮依旧低低地悬挂在我们的花园上空。许多地方还笼罩在长长的阴影中。巴赫杰雅罗夫方向的天空中聚集着一大片阴沉可怕的乌云和云彩（在月亮的对面）。那儿矗立着一栋栋白色的房子——似乎是一座意大利的小城市。科里亚又没有来。

报纸。布尔什维克再次得势。马尔托夫[2]……要求废除死刑。

十点半，独自去院中散步。月亮高悬当空，在棉絮状的云朵中疾驰着，然后又躲到它们身后去了，在云朵的周围晕染上一圈隐约可见的、泛着淡淡红褐色的光晕（无法确定）。黑漆漆的花园后面，云朵宛若一座座白色的山岭，缓缓移动着。从这里望去，空中连一丝云彩都没有，房子和花园旁边的树木显得如此与众不同，仿佛是勃克林[3]的画——青黑色的，柏树的颜色，外形让人啧啧称奇。

我走到花园后面。人们说收割过农作物的庄稼地是黄色的，实则不然。整片土地都是灰色的。东北方向的空中——是一块被碾碎的黄色钻石。是木星吗？再次环视一周花园。在月光下，

① 《斐多篇》是古代哲学家柏拉图的著作之一，书中主要分析了有限和无限的概念。

② 马尔托夫(1873—1923)：原姓名为采捷尔包姆·尤里·奥西波维奇，孟什维克、全俄中央执行委员、《火星报》编辑。

③ 勃克林(1827—1901)：瑞士象征主义画家，对二十世纪的超现实主义画派产生了巨大的影响。

它如梦如幻地移动着，紧紧相随。林荫道上一片昏暗，几乎所有的土地都被笼罩在黑暗的阴影下，其间一条条光带若隐若现。树干以及它们的姿态都显得十分荒诞古怪（只能分辨出它们的姿态）。

十一点半。我躺在吊床上，晃动着——白色的月亮如同钟摆似的，在空荡荡的深蓝色天空中来回摆动。风从背后吹来。

8月22日。下起了雨，但是天气却与昨天相似。我开始读索洛娃的书——写得真糟糕。这是一位可怜又平庸的外省女郎。开始重读埃尔杰利[①]的《矿泉水》——写得真可怕！是某种屠格涅夫、博博雷金的混合物，其中甚至还掺杂了涅米罗维奇·丹钦科以及（有时）奇奇科夫的东西。对主人公无止境的嘲讽，言语粗俗下流。重读了维利埃[②]的《残酷的故事》。愚人、庶民身份的勃留索夫对这部作品赞赏有加。这些故事充斥着粗俗的幻想、矫揉造作和浮于表面的美，是埃·坡和王尔德[③]的结合体。让人羞于读它。

安涅特的女儿——一个几近骇人的女孩子，身材魁梧，是女孩和女儿的混合体，因此她很早就成了……应该已经是这样了吧？

苏格拉底曾说过："学习就是回忆。"

晚上，科里亚和叶甫盖尼回来了。科里亚在叶夫列莫夫总是

---

① 亚历山大·伊万诺维奇·埃尔杰利（1855—1908）：俄国作家。

② 维利埃（1838—1889）：法国作家，曾反对资产阶级，亲近巴黎公社。

③ 奥斯卡·王尔德（1854—1900）：作家、艺术家、唯美主义代表人物，以剧作、诗歌、小说和童话闻名于世。

感到胸闷不已。

里加被占领了。奥尔洛夫告诉科里亚:"某个地方的教堂的看门人甚至不允许牧师工作,把教堂都锁上了。于是,'资产阶级'的牧师便去苏塔霍维奇家中做客了。"

8月23日。昨天吃完午饭后又下起了雨,一直下到晚上十点月亮升起方才停止。现在是午夜十二点,空中又飘起雨来。已经能感觉到丝丝凉意了。巴赫杰雅罗夫后面的森林笼罩在雾霭之中。

想到了索洛娃,我已经把她的书读完了。应该写点关于她的短篇小说的读后感。

正在读《宗教诗歌》(附有利亚次基写的前言)。

几乎一整天都待在家中无法外出——秋雨淅淅沥沥,下个不停。

傍晚,安东捎来了报纸和尤利的信。尤利在车站付给马车车夫十一卢布。报纸上的新闻可怕至极:我们被殴打,我们被驱逐,"我们的军队擅自舍弃阵地。"库斯科娃在自己的文章《俄罗斯的噩梦》中描述了这样的场景:俄罗斯的庄稼汉拒绝上交粮食,并杀害了前去阐明征粮必要性的政府代表。"全线崩溃了吗?"

8月24日。从早晨起便刮起了大风,时不时地下着雨,雨势很大。

再次读了吉皮乌斯[1]的诗。同一些“新诗人”相比，吉皮乌斯更聪慧些、更有教养些（虽然事实上她并不聪明，甚至整个人都已经被扭曲了）。她是多么缺乏生机啊，所有的思想和情感都是死气沉沉的，完全被限制在条条框框之中！

六点二十分。落日的余晖照进房间。右边的门楣上，床护板的红布上，床上方的墙壁上（南面的墙壁）——黄绿相间的色彩。风吹动庭前花园中的树木，在有亮光的地方投下斑驳的光影。看来天气在变化。读着吉皮乌斯的诗——《仅仅激起一次浪花……》。

8月26日。前天晚上我和薇拉去了洛津斯基家做客——在那儿看到了23号的《俄罗斯言论报》。我们在月光下漫步（月亮升得不高，只露出了四分之三的芙蓉面），等着他们读完报纸，然后拿来翻阅一番。逮捕了大公[2]，从里加撤退的种种骇人新闻，宪兵团被横越维纳河的德国军队逼迫得落荒而逃。

昨天，天气阴沉、凉爽，已经完全是一副秋天的模样了。下了一天的毛毛细雨，西北风把雨吹得形成了一道道斜线。巴赫杰雅罗夫那边又常常笼罩在云雾之中。

昨晚，我和科里亚去找潘丘什克。他倒没有任何特别的表现，不过来了几个村妇，于是就开启了一场充满敌意、恶毒无比、愚蠢至极的谈话，所谈的尽是关于老爷们如何饮她们的血的话

① 季娜伊达·尼古拉耶夫娜·吉皮乌斯（1869—1945）：俄罗斯“白银时代”最具个性、最富宗教感的女诗人之一，诗人梅列日科夫斯基的妻子。

② 1917年8月23日《俄罗斯言论报》：依据临时政府的命令，对米哈伊尔·亚历山德罗维奇大公和帕维尔·亚历山德罗维奇大公进行逮捕，当时克伦斯基也在场。

题。自以为是，愚蠢至极，无法遏制的无知——所谈之事毫无用处。

现在我正在读着波列沃依[1]的著作——关于弗拉基米尔-苏兹达里王国的故事。森林，沼泽，恶劣的天气，或许还有最卑劣的、野蛮的、庸俗而又凶恶的人民。把昨天的事情和今日所读内容联系起来——感觉非常不舒服。

读完了吉皮乌斯的诗。拥有令人厌恶的本性，所写之物让人读来味同嚼蜡，把各种杜撰之物硬生生地塞进自己的拙诗劣作之中。在她身上看不到一丝与诗歌有关的天性。

8 月 27 日。天气阴沉而又寒冷。晚上米佳[2]来了，讲了三个容克贵族的故事。

8 月 28 日。阳光明媚，秋风送爽。

8 月 29 日。天气更加晴朗了。薇拉、米佳和我一同去了事务所。从叶列茨传来一个可怕的消息——米加在电话中说：科尔尼洛夫[3]站到反政府的队伍中去了。四点钟我们从下面绕行至科隆塔耶夫卡。回家途中，又顺路去了一趟事务所。消息得到了证实〈…〉

---

① 尼古拉·阿列克谢耶维奇(1796—1846)：俄国历史学家、作家、新闻记者。这里指的是《俄罗斯民族史》。

② 米佳是一名律师。

③ 拉夫尔·科尔尼洛夫(1870—1917)：临时政府时期的最高统帅，科尔尼洛夫事件的主角。

8月30日。我和米佳去了伊兹马尔科沃。在邮局只看到了一份29号的《奥尔洛夫通报》。上面刊登着克伦斯基粗鲁无比的声明[①],社会主义革命者以及社会民主党人更为粗鲁的声明——“科尔尼洛夫是个叛徒”。我感到异常激动。

8月31日。奥尔洛夫和阿尔西克[②]从叶列茨来电,称“已经达成了协议!”真是怪事一桩!早晨,薇拉和雷什科娃一同前往普列德杰切沃。米佳也与她俩同行。那儿有《新时代》和《俄罗斯晨报》。我激动得快要丧失理智了。科尔尼洛夫的号召让人感到惊讶!晚上读了29号的《俄罗斯言论报》和30号《俄罗斯之声报》。后者的内容让我大吃一惊——克伦斯基歇斯底里地、郑重其事地发出文告:“全体!全体!全体!”我在生活中很少有过如此激动的情绪。真让人感到难过。

整整一日都感到沮丧万分——这是从未有过的情绪。米佳又给叶列茨打去电话。原来,事情还未彻底结束,“只是黑夜降临了”。K说,卡列金[③]似乎占领了库尔斯克。

五点钟坐车去日雷赫卖大米。这几天天气都很好,今天却是个阴天,凉风习习,万籁无声,周围没有任何动静。

日雷赫的大坝上迎面走来一个姑娘。“合作社商店在哪儿?”“就在那儿,仓库上有块石头的地方。”那里有两间农舍,穿堂里养

---

① 1917年8月《俄罗斯言论报》上刊登了克伦斯基的政府通告:“8月26日,科尔尼洛夫将军委派国家杜马利霍夫前来谈判,要求临时政府把全部权力移交给科尔尼洛夫将军。”克伦斯基宣布解除其职务。

② 即比比科夫·阿尔谢尼·尼古拉耶维奇(1873—1927):演员、蒲宁的朋友。

③ 阿列克谢·马克西莫维奇·卡列金(1861—1818):骑兵上将、顿河哥萨克首领、沙俄的绝对拥护者。

着猪。脏乱不已，荒芜不堪。一半的地方是空着的，角落里的稻草上堆放着粮食。亲切的农妇——粮食商人谢苗的老婆。我在那等着谢苗，然而等来的却是个醉醺醺的庄稼汉，央求我给他“作解释”。稍有醉意就想要酒疯。随后又来了一个老头——被谢苗称作“士兵”，还有一个带着手风琴的小个子士兵——下流的畜生，因动摇和酗酒而变得丧失理智、疲惫不堪的逃兵。士兵沉默了一会儿，然后用不容置疑的语言对我下了一个简短的命令：“给我烟抽！”这一举动引起了庄稼汉们的愤慨：“所有人都应该抽自己的烟！”他回答说：“这个味道比较淡。”我默默地递过了烟。逃兵走后，“士兵”老头说，如今大家都不敢派遣逃兵，开了五次会议——依旧毫无结果。“现在的火柴卖得便宜……纵火，行窃。”晚上打开报纸，里面的内容看得人手都禁不住发起抖来。

9月2日。倾盆大雨，一直从中午下到夜里。晚上雨势虽有变小，但依旧淅淅沥沥得下到了天明。9月1日的《俄罗斯言论报》。

9月3日。早晨读了9月2日的《俄罗斯言论报》。又是些改组内阁的卑鄙把戏。科尔尼洛夫在哪里？无论如何，依旧让人畏惧无比。第一天我的情绪相对比较平静。早晨便开始下起了雨，之后天放晴了，但周围依旧都是积水。

9月4日。尤利来信。他还在接受治疗。真是可怕。难道无法恢复正常吗？或是依旧周而复始？

8月30号至9月1号的《俄罗斯言论报》。工人代表苏维埃中的加米涅夫[①]同志和斯捷克洛夫[②]同志说，“砍下科尔尼洛夫的脑袋。”9月2号的《人民之声报》报道称，科尔尼洛夫似乎被逮捕了。

阴沉沉的天气，时而下雨，时而晴天。现在是正午时分。叶甫盖尼走了。

临近傍晚的时候，天又放晴了。

晚上十点钟，在家读报纸。国家政变！宣布成立共和国。我深感愕然。科尔尼洛夫被捕。

戈茨、唐恩、李伯尔[③]等人的愿望实现了——俄罗斯落入了他们的手中！克伦斯基和基什金[④]的政变又有何意义？阿夫克森齐耶夫和李伯尔都惧怕“卡列金”！

几乎到了两点才入睡。

晚间的天空非常明亮，繁星满天，闪着最为纯洁无瑕的光芒。

过了整整一星期无所事事的日子。

9月7日。米佳走了。我们和科里亚沿着先人的足迹，走过草地，穿过波别季莫维赫和斯科罗德诺耶，然后往家走去。今天阳光明媚，沐浴在阳光和风浪中的森林已经完全呈现出秋天的姿态了。庄稼汉不停地砍伐着森林。临近傍晚的时候空中又飘起

---

① 列甫·波里索维奇·加米涅夫(1883—1936)：曾任全俄罗斯苏维埃代表大会中央执行委员会主席等。

② 尤利·米哈伊洛维奇·斯捷克洛夫(1873—1941)：又姓纳哈姆基斯，俄国革命活动家、政论家。

③ 米哈伊尔·伊萨科维奇·李伯尔(1880—1937)：孟什维克领袖之一。

④ 尼古拉·米哈伊洛维奇·基什金(1864—1930)：立宪民主党首领之一、临时政府部长、医师。

了雨，我们坐车返回。北方——是一片静止不动的深蓝色云雾。

9月8日。阳光明媚，和风习习。傍晚时分，接送米佳的米什卡来了：没有赶上火车，便来了叶列茨。

我去了趟事务所。铜匠的儿子是个讨人喜欢的工人，虽然消息十分灵通，但在某些事情上却是稀里糊涂。他反对布尔什维克，但在我家看到《新生活报》时，又将它称作"好报纸"。我和米佳则拒绝接受"新（'自由的'）生活"。

9月9日。晚间，疾风骤雨，十分骇人。现在天又放晴了，和风习习，阳光明媚。

我们去谢尔盖·克雷莫夫位于扎多夫卡的家中做客。众人在很多事情上达成了共识：如"科尔尼洛夫是德国人故意放走的"。这就是他的全部呼吁。

扎多夫卡花园里的槭树有着红瓤甜橙的皮的颜色——略带橙色的暗红色。

其中的两三棵槭树让人不禁啧啧称奇，而前天在斯科罗德诺耶看到的一棵小白杨更是与众不同：整个森林依旧翠绿一片，而其中却有一棵非同寻常的树——树叶已经全部变成透明，深红玫瑰色中夹杂着血红的紫罗兰的色调。

读了热姆丘日尼科夫[①]的作品和自传。写得极有分寸，十分高雅。

① 阿列克谢·米哈伊洛维奇·热姆丘日尼科夫（1821—1908）：俄国诗人、彼得堡科学院名誉院士。蒲宁曾这样评价热姆丘日尼科夫："他把我领进来《欧洲通报》。"

此刻，我正信手写着一些东西——落日的余晖洒在一叠纸上。夕阳西下，落日已经躲到巴赫杰雅罗夫庄园的后面去了，恰好在这座山的斜坡对面。手表上的指针已经快指向六点钟。

谢尔盖·克里莫夫说："彼得格勒，去他妈的。最好早点把它交出去。那里只有一样东西——花样多。"

9月11日。日子无聊之极！读了热姆丘日尼科夫的诗歌和《安娜·卡列尼娜》。雷什科娃来了。寒冷而又变化无常的鬼天气。

9月12日。寒冷。大约是昨天清晨（早晨八点钟）的时候，西方地平线上出现了一团松软的、从北方海洋飘来的云雾，好似一个肮脏的、歪歪斜斜的淡紫色发绺。白天，太阳时不时地露出脑袋，向大地洒去阳光，但是风很凉爽。临近傍晚的时候，突然变得非常冷了——到了该穿短皮袄的时节。月亮又露出了四分之三的芙蓉面。

9月13日。早晨很冷，我走到花园后面，槭树树叶飘落满地，我从中捡了一片。

科里亚气喘病发作了。晚上我俩去了趟兹纳缅尼耶。阴沉沉的天气，不过稍微暖和了些。我已经读完热姆丘日尼科夫的诗了。总而言之，平淡无奇，辞藻华丽。

9月14日。阳光灿烂而又温暖美妙的日子。傍晚，我和薇拉去了趟伊兹马尔科沃。五点钟的时候，就可以看到仅有四分之三芙蓉面的月亮了。

9月15日。六点半醒来，太阳还未升起，这是一个美妙的清晨，花草树木上沾满了露水。白天的天气更是美妙无比，完全是夏日的感觉。林荫道上飘满了落叶。我读了明斯基的作品，只读了四十八页——骇人的花言巧语！

科里亚仍在病中。拖着病躯勉强来到花园里，和薇拉一起坐在长凳上。亚历山大·彼得罗维奇用凄凉的语气讲述了万尼亚的故事。

各式各样的报纸。显而易见，形形色色的会议上的人民都产生了强烈的愤怒。萨温科夫[①]的解释。是的，“出现了十分严重的挑衅行为。”应该对克伦斯基处以绞刑。苍白无力的愤恨。

五点钟，和薇拉去了一趟斯科罗德诺耶及其周边地区。我们沿着山杨树间的小道行走着。树叶还没有变黄，但是道路上已经铺满了它们圆圆的叶子——好似深红色的、浅黄色的、草黄色的、近乎鲜黄色的精致的山羊皮。当我们坐车右拐离开的时候，看见林边的树丛中躺着一个人，似乎在做着什么事情。夕阳西下，红色的落日只剩一半面容，月亮则高高挂起——泛着苍白之色，天空几乎是一片紫红色。原本总是脏乱不堪的道路，如今却变得干净无比！人们偷砍树木，运载重物——地上留下了深深的车辙痕迹。我们在岗亭的旧址附近停下，卷起一支烟在那抽了起来。眼前的美景震撼了我们的心灵：月亮悬挂在左边森林的上空；森林

① 鲍里斯·维克多维奇·萨温科夫(1879—1925)：俄国社会革命党员，领导过多起恐怖行动，是反对苏维埃阴谋活动和反革命暴动的领导人。

中长着一些高大挺拔的黄色小树（好像是槭树）；右边的落日已然褪去了颜色，依旧十分明亮。月亮下方的天空呈现暗雪青色，左下方则是像糖一样洁白的颜色。薇拉望着右边——落日上空的森林齿形的轮廓让她感到惊奇。再过去便是林荫小道，车子很难从中通过——到处都是密密麻麻的树枝。夜幕已经降临（在森林的深处）。我们出了林边，准备右拐行驶（岗亭），在那稍作停留，又立刻被眼前的美景吸引了——血红色的槭树无比迷人。我拾起一片树叶，从前的它应是淡黄色的，而如今我手中的树叶仿佛被人浸泡在了血水中——鲜红一片。

秋日，在深林和密林深处，你会看见这样的场景：黄色的光在闪烁，榛树的树枝向前突出着。十分骇人。我们穿过波别季莫维赫，右转行驶，便开始往山下驶去，此时落日已经泛红，月亮（在右边的长满树林的谷地上方）则悬挂在被它照亮的泛灰的天空中。一般来说，天空几乎总是灰蒙蒙的，只有在深处才稍稍泛出蓝色。

登山的时候我对薇拉说："万物在秋日晚霞的照映下，总会变得光怪陆离！"

9月16日。一切还是老样子：头脑空空，内心空空，一种十分麻木的平静。快要看完《安娜·卡列尼娜》了。最后的部分写得有点苍白无力，甚至让人有些不悦，缺乏说服力。记得从前自己对这部分也是同样的评价。在读明斯基的作品，其中有一些很不错的东西——毕竟他是有精神生活的。

我们坐车远游。（晴朗的天气）依旧在岗亭旧址的附近，车后轴咯吱作响。于是我们步行前往，跟在骗马后面，累得满头大汗。

科里亚病了。如今似乎有什么东西揪住了他的肠子——上完厕所回来后，他的脸如同死人一般苍白，十分骇人。

黄色的槭树叶子几乎撒满了整个花园。树梢上是大片大片的红褐色树叶以及黄色树叶。这样的颜色总能让人感到惊讶！孤林几乎仍是翠绿一片。然而在行驶的途中，我看到了绿丛中的山杨——已经完全是深红色了！

夜晚的月亮异乎寻常得明亮。圆若银盘。

9月17日。劲风阵阵，凉意袭人。风在花园中四处翻腾、呼呼作响。天空几乎都被笼罩在烟雾和云雾之中。太阳出现的地方会显得明亮些。还有更多的黄色的、泛红的、橙黄色的顶峰。

看了一眼巴赫杰雅罗夫花园：某些地方呈现出了类似花椰菜的颜色。

昨天，乘车经过普金什尼科夫森林，看见远处的斯科罗德诺耶（在通往波别季莫维赫的道路的斜坡上）里坐落着一片黄色的小孤林（是红色颜料——浅赭色颜料倒在了上面？不，不是那种颜色！）——是秋天白桦树的那种特有的颜色。

上午十一点半。终于读完了《卡列尼娜》，最后的结尾写得非常出色。或许，之前我对这部分的理解并不十分到位。或许，其迷人之处就在于简洁明了？

有云，有风。夜晚异常得明亮。月亮皎洁无比，空中没有一片云朵，凛冽的晚风已然将其吹散。

9月22日。同薇拉乘车前往奥泽尔基。天气晴朗，凉风习习。天明回来之时，已是另外一番光景了。

9月26日。这两天，天气异常晴朗——阳光明媚，温暖舒适。昨天我寄了一封信给库斯科娃。下过雨了！

现在天又转凉了。清晨，低垂的蔚蓝天空。午饭过后，我们两人外出散步。板棚后面的树木让人倍感惊讶：从仓库那头的田野一直延伸到花园——一种无法用言语表达的美！科隆塔耶夫卡一带的森林色彩斑斓——黄色的，青黑色的（云杉林），紫罗兰色的。靠近谢苗诺夫卡的那一带又逐渐变绿了——是台球桌绿呢绒的颜色。我们花园中的槭树非同寻常——黄灿灿的，透明的，如同神话中的树木。云杉渐渐变黑——很容易就能区分出来。尚未变黄的草木呈现出灰色，同样极易区分。黄色的落叶铺满土堤，也盖住了泥泞的道路。前天夜里，整个林荫道自上而下一片通亮，仿佛春季般开阔——令人讶异。

现在是夜里，周围漆黑一片，空中下着雨。去了一趟磨坊。庄稼汉们都暗藏仇恨，与之交谈毫无意义！

9月17日。阿巴库莫夫：不，处于前政府管辖下的生活——更加美好！而现在呢……无法办到。这样的风平浪静——脑袋都会保不住。

天气几经变化。早晨风和日丽。忍不住想起了发生在磨坊的那次充满敌意的对话。Л〈辨别不清〉[①]对酿酒人、垄断者吹毛求疵，还撒谎称：一个奥地利人把他的小孩从工厂的窗户里扔了出去，还威胁要"杀人"——如今"杀人"二字可以轻易脱口而出！士兵阿廖申卡……

---

① 文中表明〈辨别不清〉或是"……"等删选的地方，均是原编者标注上的。

和科里亚一同远游。人们依旧在砍伐着森林。

9月28日。天气依旧和夏天一样。和"亲戚"以及其他从合作社商店出来的人们,一同在磨坊那儿聊天。

晚上,感觉喉咙里似乎有什么东西。

9月29日。没有外出。扁桃腺痛,喉咙里有什么东西。今天完全就是夏季的天气。一直在读费特的诗。真多〈…〉!

9月30日。上帝保佑,喉咙没事了。我们出门散了步。正值打谷期,安德烈·C的打谷场上——人们都在劳作。阿·帕里奇科夫戴着墨镜,身穿皮外套,灰栗色的胡子,两颊的鬓角则呈暗黑色(像……〈辨别不清〉——跟大部分老头一样),村妇们也是如此,还喊道:"瞎逛什么呢,到我们这儿打麦秸吧!"我们沿着村庄朝森林走去。夏日的天气。小树林的一角让人倍感惊讶——已经全部变成了橙黄色,一下子就能区分每一棵树。丘陵地突出的部分如同一条巨蛇,让人看得很不舒服。沿着丘陵地的小道蜿蜒曲折。森林前部的谷地中的小树林也是这般蜿蜒曲折,让人啧啧称奇。整个森林异常得干燥,风吹动树叶沙沙作响,被太阳炙烤后烧着的树叶散发出一种无法用语言形容的迷人香味。凋萎的青草上铺满了落叶,林边的橡树叶子已呈棕色——橡树沙沙作响,呈现出青铜-棕色。

我曾说过——艺术是多么微不足道啊!

政府的声明让人感到惊讶,声明开头是这样的:科尔尼洛夫散布的无政府主义思想!啊,恶棍!所有的基什金们,所有的马良托维奇[①]们！残暴又卑劣的粗野之人——可怕的人物，传说中的人物。

10月1号。一大早就出门了——周围的一切都显得暗淡无色：花园，太阳，苍白的天空。之后天气转晴。和科里亚一同前往波别季莫维赫。

又感到痛苦不堪。森林让我们感到惊讶，短短两天它就发生了巨大的变化：树叶全都黄得发红了（从远处看是如此）。远方——谢尔巴契夫卡后面，棕紫色的小树林的盖顶如同野兽身上的毛发，慢慢在脱落。谷地斜坡上的森林又是怎样一番光景啊！干燥的金黄色渐渐地从槭树的深棕色中褪去。

10月2日。六点钟醒来，在床上静躺了一小时。心情很压抑。想着尤利，想到我的世界可能很快就会变得空无一人，而从前的生活却是如此无忧无虑，且对生活充满了希望！对所有一切抱有希望！还想到——我的神智已经变得混沌，心灵已经变得空虚，无话可说，无话可写，想去从事手艺活——哪怕是可怜的、无用的手艺活。

昨天，读了布列什柯·布列什柯夫斯卡娅[②]的告青年书——《去吧，去教育人民！》

晚间出门散步——透过光秃秃的枝丫，万物被洒上了钻石般的光影。格里高利从干亲家那里出来——“两个人喝了五瓶酒。”

---

① 帕·尼·马良托维奇（1869—1941）：律师、临时政府司法部长。

② 布列什柯·布列什柯夫斯卡娅（1844—1934）：俄国社会革命党组织者之一，1917年支持临时政府。

"你没喝醉?""没有,要知道,我会用茶来醒酒……"

今天早晨,周围的一切显得如此可怜兮兮,虽然依旧美妙、清新而又有朝气。土堤上的槭树已经有些发黄了,但是树叶依旧十分茂盛。

10月3日。昨天三点钟,我和科里亚去了奥辛诺维·德沃雷。远远望去,斯科罗德诺耶就像是一头棕褐色的熊。我们乘车穿过列梅尔斯基森林。橡树均呈现青铜色。穿过森林,看见一片美丽的水塘,一棵小树垂在水面上——水中出现一个金灿灿的倒影。岗亭,一条恶狠狠的小狗,连身上的毛都竖了起来——这是一条我们熟悉的小狗。一个老头突然出现在我们面前,高兴得失去了理智,匆匆忙忙,糊里糊涂——我曾在斯特罗德诺耶与他见过面。费多尔·密特罗凡内奇自是满口谎言,说什么万卡被缴了枪,闹出了丑闻。而他在这个岗亭边上,朝池塘里老爷的鸭子开枪,却没有被缴枪。"你是如何进来的?""对不起,现在……"他无比兴奋而又神秘的说道:"我去鲍里斯·鲍里瑟奇那里买小猪……鲍里斯·鲍里瑟奇负责……"(不用"他说"这个词,而是经常不恰当地使用"虽然"一词)。我们到了波利斯基(一个小村庄)。身后是两个深蓝一片的池塘,登上山后,可以看见落日。美丽如画的风景以及罗格菲特庄园的幽居震撼人心。花园以及靠近我们的树木——几乎全部呈现棕黄-青铜色或是青铜色。我突然很想买下我们的祖宅[①]。远远望去,屋子上的玻璃发出云母般的银光,宛若星星散发出灿烂的光芒。奥辛诺维·德沃雷有两个

---

① 该庄园原是蒲宁母亲的产业,后被地主罗格菲特购买了下来。

庄稼汉：一个是红头发的教授，马铃薯般的鼻子闪着温柔的光芒；另一个人的长相令人称奇——IV(?)世纪，鲍里斯·戈杜诺夫[①]，大鼻子，大嘴巴，厚鼻孔，威严而又粗鲁的侧脸，乌黑粗糙的头发，帽子下面的头发夹杂着一些银丝。毫无疑问，古人的长相似乎并非如此。鬼知道这些年轻的小伙子们是多么微不足道、多么不值一提啊！这些庄稼汉称，自己并不了解新制度。是啊，他们又能从何得知这一切呢？终其一生他们看到的就只有奥辛诺维·德沃雷！他们不可能对其他事物或者自己的国家产生兴趣。如果不了解自己的国家，如果无法感受自己的国家——是对俄罗斯土地而非自己的一亩三分地的感受，那么又从何而谈民权呢？

晚上六点钟。现在出门。多么美好的天气啊！这个时节正适合穿球衣。双手能感受到愉悦的凉意。呼吸着这股甜蜜而又凉爽的清风是多么幸福的一件事啊。从南方吹来的清风已经在这儿逗留数日，沿着干旱的土地，一路看看花园，看看树木——树枝上依旧残留着浅棕色的树叶，不知是朝霞的缘故（尽管朝霞几乎是没有颜色的）还是它们自身的缘故，这些树叶渐渐变红了。整条林荫道上撒满了泛红的、干燥的、皱巴巴的树叶，散发着一股甜丝丝的味道。稀疏的花园换了一副全新的面貌，穿过花园，谷地后面的空气几乎都是浅绿色的，而晚霞又让整座花园披上了一件浅玫瑰色的纱衣。几乎所有树的叶子都掉光了，土堤、林荫道以及其他地方的槭树也变得光秃秃的了，唯有苹果树上依旧布满了细小而又死气沉沉的金黄和古铜色的树叶。

① 文中IV世纪后面标注了问号。鲍里斯·戈杜诺夫(1552—1602)：十六至十七世纪俄国沙皇，依靠贵族势力巩固中央集权，使农民的农奴化程度加深。

政府“坚决镇压各种破坏活动”。可笑！有协议吗？不，这做不到！“他们，就连部长都比我们干净些！”昨天中午和士兵阿列克赛聊天——他疯狂地反对科尔尼洛夫，把一切都归咎于领导者：“他们不重视我们这些布尔什维克——无产阶级，而那些德国人……”

今天心情很好，写了两首诗（此处辨认不清日记所写内容）。

去科隆塔耶夫卡闲逛了一圈。早晨给别列夫斯基寄了一本书（硬装帧的小说《田地》的最后一册）。

没有比我国的人民更物质的民族了。花园中的树木已被砍伐一空。不追求品位——只要吃饱喝足就够了。农夫们怒气冲冲地做着饭。而事实上，是无法忍受政权和强制手段！去试试开展义务教育吧！必须拿着左轮手枪抵住他们的太阳穴才行。如果一切都平安无事，又如何能利用各种天灾——去杀害医生（霍乱病暴动[①]）！事实上，只要不是愚蠢之人，就会知道害死他们的其实是水井。充满恶意的人民！历史上的人民不能也不想去参与社会生活，参与国家管理。

科隆塔耶夫卡的此次旅行十分怪异：还未变黄的冷杉的绿叶是多么得墨蓝啊！（虽然很多小道上早已铺满落叶，但还是有这样满树绿叶的树木）。我们走在小路上——前面是白桦树，它们的树干，再往前走看见的就是冷杉纤细的针管状树叶了，已然呈现深灰色，透过树叶可以看到死气沉沉的蓝色天空（此时已过三点，太阳已经落到了我们身后）。勃克林在其中捕捉到了某种让

① “霍乱病暴动”：1830—1831年俄国爆发霍乱，市民、农民、士兵为了反对警察官僚制度而爆发了反农奴制的起义。

人耳目一新的美妙之景。而这些细小的针管状树叶又是如何在尖利的树枝之间随风摆动的呢？他们从容不迫地随风摇动——朝着各个不同的方向！

在巴赫杰雅罗夫的麦秸垛旁，透过空荡荡的花园能够看见教堂。夏天过后，万物换上了新装！

知识分子不了解人民。青年讲授爱尔福特纲领①！

10月4日。昨天，我非常兴奋。我想，快要下雨了。后来果真下起了雨。从早上开始，四周就变得静悄悄的，依旧下着雨。在最显眼的槭树上栖息着几只金翅雀。后来又起风了。三点钟的时候，转而刮起了西北风。路变得泥泞起来。顺路去了磨坊和科隆塔耶夫卡。丁香树的叶子（几乎没有任何变化）。而苹果树呢，昨天我对它的描述似乎有些不正确——它的颜色……难道是脏兮兮的夹杂着浅绿的赭黄色吗？苹果树依旧枝繁叶茂（老样子）。

我仍在读费特的诗（庸俗、软弱的海洋，都是同一类型的东西）。想要自己动笔写诗，写出来的东西却不尽人意！〈…〉

10月5日。昨天晚上十一点钟的时候，风向发生了变化——刮起了西北风。满天星辰。我站在楼梯的最后一级台阶上——正对着木星（在花园上空），左边是散发着星光的金牛座，其上方高高悬挂着钻石般的昴星团。

---

① 爱尔福特纲领是德国社会民主党纲领，该纲领于1891年在爱尔福特召开的党代会上通过。

天气很冷，几乎刮的都是北风，阳光明媚。同科里亚一起乘车前去拜访穆罗姆采夫。他的庄园是多么得美丽啊！残留着秋叶的树木（去的途中，远方的斯科罗德耶让人感到惊讶：〈此处辨认不清〉，动物的皮毛呈现烟灰色，某些地方还有一缕缕淡褐色的兽毛未被全部拔干净）。远处，谢尔巴切夫卡下方的小树林已经变成了一片深红色的海洋。其他树林〈此处辨认不清〉——栗色的海洋〈此处辨认不清〉。

穆罗姆采夫的车夫彼得鲁哈说："所有的长官都在叛变……我的侄子在信中是这样告诉我的，他可从不撒谎。"我给米留可夫[①]寄去一本书（三天前——给别洛鲁索夫）。

10月6日。一大早，六点钟的时候，我便醒了。心情抑郁。我变得愚钝了，变得庸俗了，整日得过且过，真是太可耻了！

雾，整个大地被笼罩在一层白纱之中，仿佛被凝固住了。出门散步。雾凇仿佛是老者的白胡子，垂在墓地（还未淹没在杂草丛中）上方——是否是碧绿色的。

洛津斯基来到了伊兹马尔科夫。我顺路前去看他。小车和车夫的车座上如同洒满了面粉。巴赫杰雅罗夫的花园在雾霭中变得浑浊黯淡起来。

给布尔采夫[②]寄了一本书（同样的书——《田地》第五至六卷）。

---

① 巴维尔·尼古拉耶维奇·米留可夫（1859—1943）：俄国政治活动家、历史学家、政论家、立宪民主党组织者之一，1917年担任资产阶级临时政府外交部部长一职。

② 弗拉基米尔·利沃维奇·布尔采夫（1862—1942）：俄国政论家、《共同事业》的主编。

昨天看了科尔尼洛夫的札记。克伦斯基也沉默不语了！整个社会都在容忍他！

快到中午了。地平线上烟雾缭绕。寂静无声，寂静无声，这无声无息的日子啊。心灵是如此的毫无生机，如此的愚钝，整个人陷入了绝望之中。

——

晚上十点钟。在花园后散了会步，然后又在院中走了走，说实在的，周围的一切都很骇人。漆黑一片，依稀可见冰冷的雾霭，虽朦朦胧胧，但仍分辨得出其轮廓。

白天出门：所有的草茎、艾蒿都被蒙上了一层白霜。雾霭（一整天都很寒冷）。孤林——有点儿脏兮兮的，是不是有些接近赭石的颜色呢。远远望去，村里的柳树是浅灰绿色的……〈此处辨认不清〉。巴赫杰雅罗夫花园中既有暗黄色和浅栗色的草木，又有其他颜色的草木。土堤旁的花园中的草木的叶子呈现出烟雾的颜色，微微泛黄。

阿列克谢耶夫的札记。为什么俄国社会界不揪住克伦斯基的胡子呢？！

俄国的社会里早就存在无耻之徒了。近二十年来文学界中出现的种种阴暗的、厚颜无耻的、违背自然规律的东西，不正是当今社会的写照吗？不过这也没什么大不了的，以往人们对高尔基、安德烈耶夫、斯基塔列茨的言论感到过讶异吗？而如今，换做克伦斯基分子和格沃兹季耶夫分子了！

10月7日。昨晚十一点便睡着了，一直到八点才醒来。尽管如此，那种愚钝感和怅然若失感却变得更加强烈了。早晨收到尤利于9月27日寄给薇拉的信。我们都感到很难过:每天都是那么平淡无味……真可怕!

天气晴朗,阳光明媚,让人感觉神清气爽。我们去了科隆塔耶夫卡——目之所及,均与我们上次出游时的风景一般无二。收到了库斯科娃的信。我寄去回信。

现在是约是深夜十二点。让人惊叹的一个夜晚——严寒,寂静,满天繁星。死寂。木星、金牛座、昴星团高高悬挂于天空。(西南方向的上空)西南方是猎户座。天狼星在哪里呢?猎户座下面还有一颗星星,不过升得并不高,又看不真切。

树叶似乎被冰冷的肥皂磨得萎靡不振。土地坚硬无比,被冻结住了。我在土堤后散步。经过土堤朝打谷场走去(远离村庄的方向)——此时土堤上的树木迎面扑来,而它们身后的星空便会往下坠落,与我并肩前行。木星和其他星星跟在我的身后。若是向后走的话——那么就是另外一番光景了。林荫道上也是如此。我在《塔尼卡》中曾这样写道:"星星迎面而来。"真是愚蠢不堪。

林荫道上的树木挺拔而光秃,比落叶时节还要更高更挺拔些。

啊,当我漫步在夜间,周围是何等的寂静啊!仿佛整个世界都停止了呼吸,唯有星星在那屏气凝神地忽闪着眼睛。

10月8日。早晨十一点。昨晚久久不能入睡,关于尤利、玛莎[①]和自己的可怕念头不停地萦绕在脑海里——如果尤利无法恢复健康的话,那就留我一人苟活于世:即便是日后有所成就,但倘

① 指的是玛利亚·阿列克谢耶夫娃·蒲宁娜(1873—1930)。

若尤利不在人世，我所做的一切又是为了谁呢！几乎到了凌晨两点才入睡。

清晨八点半醒来。对着索菲亚狂吼了一通——我们去了伊兹马尔科沃！大家都没有理睬我。让洛津斯基带去库斯科娃、蒲宁[①]、尼鲁斯、切列姆诺夫的信，以及科里亚写给米佳的信——关于前往莫斯科的事(禁止进入！)。独自一人乘车行驶在斯科罗德诺耶的小道上，如同往常一样在那兜了一圈(从北面开始)。又是一个让人惊叹的早晨。所有的屋顶和土地都是白茫茫的一片。我坐车穿过林荫道，风把飘落在地的树叶吹到两旁，路的中央则被吹得干干净净。我暗想："炽烈的阳光洒满光秃秃的花园，闪闪发光的蔚蓝天空衬托着花园。"田间的道路依旧坚硬无比，不过有些地方已经开始变得湿润起来了。每一道车辙里，每一处有阴影的地方——都有浅蓝色的糖粉。阳光下，收割过庄稼的田野里的雾凇闪着钻石般的光芒。森林比想象中的要更为明亮。偶尔会闻到潮湿的树叶的苦味。我转而走向森林北面附近的林边，那里倒映着白杨的身影——湿漉漉的叶子闪闪发光。山谷中密密麻麻长满了树木，残留着叶子的小树枝如同玻璃一般闪动着光芒。东面一带的道路总是坑坑洼洼、肮脏不已，堆满树叶的道路还露出了一小块路面，污泥被浸上了油渍，油污下面的土壤依旧坚硬无比；左边是苍白的、汁水饱满的幼芽；草地后面是一片长在山坡上的森林——吹来阵阵淡瓦灰色的烟雾。白杨的树叶几乎已经掉光了。树丛中的白桦树的树梢呈现一片一片的黄色(莫不是暗淡的，肮脏的，深赭色的)，显得十分与众不同。林间小道上，又出

① 指的是蒲宁的哥哥。

现了从远处行驶而来的大板车和马匹——在砍伐森林！啊，恶棍，野蛮的败类！我不禁想起了自己的《乡村》。小说中所描述的一切是多么真实啊！只需要加个序言即可：让以后的历史学家相信我，相信我的取材是极具典型性的。总而言之，到了该写写自己生活的时候了，把我看到的这些败类、温格罗夫[①]们以及其余众人痛打一顿。

右拐进入一条由波别季莫维赫通往这里的森林小道。积满落叶的道路坑坑洼洼，泥泞不堪（在此之前，我一直欣赏着插入云霄的白桦树的树梢——依旧令人讶异地残留着淡粉色和淡红黄色的树叶）。橡树依旧残留着干燥的褐色树叶。一棵棵树干的中间，在叶子下生长着一种黯淡的、枯萎的、潮湿的绿色植物。我在这儿感觉到了浓郁的春天的气息。假如春天来临的话，四周一片寂静，人们会感到很闷热。在树干之间，在山坡之上，那儿会有小鸟，有甜蜜，有愉悦的痛苦，有对爱情的憧憬，还有对其他万物的憧憬——如同往常一样！我登上山——树干之间还有辆四轮大马车，一个手拿斧头、带着孩童的农妇。我走出森林——向右看去，在那遥远的东南方向，在普列德杰切沃附近的草地上，一股闪闪发光的淡白色蒸汽在阳光下缓缓升腾而起，蒸汽下方是洒满阳光的地平线。而前方——是敖德萨和刻赤[②]，那里有清晨、太阳、蔚蓝海洋以及白色的城市……

这几天我稍稍翻阅了一下《斯杰潘奇科沃村》[③]。简直是荒谬

① 谢苗·阿法纳西耶维奇·温格罗夫（1855—1920）：俄国文学史学家、图书编目学家，主持出版了《二十世纪俄罗斯文学》。蒲宁认为此书美化了别雷。

② 刻赤是乌克兰城市。

③ 是陀思妥耶夫斯基的中篇小说。

绝伦！已经看到第五十页了——没有丝毫的转折，总是在重复同一件事！最鄙俗的废话，粗俗的语言，毫无文学性！〈…〉一辈子都在描述同一样事物——“下流之物，丑陋之物”！

三点钟，我和科里亚前往普里列佩去取做油灰用的大麻籽油。榨油作坊掌柜是个财主，有封邑的大公爵，个子高高的，为人冷漠而严肃。在院子里碰到他，一副毫不在乎的样子。“油——两卢布一俄磅”。我们进了榨油作坊，在那闲聊了几句，他突然就露出了一个善意而又美好的微笑。瞧，是谁建造了俄罗斯。他说起自己的乡邻，就好比在谈论一群废物。

带着轻盈的浅紫色云雾的晚霞，照映在巴赫杰雅罗夫庄园后面的树木上，笼罩在科隆塔耶夫卡上空，沿着巴赫杰雅罗夫花园一带漂浮着。太阳如同用红里透黄的玻璃制成的一个金色的、呈融化状态的巨型圆球，从巴赫杰雅罗夫花园后方缓缓落下。我去了趟办事处。恶棍扎依奇克在那儿胡作非为。

晚上我们出门散步。雾气降临，我们感到了一股寒意。满天繁星。

十二点钟，我们又出了趟门——看见一团模模糊糊的榆树的轮廓。星星朦朦胧胧。木星散发出一股薄薄的、淡蓝色的光芒。

10 月 9 日。又是一个好天气。三点钟，和科里亚去了趟古里耶夫卡，还拜访了“手艺人”德米特里·卡萨特金——他会碾稷子米、碾荞麦米。主人——“显然又在夸耀尼古拉”。卑鄙可憎的士兵，不同凡响的傻瓜。“士兵们不去领取冬季的战服——不愿再上前线作战。他们给临时政府两个月的期限，让他们去建立和平的局面。德国的穷人并不可怕——见鬼，就让他们来吧。但是有钱的德国人——就是另一回事了。别逃亡到国外去——所有的道路会瞬间被堵死,人们会被刺刀挑死。如果首长指挥得当,我们就服从命令;如果指挥不当,他又怎会不掉脑袋?科尔尼洛夫是有罪的,他从前线调走了七万五的兵力。克伦斯基——〈…〉既然不会管理国家,那就别出头。他为何要请求发动进攻呢?”等等诸如此类的言论。

老头是个瘦巴巴、病怏怏的庄稼汉,亲切而又明事理。

村妇——骨瘦如柴,(谈及我们时)恶狠狠地说道:“他们都拿德国人来吓唬平民百姓。”

瞧,克伦斯基这个坏蛋都干了些什么!

德国人占领了里加湾。